flor de formosura

NEWTON CARNEIRO PRIMO

flor de formosura

Labrador

© Newton Carneiro Primo, 2024
Todos os direitos desta edição reservados à Editora Labrador.

Coordenação editorial PAMELA J. OLIVEIRA
Assistência editorial LETICIA OLIVEIRA, VANESSA NAGAYOSHI
Direção de arte e capa AMANDA CHAGAS
Projeto gráfico MARINA FODRA
Diagramação EMILY MACEDO SANTOS
Preparação de texto VINÍCIUS E. RUSSI
Revisão CAIQUE ZEN OSAKA

Dados Internacionais de Catalogação na Publicação (CIP)
Jéssica de Oliveira Molinari - CRB-8/9852

CARNEIRO PRIMO, NEWTON
  Flor de Formosura / Newton Carneiro Primo.
  São Paulo : Labrador, 2024.
  288 p.

  ISBN 978-65-5625-730-3

  1. Ficção brasileira I. Título

24-4684   CDD B869.3

Índice para catálogo sistemático:
1. Ficção brasileira

Labrador
Diretor-geral DANIEL PINSKY
Rua Dr. José Elias, 520, sala 1
Alto da Lapa | 05083-030 | São Paulo | SP
editoralabrador.com.br | (11) 3641-7446
contato@editoralabrador.com.br

A reprodução de qualquer parte desta obra é ilegal e configura uma apropriação indevida dos direitos intelectuais e patrimoniais do autor. A editora não é responsável pelo conteúdo deste livro. Esta é uma obra de ficção. Qualquer semelhança com nomes, pessoas, fatos ou situações da vida real será mera coincidência.

NOTA DO AUTOR

Diante da grave situação a que estão sujeitas muitas crianças no Marajó, bem como do efeito deletério da droga e da violência nos grandes centros urbanos, inspirei-me em alguns casos com os quais trabalhei, enquanto juiz, para retratar uma realidade que infelizmente continua a existir e comover independentemente de nossa ignorância ou indiferença. Desse modo, se esta obra conseguir tocar um único coração por mais justiça e fraternidade, todo o esforço dedicado a ela terá sido recompensado.

Que a tua Alma dê ouvidos a todo o grito de dor como a flor de lótus abre o seu seio para beber o Sol matutino. Que o Sol feroz não seque uma única lágrima de dor antes que a tenhas limpado dos olhos de quem sofre. Que cada lágrima humana escaldante caia no teu coração e aí fique; nem nunca a tires enquanto durar a dor que a produziu
(Helena Blavatsky).

Aqueles que semeiam com lágrimas, com cantos de alegria colherão
(Salmo 126:5).

A falta de amor é a pior de todas as pobrezas
(Madre Teresa de Calcutá).

A todas as Flores de Formosura,
espalhadas pelo mundo.

À minha filha, Maria
Luiza, cujo amor e cuja
bondade têm potencial de
inspirar muito mais que um livro.

Capítulo 1

Nasci num povoado de Portel, situado na Ilha do Marajó, chamado Furo Santo Antônio. Formado a partir de um rasgo do rio Camaraipi que avança sobre o interior das matas, distante cerca de uma hora de rabeta da sede do município, é um lugar onde a lei nunca se fez totalmente presente.

Mamãe não era muito de falar, mas, segundo dizia, apesar das dificuldades, nosso furo era especial, pois, de acordo com seu próprio nome, acentuava a presença de Deus em nossa comunidade, o que estava de acordo com a nossa fé. Depois dela, eu era a mais religiosa em nossa casa.

Minhas primeiras recordações me remetem a brincadeiras com outras crianças, o que incluía meus irmãos, Pedrinho, o caçula, e Socorro, três anos mais velha que eu. Quando não estávamos correndo pela mata ou mergulhando no rio, Socorro ia atrás do pau do açaí e da casca do milho para fazer bonecas para nós. Ela estava sempre inventando algo para nos divertir e isso alegrava a mim e a Pedro, mas também às demais crianças que brincavam conosco, aqueles pequenos seres de cor acobreada e cabelos lisos pretos, que ficavam em polvorosa com a presença dela.

Com o tempo, percebi que o pendor de Socorro para as brincadeiras decorria em muito de ela não gostar de estudar. Como corria dos livros, ocupava o tempo brincando. A verdade é que a época do namoro ainda não havia chegado e daí a sua imersão naquele mundo mágico infantil.

Apesar de a educação já ter sua importância consolidada nas comunidades ribeirinhas, naquela época, inclusive com a prefeitura garantindo professoras em furos e beiras de rio, muitos a rejeitavam ou lhe diminuíam o valor. Era como se a cultura da ignorância e do analfabetismo lutasse por uma sobrevida, impedindo o progresso em nossas matas. "Para que perder tempo em colégio? Menino tem é que ajudar no açaí", dizia papai.

Mas, embora nossos pais tivessem nascido e se criado no mato, sem educação, foram obrigados a ceder aos novos tempos. Vizinhos e amigos lembravam a todo momento a respeito da obrigação de nos matricularem no colégio. Nem que quisesse, papai conseguiria dar as costas para isso, tanto diante do falatório como do risco de ser acionado pelas autoridades.

Tínhamos pés de açaí em nosso quintal. Papai vendia a fruta a fregueses que a revendiam a lojistas, os quais a condensavam e ofereciam na sede do município. Ocupávamos, assim, a base da cadeia produtiva de um item essencial para a dieta dos portelenses. Contudo, embora eu ajudasse no plantio e na colheita, e reconhecesse a importância disso para o nosso sustento, o que realmente me fascinava eram os livros.

Sempre gostei de estudar, e por isso ia com muita alegria para o colégio. Em nosso furo, muitos adultos eram analfabetos ou no máximo sabiam desenhar o nome no papel, o que sem dúvida desde cedo me fez querer ser professora para ajudar as crianças a ir mais longe que seus pais.

Comecei a ir para a escola aos cinco anos de idade. Embora nossos pais não vissem vantagem no ensino, como Socorro já estudava, e a pressão sobre as famílias era cada vez maior, concordaram que eu fosse com Socorro. Saíamos cedinho na lancha da prefeitura. Próxima da sede do município, nossa escola também recebia crianças de outras beiras e furos.

Goretti e Anastácia eram nossas professoras, mas sempre fui das classes da primeira. Eram ótimas mestras, e eu era grata por tê-las ao meu lado, pois sabia que meu avanço escolar se devia em muito a elas.

Ter acesso aos livros, aprender o alfabeto, ver as frases se formando era uma mágica indescritível para mim. Desde cedo, minhas notas me rendiam elogios no colégio, porém eram sempre ignoradas por meus pais.

Papai achava que era perda de tempo estudar, pois, como não passávamos de ribeirinhas, não havia futuro para nós. Aquilo me feria, me machucava, uma vez que queria estudar, dentre outros motivos, para ajudar a ele e mamãe. Meu ideal, porém, era visto como coisa de criança, e, para piorar, estava sozinha, pois Socorro só ia ao colégio por obrigação.

Nossa escola ficava numa casa de palafita, na beira do rio, como acontecia à maioria das residências ali. A condução que nos levava até lá atracava num portinho e então subíamos a escada de madeira até o patamar superior. As aulas aconteciam pela manhã, e na escola havia três quartos, dos quais dois serviam como salas de aula, e o outro, como escritório, onde as professoras faziam os planos de aula e corrigiam as provas.

Muitas vezes faltava luz e, quando chovia, o colégio alagava e era tomado por cobras. Convivíamos ainda com morcegos, e a merenda, que já não era das melhores, era constantemente furtada. Essa era a nossa rotina, mas ainda assim eu adorava estar ali, entre elogios e cuidados das mestras.

As professoras brincavam, dizendo que só eu era vista com um livro nas mãos na hora do recreio ou de ir embora. A verdade era que elas eram encantadas comigo. Algumas vezes, inclusive, pediam para meus pais me valorizarem, pois, se eu tivesse apoio familiar, poderia ir mais longe.

Aos dez anos, já ajudava meus colegas. Vê-los aprender a ler e escrever era muito gratificante. Sabia que naquele momento ultrapassara intelectualmente meus pais, o que não me deixava cheia de mim; ao contrário, embora menina, isso só ampliava meu senso de responsabilidade.

Certa vez, na entrega das provas, professora Goretti me disse:

— Ótimas notas, Vitória. Na verdade, as melhores da turma. Anastácia brinca que gostaria de ter uma aluna como você. Parabéns!

— Obrigada, professora.

— Sua inteligência conta, mas seu esforço e gosto pela leitura são determinantes para este resultado. Além de renovar a esperança de quem dá aula, é um exemplo para os seus colegas. Conseguir este rendimento tão novinha e sem apoio familiar não é pouca coisa. Continue assim, pois, além de tudo, você é doce e meiga. Deus lhe abençoe, minha Flor de Formosura!

Foi a primeira vez que me chamou por esse apelido carinhoso. Sabia que falava assim porque se alegrava com o meu êxito e via em mim a prova de que podia cumprir seu papel, mesmo diante das dificuldades. Suas palavras serviam para embalar meu sonho crescente de ser professora.

Num dia, porém, tudo isso mudou, esvaindo-se meu amor pelos estudos, meu sonho de ser professora, e tudo mais que se relacionasse à minha vida.

Foi em nossa casa de palafita, diante do rio, mais precisamente no quarto em que dormia com meus irmãos, que descobri quem era meu pai. Socorro já o conhecia, mas, para me poupar, preferiu não antecipar as coisas.

Era tarde da noite quando papai abriu a porta e foi ter com Socorro, em sua rede. Em minha inocência, sempre imaginei que naqueles encontros eles conversassem sobre o açaí, mesmo quando papai, ao ver minha rede balançar, me mandava cobrir o rosto e voltar a dormir. Como Socorro nunca se queixou das visitas, jamais cogitei algo errado. Afinal, eram meu pai e minha irmã e, de qualquer modo, já estava tão afeita àqueles encontros que, quase sempre, apesar dos barulhos, continuava dormindo.

Naquela noite, porém, após falar brevemente com Socorro, papai veio para a minha rede e, quando dei por mim, já foi com ele pegando Pedro, que dormia comigo, e o entregando para Socorro, na outra rede. Depois tapou minha boca. Não tinha ideia do que estava acontecendo. Pensei se não podia ser algo com mamãe. Queria falar, mas era impossível com ele me sufocando daquele jeito. Estendi os olhos para a rede de Socorro e, embora não a visse, podia ouvir seu choro baixinho.

Lembro-me de o ouvir dizer:

— Promete que não grita?

Fiz que sim com a cabeça. Então, ele tirou a mão da minha boca.

— O que foi, papai? Aconteceu alguma coisa?

— Não. É só que agora é a sua vez.

— Vez de quê?

— Você sabe.

— Juro que não.

— Vem dizer que não sabe o que eu e Socorro fazemos à noite.

— Conversam sobre o açaí.

Ele conteve o riso. Sua volúpia era muito maior do que a vontade de rir ou de se divertir com o que dizia uma menina boba como eu.

— Tire a roupa!

— Pra quê? — perguntei, atônita.

— Rápido.

— Não! — eu gritei.

Ele tirou minha camisola à força e voltou a tapar minha boca. Em seguida, ao deitar-se sobre mim, pensei que fosse sufocar. Afastou minhas pernas com força e voltou a dizer que eu não gritasse, pois do contrário me bateria. Então me calei. Isso, porém, não me impediu de ver Socorro chorando na outra rede. Deduzi ser errado o que ele fazia comigo e pensei que, provavelmente, já tinha feito com ela. Então, questionei-me por que ele fazia isso conosco, que éramos as pessoas que ele mais deveria amar. Sem encontrar resposta, me vi ainda mais confusa, pois não tinha a menor ideia do que se passava. Tive medo. Alguns adultos falavam em *fazer mal*, mas o que era *fazer mal*? Ele me faria mal? Doeria? Minha cabecinha de menina estava transtornada. Se ele me forçava a algo, então não era bom, pois as coisas boas não eram forçadas, assim pensei. Portanto, embora não tivesse como saber o que meu pai estava prestes a fazer comigo, pressenti que alguma coisa ruim não demoraria a acontecer, e me vi desesperada.

— Se ficar quieta, vai ser rápido e não vai sentir nada — disse ele.

Não consegui detê-lo. Minha força era insignificante quando comparada à dele, mas, ainda assim, lutei, com minha bravura de menina, num instinto desesperado de autopreservação. Tentava resistir e, não conseguindo afastar suas mãos, gritei, mesmo sabendo que isso era em vão, pois, ali, no meio do mato, era improvável que me ouvissem. Não foi rápido nem suave. Enquanto arremetia, parecia não estar mais tão preocupado em manter minha boca fechada. Minhas entranhas ardiam e doíam. Estava sendo dilacerada pelo meu próprio pai, que me beijava e tocava meus seios. Senti asco.

Ao ver o quanto eu sofria, Socorro deixou o menino dormindo na rede e se levantou, suplicando que ele parasse, que continuasse a fazer nela, mas que me largasse. A única coisa que ele disse foi que a mataria se não voltasse para a rede. Como estava mortificada por mim, chorando muito, ela pôs a mão no ombro dele para que ele cessasse com aquilo, mas papai empurrou-a, derrubando-a no chão. Continuou e, quando chegou ao fim, disse que eu não podia olhar para ninguém, pois, se ele descobrisse, mataria a pessoa. Disse ainda que era para eu me acostumar, pois me procuraria sempre que quisesse, pois tinha o direito de ser o único enquanto eu não estivesse casada com alguém que ele aprovasse para ser meu marido.

Quando saiu de cima de mim e foi para o outro quarto, minha cabeça girava. Sentia dor e incompreensão. Por quê? Não era meu pai? Então, de repente, atinei-me para algo. Ele já vinha me olhando de um jeito diferente e até tocava certas partes do meu corpo, mas eu nunca havia maldado. Dessa forma, compreendi que aquilo já vinha sendo maquinado há mais tempo. Ele me desonrara na frente de Socorro, diante do sono de Pedro. Não violara só a minha virgindade, mas sobretudo a minha inocência.

Em dado momento, pensei em mamãe. Por que ela não se levantara? Eu havia gritado, os quartos eram colados. Claro que ela acompanhara tudo. Então, foi aí que me dei conta de que o abuso sofrido por Socorro podia ter passado despercebido para mim, que era uma criança, mas não para mamãe.

Capítulo 2

No dia seguinte, quando papai saiu para vender açaí na sede, eu ainda estava na cama. Havia passado a noite em claro. Ao reparar que não tínhamos saído do quarto para irmos para a escola, mamãe disse que não nos entendia, pois numa hora queríamos estudar, e noutra queríamos vadiar.

Socorro veio às nove horas. Deu-me banho e depois trouxe tapioca para eu comer. Eu era o retrato fiel de um choro baixo e doloroso que se estendera por toda a noite. Na beira da rede, Pedro brincando ao chão, ela disse:

— Sei o que tu tá passando, mas não adianta ficar assim.

— Que eu fiz? Fui mal pra ele?

— O que aconteceu não tem a ver contigo nem com ninguém.

— Ele também fez contigo, não foi?

Baixando o rosto, ela sacudiu a cabeça, afirmativamente.

— Desde quando?

— Desde muito tempo — disse ela, voltando os olhos para mim. — Também não aceitei no começo, mas não tem o que fazer.

— Mas ele não é nosso pai?

— Sim, e é por isso que faz.

— Mas e mamãe, por que finge que não vê?

— Até parece que não conhece a mãe. O mundo pode tá desabando e é como se nada tivesse acontecendo. Vive só pra fé dela, dentro do mundo que ela criou, e o restante, como ela mesma diz, Deus proverá.

— Ela é assim por causa dele. Mas ele não vai mais fazer comigo.

Socorro suspirou e disse:

— Se tentar impedir é pior. Se acontece em outras casas, por que ele não ia fazer com a gente também? Ah, e, quando menstruar, tem que tomar pílula, pois ele diz que se engravidarmos isso pode virar caso de polícia.

Fiquei parte da manhã ensimesmada, mas depois fui ajudar mamãe. Não havia como ela não notar minha tristeza, mas ainda assim agia como se nada tivesse acontecido. Mas o pior era ter que ficar cara a cara com papai. Como poderia fazer isso após o que acontecera? Queria poder congelar minha dor ao menos por um segundo, para ver se conseguia suportá-la, mas era como se ela já tivesse ultrapassado meu corpo e envolvido minha alma.

Papai entrou apressado ao meio-dia e meia, e se sentou à mesa da cozinha. Os demais ocuparam seus lugares, na sequência. Quando acabei minhas tarefas na pia, fui na direção do quarto. Porém, papai agarrou meu braço e mandou que eu puxasse uma cadeira e me sentasse, para almoçarmos todos juntos.

Mamãe acabara de pôr a mesa. Comeríamos peixe assado naquele dia. Também tínhamos preparado suco de acerola, o preferido de papai.

— Entregou o açaí todo? — disse mamãe, puxando conversa, enquanto observava papai se servir. Aquilo era atípico, em se tratando dela.

— Sim — disse ele, lacônico. Depois, olhando para mim e Socorro, acrescentou de um modo desdenhoso. — E estas aí, ficaram em casa, foi?

— Ficaram.

— Hum, então deram pra vadiar. Esta aí — disse, apontando para mim —, só porque anda lendo uns livrinhos, se acha melhor que a gente.

Minha incompreensão era crescente. Além de desprezar o estudo, agora ele me aviltava. Recusava-me a abraçar o conformismo de Socorro. Precisava de um motivo para entender por que ele fazia isso conosco.

Papai veio outras vezes. No começo, eu o repelia com uma força que sequer imaginava ter, mas ele me continha e quase sempre ia até o fim. Os ruídos eram altos demais para não serem ouvidos por mamãe, mas ela se mantinha quieta na cama. Socorro não se movia mais e Pedro às vezes acordava, olhava na nossa direção e, quando não chorava, voltava a dormir.

Deixou Socorro de lado e ficou apenas comigo, até que se cansou de mim e voltou para ela e, depois, ficou entre uma e outra, a seu bel-prazer.

Jamais aceitei ou me acostumei com aquilo. Era só que realmente não conseguia expulsá-lo. Desse modo, deixava-o entrar na rede, fazer o que quisesse, aguardava-o sair, e voltava a dormir, quando conseguia.

Socorro via tudo o que ele fazia comigo e ficava arrasada, pois não tinha como me ajudar. Às vezes me falava em fugir, mas logo afastava esta ideia, pois se achava covarde demais para isso. Então, voltava à mesma tecla: tínhamos de nos acostumar com o que já era costume.

Embora ainda se comportasse como se não soubesse de nada, ao ver minha melancolia aumentar, tendo inclusive sido avisada sobre isso por professora Goretti, mamãe resolveu me levar à igreja, na sede. Quando diante do altar, ela dobrava os joelhos, e pedia a Nossa Senhora, por mim.

Nessas ocasiões, ela me colocava para conversar com padre Arnaldo, o pároco da nossa igreja. Falou para ele que eu andava triste, ao que ele lhe disse que questões de saúde deveriam ser levadas a um médico, mas que, não obstante isso, ele poderia conversar comigo em termos religiosos.

Padre Arnaldo conhecia a mim e Socorro há muito tempo. Fora quem nos batizara, e fizera nossa primeira comunhão. Era alguém por quem eu tinha profundo respeito e admiração. Mas, embora gostasse de mim e fosse um padre acessível, eu não tinha coragem de lhe contar o que me acontecera.

Apesar do meu recolhimento, consegui, ao meu modo, me beneficiar das conversas com ele. Buscando assimilar suas lições de fé, tentava amenizar minha dor. Ele mal sabia o quanto me ajudava com minhas sombras, que às vezes se atenuavam, mas nunca sumiam totalmente.

Quando me achava melhor, mamãe suspendia levemente as bochechas e exibia um pouco dos dentes. Eu ficava fascinada. Se conseguia esboçar algo tão difícil para ela, como um mero sorriso, era porque talvez me amasse. Então, meu coração se agitava. Tão bom me sentir cuidada.

Desse modo, com o auxílio de padre Arnaldo, fui retomando o interesse pela escola. Não que religião ou educação pudessem apagar o que acontecera comigo, mas pelo menos eram caminhos possíveis de ajuda.

Certo dia, papai nos mandou pegar um dinheiro de açaí com seu João, um senhor que vivia entocado no mato com a mulher. Papai não gostava de ir para aquelas bandas, mas nós conhecíamos bem o caminho, pois já tínhamos ido receber dinheiro de açaí com seu João em outras ocasiões.

Seguimos pela mata fechada, de tarde, numa caminhada de cerca de meia hora. Conhecíamos bem o trecho que ia da nossa casa, na beira da água, até a casa de seu João. Fomos fugindo das cobras, sobre cipós e alagados, até chegar ao nosso destino, sob o trinar dos passarinhos.

Dona Maria, mulher de seu João, numa simpatia até então estranha para nós, convidou-nos a sentar num sofá puído e trouxe café novo. Depois seu João se achegou e disse que estava com a metade do dinheiro, mas que não nos preocupássemos, pois nos daria o restante na próxima semana. Estava explicado o motivo de tão boa acolhida. Socorro me olhou, aflita, prevendo a fúria de papai, mas não havia o que fazer naquela situação.

Depois que Socorro pegou o dinheiro, quando já estávamos prontas para ir embora, uma pessoa surgiu na sala e se aproximou de nós.

— Ah, então levantou! — disse dona Maria. — Meninas, este é Paulo, nosso afilhado. Veio passar um tempo conosco.

Garboso, ele era alto e esguio. Segundo dona Maria, era filho de uma irmã sua e morava numa beira do rio Pacajá. Disse que ela e seu João eram seus padrinhos e que ele viera para mais perto da sede atrás de emprego.

— Oi! — disse Paulo. Socorro ficou imediatamente encantada.

— Paulo, vá com as moças — disse seu João. — Conhecem o caminho, mas é sempre bom ir com um homem. Vai que cruzam com onça.

Aquilo não era necessário, mas, se tivesse dado minha opinião ali, teria comprado uma briga feia com Socorro. Em qualquer caso, se víssemos uma onça, algo raro ali, o que Paulo poderia fazer? O que seu João queria na verdade era nos agradar e, pelo menos em relação à Socorro, conseguira.

Na volta, Paulo não parava de falar. Dizia que já tinha ido a Belém; que ali, no meio das matas e dos rios, era muito atrasado e que sem dúvida ficaríamos encantadas com a capital. Enquanto Socorro era envolvida pelo seu charme, eu atentava para o que ele dizia. Sempre quis ir a Belém.

Paulo nos conquistou depressa. Era como se o automatismo da ida tivesse se transformado no encanto da volta, de modo que, em meio àquela conversa animada, desejamos que demorasse até chegarmos em casa.

Quando chegamos, Socorro foi se despedir de Paulo num lugar mais afastado. Da beira do rio, pude vê-los junto a uma árvore. Apesar de terem acabado de se conhecer, olhavam-se nos olhos e Socorro aceitava as brincadeiras dele. Havia se formado um clima de romance entre os dois.

Socorro e Paulo logo começaram a namorar escondido. Buscavam todas as ocasiões possíveis para estarem juntos. Enquanto ela faltava na aula, ele atrasava a resolução de coisas que deveria fazer para os tios, e assim iam levando. Socorro lhe falara sobre o gênio de papai, mas sem lhe contar o que ele fazia conosco. Além da vergonha, temia que Paulo a abandonasse por achar que ela não tinha valor. Por tais razões, não tornavam público o namoro. Do contrário, teriam de enfrentar a fúria de papai, que desde o princípio nos proibira expressamente de estar com outro homem.

O tempo passou e Paulo não conseguiu trabalho, o que afligiu Socorro, que ficava com medo de ele voltar para sua beira. De qualquer modo, amava-o cada vez mais, e acreditava que era correspondida.

Mas sabíamos dos riscos que ela corria. A esperteza de papai não se cingia ao açaí. Quando se tratava de nós, ele era ainda mais ardiloso. Lembrava-nos sempre sobre o que nos ocorreria se nos visse com homem.

E as coisas seguiram nessa toada, com algumas pessoas admitindo ou fechando os olhos para o que papai nos fazia, talvez porque aquilo não fosse novidade naquela região tão cheia de riquezas naturais, mas tão carente de educação e consciência humana, ou talvez porque aquilo fosse mesmo uma tradição enraizada entre eles, remontando quem sabe a uma origem primitiva demais para ser conhecida ou modificada facilmente. A verdade é que esse estado de coisas retrata um tipo de cultura que só vim compreender melhor anos depois.

Certo dia, Paulo apareceu com um papagainho e disse que era para mim. Explicou que aquelas aves eram comunicativas e inteligentes, e que eu iria gostar muito, pois me via com estas mesmas qualidades. Socorro aprovou o gesto. Em retribuição, eu dei para o papagaio o nome de Paulo.

Cuidei do meu Paulo com todo o carinho. Ainda despenado, colocava comida em seu bico. Acarinhava-o e o ninava o tempo todo. A tristeza que me acompanhava não se dissipou totalmente, mas foi suavizada pela convivência com aquela pequena ave. Voltei a sorrir, não com a mesma alegria de antes, mas com uma boa dose dela. Não raras vezes aquele bichinho de penas coloridas me fazia esquecer as minhas mazelas.

Fazendo pouco caso, mamãe disse que tinha papagaio em todo canto e que se quiséssemos poderíamos facilmente apanhar um e criar. Não via graça num bicho que até servia de comida para os moradores do nosso furo. Papai nem falou nada, de tanto que achou aquilo uma bobagem. Mas não me proibiram de ficar com a ave, desde que não atrapalhasse meus afazeres.

Passei a dividir meu tempo entre estudo, trabalho e o papagaio. Era incrível como, à medida que ficava durinho, as penas cresciam e víamos o colorido de sua figura, ele ia ficando entendido e tentava falar. Demorou um pouco até que ele começasse a falar, mas, quando o fez, sua primeira palavra foi Vitória. Eu lhe ensinara tanto que ele acabou aprendendo!

As pessoas se admiravam do nosso amor. Quando eu saía, ele ficava triste no poleiro; mas, quando voltava, levantava as asas, ria e assoviava. Vinha na minha mão, abaixava a cabeça para eu afagá-lo, subia no meu ombro e se colocava no meu peito quando queria que eu o aninhasse.

Ninguém mais o pegava. Ele não permitia. E eu também não podia chegar em casa sem falar com ele ou lhe dar atenção, do contrário voava para o meu ombro e lá ficava até eu fazer um cafuné na sua cabeça e ele ficar satisfeito.

Numa tarde, estava estudando com Socorro na mesa da sala, quando, de repente, ouvimos alguém dentro de casa resmungando baixinho, como se fosse um velho, ou, mais estranho ainda, uma alma perdida pela casa.

Ficamos apavoradas, mas mesmo assim fomos ver o que era. Então encontramos o papagaio reclamando para um ser invisível. Ao vermos sua rabugice, morremos de rir. Parecia uma pessoa se queixando da vida.

Depois, peguei-o no dedo e ele começou a gargalhar e assoviar. Eufórico, abria as penas da cauda, os olhos brilhavam de alegria.

Capítulo 3

Passaram-se dois anos e Paulo foi ficando em nosso furo. Ele e Socorro esconderam o namoro o quanto puderam. Mas sabíamos que não havia como nossos pais não desconfiarem, pelo tempo que Paulo estava em nossa comunidade e a proximidade que mantinha conosco. Isso se refletia no desagrado de papai, que cada vez mais nos proibia de sair de casa.

Certa vez, Socorro me disse que queria se casar na igreja. Fiquei penalizada, pois ela agia como se ignorasse que o óbice não estava em Deus e sim no pai que tínhamos. Então, para minha surpresa, Socorro me disse um dia que contaria tudo para papai e mamãe. Pedi que aguardasse até fazer dezoito anos ou que pelo menos pensasse melhor sobre o assunto. Mas ela disse que já havia encontrado o homem de sua vida, que tinha direito a ser feliz, e que, se papai impedisse isso, daria um jeito de fugir com Paulo.

Cheguei a falar sobre denunciar papai para professora Goretti ou padre Arnaldo, mas Socorro sempre me dissuadia, dizendo que o melhor era esperarmos a maioridade. E, agora que sua felicidade era confrontada, não hesitava em fazer o que acreditava ser o melhor para si. Tinha direito a ser feliz, mas, se não havíamos agido até ali, por que afrontá-lo agora?

Mas sentia que, mais que defender seu direito de ser feliz ou provar a idoneidade de Paulo, Socorro queria se libertar de papai. Ainda assim insisti, dizendo que ela iria mexer com fogo. Pedi que tivesse paciência. Porém, farta de viver escondida, como uma criminosa, disse que a hora de viver sem fingimento havia chegado, e que agiria em favor do seu futuro.

Socorro resolveu conversar com nossos pais na sala de casa. Era começo de tarde e eu estava na cozinha descascando cupuaçu para fazer suco. O papagaio estava no poleiro, ao meu lado, assoviando e mandando beijo. À parte a alegria da ave, fechei os olhos diante do que estava prestes a acontecer e pedi a Deus, do fundo do coração, que protegesse minha irmã.

Não ouvia direito o que conversavam, exceto quando papai gritou:

— O quê? Tá dando pra ele todo este tempo? Desde quando é dona do teu nariz? Ingrata, acha que não precisa de nós. Mas tá muito enganada!

— Não é nada disso, papai!

— Cala a boca!

— Eu já vou fazer dezesseis anos e...

— Não pode andar com homem sem minha ordem. Esqueceu quem manda? Não passam de mulher. Sabem se livrar da onça ou da cobra? Nada! Dependem de mim pra tudo. Eu é que sei o que é melhor pra vocês.

Súbito, fui invadida por uma vontade de largar tudo e ir para a sala ajudar minha irmã, mas me contive. Senti que ainda não era o momento.

— Paulo tá trabalhando, pai — atalhou Socorro com firmeza, deixando-o ainda mais indignado. — Ele vai ser um bom marido.

O que ela dizia era verdade. Já há algumas semanas, Paulo conseguira um emprego de vigilante na Secretaria de Saúde, na sede do município, e, eu não tinha dúvida, fora por isso que Socorro quisera falar com papai.

— Não quero saber das tuas safadezas, Socorro! Vai se casar, sim, mas com quem eu escolher. Por um acaso, esqueceu quem é teu pai?

Pelo ruído da cadeira, senti que Socorro tinha se levantado. Então, ouvia-a gritar que já tinha idade para saber o que queria e que tinha direito de ser feliz. Se resolvera enfrentá-lo, era porque iria até o fim, mas, como nunca tínhamos feito isso antes, não tinha ideia de como aquilo acabaria.

Como se não estivesse ali, mamãe não dava uma única palavra.

— Sua puta! Vai ver como se fala com um pai! — Ele bradava, e logo em seguida senti que se levantava com ódio e partia para cima dela.

Então, larguei o que estava fazendo e corri para a sala. Cheguei a tempo de ver papai desferir um soco no rosto de Socorro. Depois esbofeteou-a de novo e mais outra vez, até derrubá-la. Correndo até eles, coloquei-me diante de papai, implorando para que ele parasse com aquilo.

— Não, papai. Por favor! — clamei, chorando, enquanto me agachava para amparar Socorro. Ela estava sangrando pelo nariz.

Pedro largara o carrinho com que brincava e, enquanto chorava, andando de lá para cá, chamava por Socorro. Aturdido, não entendia nada.

— Deu pra ele também, putinha? — disse-me papai, ensandecido. Com a face rubra e os olhos flamejando, estava totalmente transtornado.

Cada vez mais descontrolado, papai não dava sinais de que cessaria a violência. Era como se ruminasse o que vinha guardando. Já devia saber de tudo, mas ainda assim parecia não acreditar que ela tivesse ido tão longe.

Ante o meu silêncio, fez menção de vir para cima de mim. Contudo, Socorro, que tinha acabado de se levantar, lançou-se sobre ele e os dois caíram ao chão. Desse modo, ele voltou a desferir socos na cabeça dela.

Então, como que despertando do seu sono eterno, mamãe levantou e, junto comigo, tentamos apartar os dois, o que só aumentou a fúria de papai. Pedrinho não parava de chorar e chamar por Socorro, um instante sequer.

Papai tinha os músculos trabalhados na lavoura. Socorro não teria qualquer chance, não fosse eu e mamãe acudindo com as mãos, e gritando para ele parar. Estava possesso e demonstrava um ciúme de homem por mulher. Não era um simples pai discutindo com a filha, mas um homem ferido em seu brio, que precisava se impor como macho e autoridade.

Quando conseguimos deter papai por um instante, Socorro levantou-se depressa, e me puxou para o quarto. Após nos trancarmos, nos sentamos diante da porta, numa tentativa desesperada de evitar que fosse arrombada.

— Vocês vão me pagar! — gritou papai, chutando com força a porta. Depois o silêncio caiu sobre a casa, envolvendo-nos num medo crescente.

Com uma terrível sensação de que algo ruim poderia suceder a qualquer momento, ficamos ali chorando, agarradas uma à outra, até que de repente ouvimos uma saraivada de gritos desalentados. Soube logo do que se tratava e, sentindo uma horrível angústia, meu coração se despedaçou.

Ele estava maltratando o meu bichinho, eu sabia que era isso. Quis desesperadamente ir ver como estava meu Paulo, mas o olhar apavorado de Socorro me demovia dessa ideia. Era como se ela me dissesse que, enquanto papai estivesse daquele jeito, não poderíamos arredar o pé dali.

Mas os gritos não demoraram a cessar e o silêncio voltou a pairar sobre a casa. Então, de repente, começamos a ouvir passos. Foi aí que sucedeu uma coisa horrível. Papai ressurgiu de mansinho e, se pondo bem diante do quarto, despejou um líquido viscoso, que escorreu pelo vão da porta para dentro do cômodo, tingindo de vermelho nossas roupas e o piso.

Ao nos darmos conta de que aquele era o sangue do meu Paulo, e de que papai tivera coragem de matá-lo, nos levantamos e começamos a gritar num desejo desesperado de que aquele pesadelo chegasse logo ao fim.

Capítulo 4

Depois do que fez com meu Paulo, papai saiu possesso de casa. Não sabíamos para onde tinha ido. Nesses casos de fúria, ele era imprevisível.

Logo mamãe veio nos falar, dizendo que as coisas tinham ido longe demais. Sem entrar em pormenores sobre a conduta de papai, disse que temia por nós. Perguntei-me em que mundo ela vivia. Fomos abusadas por todo aquele tempo e só agora ela manifestava preocupação com a gente?

A realidade da nossa região era de fato pavorosa, e, embora algumas mães vendessem seus filhos para terem o que comer, e outras deixassem suas filhas subirem em balsas para se prostituírem, nunca achei que o fato de mamãe não ter nos empurrado para estas situações constituísse algum mérito dela. Nada justificava o silêncio diante do que papai nos fazia.

— Cadê o meu Paulo? — perguntei, tomada pela dor.

— Esquece — disse mamãe. — Já tirei ele do corredor e joguei fora.

— Não! — gritei, arrasada. — Quero ver o meu bichinho.

Mamãe e Socorro me seguraram, tentando me acalmar. Quando conseguiram me conter, puseram-me na rede. Continuei a chorar e soluçar.

— Saiu louco da vida aí pelo meio do mato — disse mamãe, para Socorro. — Foi falar pro seu João que não quer mais Paulo perto de vocês.

Olhei para Socorro e pensei se ela não estava arrependida. Até onde eu sabia, ela sequer tinha falado com Paulo. No afã desesperado de se livrar da tirania de papai, havia consultado unicamente seu coração.

— Vocês sabem que ele não gosta de andar por aquelas bandas — continuou mamãe. — Se foi pra lá, não foi pra tá de conversinha. Não podem mais ficar aqui — disse, decidida. — Tenho medo do que ele possa fazer. Peguei um dinheiro. Vocês vão hoje pra Belém no navio que sai no meio da tarde — arrematou com sua fala breve e seca.

— Mas e a senhora e Pedrinho? — perguntou Socorro.

— Vamos ficar. Nosso lugar é aqui no mato com teu pai.

— Mas ele vai ficar com ódio da senhora — eu disse.

— Não se preocupem. Conheço ele antes de vocês nascerem. O que uma matuta casada com um doido pode esperar da vida? É meu destino.

Meu coração se encheu de tristeza ao escutá-la falar daquele jeito, com tanta precisão. Justo ela que era de tão poucas palavras.

— Quem vai lhe ajudar com Pedro? — disse Socorro observando o menino brincar de carrinho no chão.

— Já já ele cresce. Dos problemas este é o menor.

Sua imagem revelava o que a violência era capaz de produzir. Era notável o quanto a tristeza lhe deformava o espírito. Em parte isso explicava por que vivia distante de nós. Motivos não lhe faltavam para viver assim, e motivos também não faltavam para acabarmos como ela.

Eu e Socorro abraçamos nossa mãe conscientes de que aquele talvez pudesse ser nosso último adeus, o que encheu nossos corações de dor. Depois arrumamos nossas coisas e fomos nos despedir do nosso irmão.

Ele estava na sala, entretido com suas brincadeiras. Mamãe não chorava, embora eu desconfiasse que estivesse chorando por dentro. Eu e Socorro abraçamos Pedro, de modo que já antevíamos a saudade.

Ao perguntar por que ríamos e chorávamos ao mesmo tempo, Socorro disse que era porque íamos viajar, mas traríamos presentes.

Ele disse que não queria nada e que não era para irmos, senão ficaria sozinho. Com o coração partido, voltamos a abraçá-lo e depois lhe demos tchau.

Apesar de Socorro dizer que Paulo iria conosco, mamãe nos deu o contato de sua irmã, tia Estela, que morava há anos em Belém e que, segundo mamãe, até poderia reclamar, mas não nos deixaria no olho da rua.

Pouco depois, estávamos na rabeta de Ribamar, um dos condutores que costumavam nos levar à sede. A viagem durava mais ou menos uma hora, a depender da maré. Estávamos indo para uma cidade que nos era totalmente estranha. Só de pensar nisso eu sentia um frio na barriga.

No percurso, eu olhava para a mata, para os bichos, para as casas suspensas de madeira, na beira do rio. Eram coisas que faziam parte da minha vida, pertenciam à minha história. Havia tantos rios, tantos furos, tantas beiras se cruzando por ali, que isso até podia assustar os forasteiros, mas não a nós, ribeirinhos. Na verdade, sempre achei que nossos rios eram nossas ruas, avenidas e passagens, feitas diretamente pelas mãos de Deus.

Então pensei na viagem para Belém. O que sentia era conflitante, pois, embora já estivesse com saudade de casa e temesse o desconhecido, era urgente sairmos de Portel. Podia sentir a apreensão de Socorro. Ela não contara nada para Paulo. Mas eu a entendia: ela agia por amor. Comigo era diferente. Achava que não dependíamos da vontade de ninguém para deixar Portel. Precisávamos sair do nosso furo e na minha cabeça era como se um portal tivesse se aberto diante de nós, bastando que o atravessássemos. Era algo tão maravilhoso que parecia irreal, tão simples que causava medo.

Quando a rabeta atracou no cais, Socorro agradeceu a Ribamar, descemos com nossas coisas, e fomos direto para o trabalho de Paulo.

Andamos três quarteirões, pelas ruas de terra de Portel, até chegarmos ao prédio da Secretaria de Saúde. Assim que viu Paulo,

Socorro contou tudo, desde a reação de papai até a morte do meu Paulo. Ele lamentou muito, mas disse para ela que não devíamos ter ido tão longe, pois não tinha como passar por cima de papai e dos tios dele, até porque isso poderia prejudicá-lo no trabalho que tanto lutara para conseguir.

Socorro disse que fizera aquilo por amor, ao que ele falou que ela já sabia da opinião dele sobre morarem juntos enquanto ela fosse menor.

— Paulo, são dois anos juntos! — disse Socorro, irrompendo em lágrimas. — Estou enfrentando papai por nós. E você, o que está fazendo?

— Não podemos estender a conversa. Estou no meu trabalho agora. Por favor, voltem e tentem consertar as coisas com o pai de vocês.

— Foi mamãe que planejou essa viagem. Não tem mais volta, Paulo!

— Fez tudo da sua cabeça. Desculpa, não vou largar meu trabalho.

Socorro me puxou pelo braço e seguimos para a hidroviária. Paulo ainda tentou falar algo, mas ela apressou o passo e o deixamos para trás. Diante do seu choro, não querendo feri-la ainda mais, fiquei calada.

Ao chegarmos ao terminal hidroviário, uma construção toda em madeira, fomos direto para a fila do guichê.

Na nossa vez, Socorro pediu duas redes para Belém, ao que o atendente, um jovem na casa dos vinte anos, solicitou nossos documentos. Após lhe passar as certidões de nascimento que mamãe havia lhe dado junto com o dinheiro, ele nos olhou de cima a baixo, esticando a cabeça.

— Podemos viajar, não é? Tenho quase dezesseis e ela, treze.

— Já tivemos problemas com o juiz — disse ele baixinho. — Mas não se preocupe. Tome aqui, pra quando voltar. — Entregou-lhe um papel com o nome e o telefone dele.

Socorro comprou as passagens e entramos no navio. Depois soubemos que, pela lei da época, podíamos viajar sozinhas a partir dos doze anos de idade. O que aquele homem queria, na verdade, era um encontro com Socorro. Encantara-se com as curvas das mulheres da nossa família.

O navio tinha camarotes, espaço para redes e lanchonete. Iríamos de rede, pois era o que podíamos pagar. No penúltimo andar, Socorro atou nossa rede — só trouxéramos uma — e pôs nossas coisas dentro dela.

— Agora vamos comer alguma coisa — disse Socorro.

Fomos para a lanchonete, no segundo andar. Ali as pessoas conversavam animadamente enquanto um som alto fazia doer os ouvidos. Socorro comprou sanduíche, puxou duas cadeiras e começamos a comer.

— Barulhento aqui — queixei-me.

— Sim, ouvi dizer que fazem uma festa pra viagem passar logo.

— Será que são mesmo dezoito horas até Belém?

— Parece que sim. E você, ainda muito triste pelo seu Paulo?

Quis chorar, mas ela tocou minha mão e disse:

— O tempo de chorar passou. Vamos ter fé de uma vida melhor.

— Eu sei, mana. Mas dói muito. E tem o Pedrinho também...

Socorro aproximou sua cadeira da minha e me abraçou.

— Como acha que estou me sentindo depois de tudo o que fiz, e ainda saber que Paulo não me amava o suficiente para fugir comigo?

Decepcionara-se com alguém que amava, e por isso eu me condoía por ela. Já eu, perdera mais que um bicho de estimação. Meu Paulo fora, na verdade, uma das poucas fontes de amor que eu tivera na vida.

Assim que o navio se pôs em movimento, fomos para o gradil dar adeus à nossa cidade. Vendo como era bonita a sua baía, de repente, me vi erguendo a mão. Não sabia ao certo para quem acenava, mas logo pensei em toda a minha vida ali. Ao meu lado, Socorro me acompanhava naquele adeus. Era como se só houvesse nós duas de um lado e Portel do outro.

Quando o navio atracou em Melgaço, primeira cidade depois de Portel, acompanhamos a euforia de um senhor na parte de trás do navio. Com uma mulher e duas crianças, ele não parecia ser de Portel. Então, chegando ao gradil, vimos alguns botos se exibindo. Subiam do fundo, arrancavam palmas, e mergulhavam de novo no interior das águas. Surgiram outras crianças, que começaram a assoviar, rir, gritar, e, de repente, aquela aparição se transformou num verdadeiro espetáculo.

Eu e Socorro ficamos vendo as peripécias deles, embora aquele show não fosse novidade para nós. Eram mágicos, pois viviam escondidos no fundo das águas, e quando apareciam traziam bons fluidos e muito fascínio.

Pensei que se fôssemos botos não precisaríamos fugir de casa. Mas sabia que Deus lhes dera aquela vida para lhes garantir segurança e plenitude; quanto a nós, conforme havíamos aprendido com padre Arnaldo nos seus sermões, Ele decidira nos criar à Sua imagem, e, para que isso fosse alcançado em toda a sua perfeição, precisávamos nos submeter às mais variadas provas. Afora o que já tínhamos sofrido até ali, eu estava muito longe de imaginar os tormentos que ainda teríamos que enfrentar.

No fim da tarde, subimos para o último andar. Era um patamar a céu aberto e não havia quase ninguém ali quando chegamos. Naquele horário fazia frio e a maioria dos passageiros não gostava de se expor aos ventos. Mas, diante de toda aquela beleza, as lufadas não nos incomodavam em nada.

Acompanhávamos, entre as margens do rio, os últimos raios de sol. Um laranja ia rasgando o céu, ao mesmo tempo que pouco a pouco ia se abrindo sobre nós um azul cada vez mais intenso e cheio de estrelas.

Por volta das oito da noite, um pouco mais revigoradas, fomos para nossa rede. Não ligando para o barulho das pessoas, voltamos a conversar.

— Nervosa? — disse Socorro.

— Sim.

— Lembre de padre Arnaldo quando nos ensinava a ter fé.

— Sim.

— Pois é. Você sempre foi muito mais carola que eu.

Após um momento de silêncio, eu disse:

— Mamãe falou que tia Estela é um pouco braba.

— Sim, pelo que lembro da última visita dela aqui, quando vovô e vovó ainda eram vivos. Não vai ser fácil. Temos que saber nosso lugar.

— Ela trabalha com o que mesmo?

— Em casa de gente rica. O tio é pedreiro, mas anda encostado.

— Ela não é católica como a gente, não é?

— Não. Eles são evangélicos.

— Hum... Vai procurar emprego em Belém?

— Tudo vai depender da tia.

— Posso trabalhar, mas também quero estudar.

— Mas uma coisa não impede a outra, não é?

— Acha que mamãe falou tudo pra ela?

— Não sei, Vitória.

— E papai? Acha que ele vai pagar pelo que fez conosco?

Socorro suspirou e disse:

— Você sabe que muitos acham que têm o direito de fazer essas coisas com as filhas. Nós mesmas conhecemos um monte de casos.

— Não importa, Socorro. É errado.

— Eu sei. Mas já não estamos indo pra Belém? Então vamos agarrar essa chance e esquecer o que passou.

Ela podia esquecer, mas eu jamais me esqueceria. Talvez o perdoasse um dia, mas ainda assim não seria capaz de esquecer o que ele me fizera.

Socorro adormeceu; estava exausta a bichinha. Embora eu também estivesse cansada, não conseguia dormir, de modo que peguei o último livro que recebera de professora Goretti. Não pude evitar o pecado de ficar com ele. Trouxera-o como um amigo, pois não sabia se, além de Socorro, encontraria mais alguém em Belém, pelo menos em curto espaço de tempo.

Tratava-se de *O príncipe e o mendigo*. Comecei a lê-lo e, a certa altura, me vi pensando. Seria possível um rico ou poderoso ser amigo de um pobre qualquer? E, quanto ao amor, será que ele poderia existir entre um rapaz que vivesse como um príncipe e uma moça maltrapilha, vinda dos confins do mundo? Sorri diante desta ideia maluca e dormi em seguida.

Capítulo 5

Ainda estava escuro quando o navio chegou a Belém, e as pessoas começaram a se levantar e separar suas bagagens. Após arrumarmos nossas coisas, eu e Socorro seguimos para a saída. Com a cabeça girando, desci a escada apoiada no ombro dela. Agora podia dizer que sabia o que era *estar mareada*. Desde que entráramos na baía, nossa rede não parara de balançar.

Já fora instalada a passarela de ferro, e alguns já estavam saindo da embarcação. Atravessando o passadiço, descemos no porto, onde havia guichês, um galpão de ferro e um estacionamento repleto de táxis.

Entramos no primeiro táxi que vimos e Socorro deu para o motorista o endereço de tia Estela, num papel amassado. No trajeto seguimos em silêncio enquanto o sol se levantava, enchendo de vida aquele lugar cheio de prédios, praças e gente apressada. Ali tudo era mais bonito e abundante.

Diante da casa de tia Estela, após uma hora de viagem, o motorista nos disse que ali era o Curuçambá, uma espécie de bairro de Ananindeua, onde moravam muitas pessoas que trabalhavam em Belém, inclusive ele.

Desci do carro e fiquei a olhar para a casa da minha tia. Gostei do que vi. Era um pequeno sobrado de alvenaria, que parecia bem cuidado.

Após pagar o taxista, Socorro veio até mim. Cada qual segurava uma trouxa. O corpo cansado, a alma maltratada. Chegara o momento.

Socorro tocou a campainha e vimos uma mulher abrir a porta, vir até o portão e nos olhar detidamente. Lembrava mamãe: morena clara, cabelos lisos pretos e corpo bem-feito. Bem-vestida, parecia pronta para sair.

— Somos Socorro e Vitória — disse Socorro, num misto de embaraço e nervosismo.

— Ah, logo vi; lerdas assim, só sendo de Portel mesmo. Ah, vergonha de dizer que sou daquele lugar. Entrem e se comportem.

Já na porta, prestes a entrar, ela olhou para trás e disse:

— Fechem o portão! Aqui não é a calmaria do mato de vocês!

Quase correndo, fui fechar o portão. Na volta, reparei num pequeno jardim, à direita, onde havia duas cadeiras de plástico debaixo de um toldo.

Ao entrarmos, vi que a casa era simples, mas organizada e com bons móveis. Na sala havia uma mesa, uma estante e um sofá. Tia Estela pediu que nos sentássemos à mesa, pois chamaria o tio para nos apresentar.

Voltou com um homem magro e calado e se juntaram a nós. Eu estava tão encabulada que receava ficar muda caso me perguntassem algo.

— Este é Manoel, o tio de vocês — disse tia Estela. — Fiquem sabendo que eu pedi pra chegar um pouco mais tarde no trabalho, pra poder receber vocês; mas mesmo assim não posso abusar de dona Paula.

Ao ouvir aquele nome, olhei para Socorro. Era o mesmo nome dos nossos Paulos, mas no feminino. Seria este um nome cabalístico para nós? Lembrei-me do que padre Arnaldo dizia sobre São Paulo, especialmente de suas cartas. Rogava que aquilo não fosse um acaso, mas um bom augúrio.

Tio Manoel olhava-nos, curioso.

— A mãe de vocês ligou — disse tia Estela com gravidade. — Não concordo com o que fizeram. Sei que são desmioladas, mas, pelo menos você, Socorro, que é mais velha, podia ter tido um pouco mais de juízo.

Ficamos caladas. Mamãe certamente falara só o que lhe convinha.

— Mas sei que minha irmã falou o quanto somos cristãos nessa casa. Por isso decidimos receber vocês aqui. Mas não vai ser de graça não, viu?

— Deixa elas falarem, Estela — disse o tio. — E a viagem, Socorro?

— Foi tudo bem, tio — disse Socorro.

— E tu, Vitória, o que achaste de Belém?

— Aqui é muito bonito.

— Estão estudando? — perguntou o tio.

— Não começa, Manoel. Já falamos sobre isso — disse tia Estela.

— Sim — respondi. — Estamos estudando e valorizamos o estudo.

— Ah, é? — disse tia Estela, desdenhosa. — Pois saibam que aqui vão trabalhar para pagar pela estadia. Vão ajudar na casa, também.

Só depois soube que os tios já haviam conversado sobre o nosso estudo e que ele saíra vencido. Ela não queria que estudássemos e tampouco se animava para obter nossa guarda na Justiça. Dizia que isso era problema demais para a cabeça dela e que sua ajuda ia só até um limite.

— Agora já vou, já perdi tempo demais — disse ela, pegando a bolsa e saindo. Depois nosso tio nos convidou para conhecermos a casa.

Mostrou-nos uma cozinha bem organizada. No segundo andar havia três quartos. Um do casal, e os outros dos primos Samuel e Daniel. Porém, com nossa chegada, eles passaram a dividir o quarto de Samuel.

Tio Manoel nos deixou no quarto que ocuparíamos. Nele havia um guarda-roupa e uma cama de solteiro. Agradecemos a

Deus por haver armador de rede. O banheiro que devíamos usar era o do corredor.

— Não esperávamos que fosse diferente, não é? — disse Socorro.

— Ficaremos só por enquanto, se Deus quiser.

— Sei lá, esta cidade parece um mundo.

— Pelo menos temos algum estudo — eu disse, indo arrumar nossas coisas no armário, enquanto ela me observava da cama. Trouxéramos pouca coisa: roupas simples, algumas miudezas e só. — Pronto, veja se gostou.

Foi olhar o interior do armário. Disse que estava bom, mas depois comentou como tudo aquilo era ridículo. Que razão havia para ficarmos satisfeitas se nem roupas decentes nós tínhamos? Falei que não devíamos nos abater, e lembrei do que ela mesma me dissera sobre fé no navio.

Diante disso, voltou ao armário e, ao achar o que queria, uma bolsinha que mamãe lhe dera, pegou o terço, e me fez rezar junto com ela.

Ao meio-dia, tio Manoel chamou-nos para almoçar. Disse que a tia deixava a comida pronta e que ele e os primos se viravam para esquentá-la. Com nossa chegada, sugeriu que passássemos a fazer isso. Fiquei feliz em ser útil, mal sabendo, porém, que ainda nos empurrariam muitas outras tarefas.

Após esquentar a comida e fazer o suco de goiaba — a polpa estava no congelador —, colocamos a mesa e nos juntamos a eles para almoçar.

O primo mais velho, Samuel, era homem feito. Tinha dezoito anos e estava no ensino médio. Parecia metido e nos olhava de modo atrevido. Daniel era o inverso: quatro anos mais novo, era calado. Gostei dele.

— O que estão achando da nossa casa? — perguntou o tio.

— Muito bonita e organizada — disse Socorro.

— Que bom que está servindo — disse Samuel, irônico.

Naquela ocasião, tio Manoel nos disse que tia Estela trabalhava há muitos anos numa casa de família, sendo de confiança da patroa. Depois viemos saber que, embora seu salário fosse bom, era no limite, pois além dela ninguém mais trabalhava na casa. Titio era pedreiro, mas estava cada vez mais sem serviço. Estava explicado por que deveríamos trabalhar.

— O que vocês comem lá em Portel? — perguntou Daniel.

— Peixe, camarão, açaí — eu disse. — Vocês tomam açaí aqui?

— Sim — disse o tio. — Mas não como vocês, que têm a fruta no quintal. Em Belém o litro chega a ser três vezes mais caro do que o daqui de Ananindeua. Mas o certo é que açaí dá dinheiro e vende em todo lugar.

De repente, tive saudade do nosso açaí e da comida de mamãe.

— A verdade — continuou o tio — é que a vida aqui é mais difícil. Até o açaí, que vocês têm pra vender, nós precisamos comprar.

— Deixaram namorado em Portel? — perguntou Samuel com cinismo, ao que Socorro respondeu que nossas prioridades eram outras.

Após o almoço, tio Manoel nos informou que, além de fazermos a comida, também faxinaríamos a casa e lavaríamos e passaríamos as roupas.

Quando terminamos o serviço, subimos para o quarto. Socorro se deitou na cama e eu na rede. Combinamos que não haveria um lugar certo para dormirmos ou descansarmos. Nós os escolheríamos de comum acordo.

— Pelo menos são melhores de conviver do que ela — comentei.

— Não sei não. Samuel é muito atirado. Não gosto nada disso.

— Também achei. Mas, em compensação, Daniel parece legal.

— Ainda é menino. Vai ver só quando crescer. Homem não presta.

— Não devem estar felizes com a gente. Roubamos um quarto.

— É, pode ser.

— Ainda estou te achando triste. Não fique assim.

— Não se preocupe. Tristeza bate e depois vai embora.
— E mamãe? Acha que vai ligar pra saber da gente?
— Acho que vamos ter que esperar um tempo.

Após um instante, resolvi perguntar:

— Você ainda pensa muito no Paulo, não é?

Ela demorou um pouco para responder. Depois disse:

— Pensei que a gente ia ficar junto pra sempre. Sei que devo tirar ele da cabeça. Ainda não consigo. Mas vou conseguir, você vai ver só.

Ela falou com a voz embargada, enquanto segurava o choro. Eu sofria junto com ela sempre que a via assim, pois a amava muito. Nossas brigas nunca duraram mais que um dia. Elas, na verdade, quando ocorriam, só serviam para demonstrar o quanto gostávamos uma da outra.

— Entendo você, mana — disse, voltando-me para ela. — E sei que vai achar bobagem o que vou dizer, mas também sinto falta do meu Paulo.

Tomada pela vontade de chorar, reprimi o choro.

— Não é besteira não, Vitória. Era seu bichinho. Tem o direito de ficar triste. O que papai fez foi cruel. Fez aquilo só pra nos atingir.

Então finalmente as lágrimas rolaram em meu rosto.

— Se ele tivesse aqui, alegraria um pouco mais a nossa vida. Diferente de outros papagaios, não era de gritar. Conversava, fazia carinho.

— E resmungava — acrescentou Socorro, sorrindo.

— Sim, e resmungava — eu disse, sorrindo, cheia de saudade, enquanto lembrava daquela ave indefesa, que só queria dar e receber amor.

Capítulo 6

No fim da tarde, após ajudar Socorro com as coisas de casa, resolvi ir até o portão para ver o movimento. Tia Estela voltaria no máximo às sete, pois além deste horário era perigoso no Curuçambá. Ao passar pelo jardim, vi Daniel sentado debaixo do toldo. Sorri para ele e segui até o portão.

Fiquei olhando o movimento. Pessoas vindo do trabalho com pastas nas mãos, crianças brincando, idosos andando devagar, empregadas com sacolas, gente de todo tipo. Tão diferente do nosso furo, onde no máximo estaríamos vendo alguém acenar de longe numa rabeta a deslizar pelo rio.

Quando cansei de estar ali, resolvi ir para junto de Daniel. Tomei o desvio lateral, entrei no jardim e me sentei no banco diante dele.

— Oi, primo.

— Oi — disse ele meio sem jeito, desviando o olhar.

— Quer conversar?

— Pode ser.

— Gosta do colégio?

— Mais ou menos.

— Tem muitos amigos?

— Não.

— Posso ser sua amiga se você quiser.

— Tudo bem.

Estar com ele me inquietava, pois, embora fôssemos quase da mesma idade, me sentia muito mais velha. Independentemente de sua timidez e reserva, ele me cativara desde o começo com seu jeito puro.

— O que gosta de fazer?

— Às vezes jogar bola. Essas coisas.

— Trouxe um livro que estou quase terminando. É muito bom. Conta as aventuras de dois meninos mais ou menos da nossa idade. Quer ler?

— Tudo bem.

Não parecia muito entusiasmado em conversar comigo. Porém, como eu preferia ele a Samuel, quis investir na sua amizade.

Não demorou muito e tia Estela chegou. Parecia cansada. Ao fechar o portão, e nos ver sentados ali, um diante do outro, foi taxativa:

— Não quero vocês de conversinha. Podem tratar de entrar.

Não entendi qual o problema de conversarmos ali no jardim. Senti-me ofendida. Ao entrarmos, ela pôs a bolsa sobre a mesa e foi procurar Socorro para saber como fora o trabalho e se o jantar estava pronto.

— Tudo ok, tia — disse Socorro. — Quando quiser ponho a mesa.

— Mas antes chame seu tio e primos. Tenho novidades para vocês.

À mesa, quando todos já estavam sentados para jantar, enquanto levava a concha de sopa quente ao prato, tia Estela dizia:

— Falei com dona Paula e, como é uma ótima patroa, aceitou uma de vocês como minha auxiliar. Isso se deve à confiança que ela tem em mim.

Era realmente uma ótima notícia. Sorri exultante para Socorro.

— Imaginei quem poderia ficar com o emprego. Pensei em Socorro. Por ser mais velha, tem menos chance de me fazer passar raiva.

Ficaria de fora naquele momento. Mas logo me convenci de que não tinha por que ficar triste, pois Socorro teria um emprego e isso seria ótimo.

— Porém — continuou ela —, vi que esta não era a melhor decisão. Socorro, por ser mais experiente, deve ficar aqui. Vitória, sendo mais crua, fica sob minha supervisão direta. É melhor assim, não é, Manoel?

— Hum? — disse ele, distraído. — Ah, o que decidir está bom.

Voltando-se para nós, disse, sob a fumaça que saía da panela, sempre que a tampa era levantada para alguém se servir:

— E não fique triste, Socorro. Vou achar um trabalho pra ti. Tenho tanto interesse nisso quanto você. Até lá, nos ajuda aqui.

De repente me vi ansiosa com a novidade. Não nos falara nada do seu trabalho. Só sabíamos que trabalhava em casa de família, nada mais.

— Ah! — disse tia Estela. — E, antes que esqueça, a mãe de vocês disse que não ligará mais, o que é compreensível diante do que aprontaram.

Não liguei para a ofensa, mas, quanto a mamãe não telefonar mais para nós, fiquei arrasada. Subi para o quarto com um bolo na garganta.

No dia seguinte, ainda era escuro quando tia Estela entrou apressada no quarto mandando eu me levantar logo e já ir me acostumando a me acordar cedo, pois sairíamos de casa todos os dias, pontualmente, às seis e meia, para estarmos no ônibus às quinze para a sete, e no trabalho, impreterivelmente, às oito horas.

Levantei-me depressa, tomei banho, escolhi minha melhor roupa, tomei café e, após receber um boa sorte de Socorro, fui com tia Estela para a parada. Logo subimos no ônibus. Sentou-se à janela e eu ao seu lado.

— Veja lá como vai se comportar. Não é pra tá mexendo em nada e nem tá de conversinha com Lorenzo. Não confunda as coisas, pelo amor de Deus. Eles estão te ajudando. Não pode desapontar. Entendeu bem?

— Sim.

— Eu te achei mais centrada que Socorro. Não sei bem por quê. Ela parece falar mais besteira. Posso dizer que foi também por isso que te escolhi. — Parecia um elogio, mas soou como uma mera observação. — Ah, e precisamos ver roupas melhores pra ti.

Ali ela parecia amável. Mas eu sabia que agia assim por receio da patroa. Não tinha nenhum afeto por nós. Acolhia-nos porque, além de ser nossa tia, em algum lugar de sua alma mesquinha, precisava haver espaço para a solidariedade necessária a todos aqueles que se dizem cristãos.

Capítulo 7

Depois que tomamos uma rua chamada Governador José Malcher foi que Belém despontou para mim, com suas avenidas largas e prédios altos. As mangueiras, de um lado e de outro, eram tão frondosas que suas copas se encontravam no meio das vias, sombreando e embelezando ruas e calçadas, que às vezes, de tão pitorescas, pareciam ser de outra época.

Ainda estava impressionada com tudo o que tinha visto quando tia Estela tocou meu braço e disse que havíamos chegado. Descemos na praça Batista Campos, que, segundo ela, estava entre as mais bonitas do país. Apesar da pressa, estendi os olhos e pude constatar o quanto era realmente bela. Cheia de árvores e ornamentação, ocupava um quarteirão inteiro.

O edifício dos patrões de tia Estela ficava defronte à praça. Passando pela guarita, ela cumprimentou seu Marcos, o porteiro. Depois atravessamos o hall e tomamos o elevador para o décimo oitavo andar.

Entramos no apartamento pela sala. Não era sua casa, mas logo vi o zelo que tia Estela tinha por aquele lugar. Pensei que aí pudesse estar a explicação para que ela se mantivesse por tanto tempo naquele trabalho.

— Chegamos. Estamos sozinhas. Costumam sair cedo. Os patrões para o escritório, Lorenzo para a faculdade. Vou te mostrar o apartamento.

Havia duas salas, uma de estar e outra de jantar. Janelões corriam pelos dois ambientes e asseguravam uma bela vista da praça com o rio Guamá ao fundo. Várias espécies de aves eram vistas dali, sozinhas ou em bando. Porém, o mais lindo de se ver eram as garças nas copas das sumaumeiras. Do alto, eram como pingos brancos tingindo as árvores. Habitando ali, comiam os peixes dos lagos e desfilavam elegantemente com suas pernas compridas, como se fossem a atração principal. E de fato eram.

Logo em seguida tia Estela me apresentou os móveis. A decoração era clássica, em cores de tom fechado. Havia sofás, mesa de jantar, tapetes, bufê, e muitos quadros. Disse que eu precisaria limpar tudo aquilo e que me ensinaria como fazer, mas que, se eu quebrasse uma única peça daquela, seria despedida imediatamente e por isso tinha de tomar todo o cuidado.

Depois fomos para a cozinha. Separada da sala de jantar por uma porta de correr de vidro, imaginei que dali desse para ouvir tudo o que se conversava na sala de jantar. Fora isso, ali havia uma mesa, modulados e eletrodomésticos novos, bonitos e sofisticados, como tudo naquela casa.

Depois ela me levou para os quartos. Primeiro entramos no do casal: um aposento enorme. Devia ser do tamanho de muita casa de Portel. Era uma suíte especial, com banheira, closet, cama grande e armários imensos.

Depois fomos para os outros quartos. Um deles era o escritório, onde havia mesa, cadeiras, uma poltrona de couro e estantes cheias de livros. Senti-me emocionada por reencontrá-los ali, meus amigos queridos.

— O que foi, menina? Achou feio o escritório?

— Não. É muito bonito! E estes livros aí?

— Ah, os livros... Tua mãe me disse que tu gostas de ler. Mas agora é hora de cuidar do teu emprego. Procure tirar estas coisas da cabeça.

Olhei para uma estante e li *vade mecum* em algumas lombadas. Não parecia literatura. Mas outras estantes tinham livros de ficção.

— Quem lê estes livros?

— Ora quem, os donos da casa!

— O menino lê também?

— Que menino, Vitória? Ele já é um homem. Tem dezoito anos. E de pensar que tinha um ano quando cheguei aqui. Passa rápido! E ele lê, sim. Claro! Faz direito, vai seguir a carreira dos pais. Agora chega de conversa.

Ela me levou para o outro quarto. Além da cama e dos criados-mudos, havia uma estante cheia de livros, uma escrivaninha e um banheiro. Desse modo, percebi que todos os quartos eram suíte, inclusive o escritório.

— Este é o do Lorenzo.

— Também faz a comida deles? — perguntei, de repente, ao ver sobre a escrivaninha um prato com o que parecia ser o resto de um lanche.

— Que pergunta! Pensei que já soubesse que aqui sou pau pra toda obra. Mas sempre tive ajudante. Como te disse, dona Paula é muito boa.

— Alguém precisou sair pra eu estar aqui?

— Sim. Ela vinha durante a semana e folgava aos sábados. Daí foi dispensada e te contrataram de segunda a sexta, podendo vir aos sábados.

— E a carteira?

— Que carteira, menina? Tu és menor!

— Certo, mas... como virei pra cá aos sábados sozinha?

— Não virá sempre. Mas, se acontecer, venho contigo.

Agora estava explicado. A generosidade que ela tanto ressaltava não passava de um negócio entre ela e dona Paula. Enquanto esta ganharia mais um dia de serviço, aquela ficaria com todo o meu ordenado.

Ela abriu as cortinas, e vimos entre os prédios um céu nublado. Era como eu me sentia naquele momento: repleta de nuvens a me impedir de ser eu mesma, a tolher minha liberdade e a dificultar minha alegria.

Em seguida, notando um porta-retrato no criado-mudo, peguei-o e vi o rosto de um rapaz. Ele era branco, cabelos e olhos castanho-claros, e sua expressão era marcada por uma seriedade misturada com timidez.

— Ele é bonito!

Ao voltar-se para mim, tia Estela arrancou o porta-retrato da minha mão e colocou-o cuidadosamente de volta no lugar.

— Entende. Se tem algo perigoso pra ti aqui, este algo se chama Lorenzo. Agora vamos trabalhar. Espero que não sejas lerda igual tua mãe.

Naquele dia varremos e passamos pano no chão, lustramos os móveis, espanamos os quadros. Depois repetimos o processo na cozinha e nos quartos. Ela fazendo, eu observando, ela mandando, eu executando.

Por fim, tia Estela foi preparar o almoço. Com tudo pronto, por volta de uma da tarde, ouvimos as vozes na sala. Tinham chegado. Fiquei nervosa.

— Chegamos! — Era uma voz feminina.

Ao avistar a patroa, quando entrou na cozinha, minha tia disse:

— Oi, dona Paula. O almoço já está pronto. Quando quiser, avise.

— Então esta é a moça — disse dona Paula, examinando-me com cuidado. Com cerca de quarenta anos, era alta e loura. De terno preto e salto alto, faria qualquer mulher de Portel da mesma idade parecer sua mãe.

— Sim. E ela se saiu bem hoje, viu? Aprende rápido e é cuidadosa.

— Bom, pra você estar dizendo é porque deve ser mesmo — disse ela, sem tirar os olhos de mim. — Eu só não a imaginei assim...

— Assim como? — perguntou tia Estela, preocupada. E logo se apressou a dizer: — Não gostou dela? Se preferir podemos chamar a outra.

— Não. É que ela parece desenvolvida para a idade. — Este foi o único comentário que ela teceu sobre mim e isso me desconcertou.

Depois organizamos a mesa do almoço. Tia Estela foi colocando os *sousplats*, pratos e talheres e me mandando ficar atenta ao serviço, pois me incumbia naquele momento aprender o que ela estava fazendo.

Quando terminamos de pôr as travessas sobre a mesa, como que atraídos pelo aroma da comida, os donos da casa foram ocupar seus lugares.

Ao voltar para a cozinha, lembrei-me do quanto eram simples nossas refeições em Portel. Ali era bem diferente. Segundo tia Estela, os pratos não se repetiam e eles precisavam de pelo menos uma pessoa para servi-los.

Enquanto comiam, tia Estela me mandou ficar atenta, pois poderiam querer alguma coisa. Além disso, ainda havia a sobremesa ao final.

Em dado momento, dona Paula gritou da sala:

— Dona Estela, mande a Vitória vir aqui.

Tia Estela disse para eu olhar bem o que iria fazer. Se antes estava ansiosa, agora sentia meu coração saltitar. Temia cometer algum deslize, parecer boba. Quando me pus diante deles, tinham acabado de comer.

— Esta é Vitória — disse dona Paula. — É sobrinha de dona Estela e veio de Portel. Segundo a tia, é esperta. Exatamente o que precisamos aqui.

Olhando-me, seu Luís me deu um sorriso indiferente. Já Lorenzo, pareceu-me mais verdadeiro em seu cumprimento. Ele era ainda mais bonito pessoalmente do que na foto. Não transmitia a energia exagerada da mãe nem a reserva do pai. Era como uma versão equilibrada dos dois.

— Traga o sorvete de tapioca, Vitória — disse dona Paula.

Ao voltar para a cozinha, tia Estela já me esperava com o pote de sorvete. Levando-o para a mesa, notei que Lorenzo me olhava fixamente.

— Obrigada, Vitória, agora pode ir — disse dona Paula.

Voltei para a cozinha e de lá podia ouvir parte do que falavam:

— O primeiro ano é assim mesmo — ia dizendo dona Paula. — Muita teoria, e isso é diferente do dia a dia do fórum. Mas depois melhora.

— Eu sei, mãe. Estou me esforçando. Mas continuo achando chato.

— Ainda é cedo para dizer isso, Lorenzo. Você sabe que não há como seguir outra carreira tendo um escritório de advocacia pra herdar.

Tia Estela havia me dito que o escritório era conceituado e dava um bom dinheiro. A secretária de lá, dona Berenice, se dava com tia Estela.

— Sei que está só começando a vida, mas isso não lhe impede de ter um pouco mais de juízo — disse seu Luís, saindo sem tocar na sobremesa.

Tia Estela me explicara que, embora dona Paula fosse mais emocional, quando o assunto era o filho, seu Luís também se inquietava.

Ao deixarem a mesa, fomos almoçar. Depois limpamos a cozinha e ficamos no apartamento até o fim da tarde, à disposição dos patrões.

Ao chegar em casa, fui direto para o quarto e contei para Socorro tudo o que havia acontecido. Senti sua alegria por mim, mas ela continuava triste.

— Também tenho saudade, mana — eu disse. — Mas...

— Não. Desta vez não é isso.

— O que aconteceu?

— Samuel não esperou nem passar o tempo pra tirar graça.

— Como assim? Se acalme e diga o que ele fez.

Visivelmente envergonhada, ela disse:

— Fica fazendo menção de baixar o short. Falei que ia contar pra tia. Ele riu e disse que ela ficaria do lado dele e ainda iria nos expulsar daqui.

Na mesma hora, eu disse que contaria tudo para a tia. Mas ela implorou que eu não fizesse isso, pois realmente poderíamos acabar na rua.

Fiquei revoltada. Estávamos só há dois dias ali e já nos deparávamos com esse problema? Não bastava o que havíamos passado em Portel, e justo agora, que achávamos estar em paz, Samuel se comportava assim?

Naquela noite a rede não foi atada; deitei na cama com ela e dormimos abraçadas até de manhã.

Capítulo 8

Após um mês, eu estava totalmente adaptada ao trabalho. Já arrumava os quartos, limpava a casa, lavava e passava a roupa, e até ajudava na cozinha, tudo conforme o gosto da patroa. Além disso, seguindo as ordens de tia Estela, mantinha-me o mais distante possível de Lorenzo, o que não era assim tão difícil, já que ela nos vigiava a maior parte do tempo.

Ainda assim, Lorenzo se mostrava educado comigo. Quando ia arrumar seu quarto, sempre encontrava um livro pelos cantos. Ele lia rápido e isso me impressionava. Nessas ocasiões eu tinha vontade de pedir algum livro emprestado, mas, quando confessei este meu desejo para tia Estela, ela me disse que ali devíamos saber o nosso lugar. Nunca mais falei sobre isso.

Aos poucos fui conhecendo dona Paula. Não era do tipo que esperava o dia seguinte para chamar a atenção, mas ajudava em tudo o que precisássemos. Porém, um assunto a preocupava permanentemente, e este assunto se chamava Lorenzo. Ela e o marido queriam ver o filho trabalhando no escritório da família. Achavam Lorenzo sonhador, quase romântico, o que os perturbava, pois preferiam vê-lo com os pés no chão.

Uma vez fui com tia Estela ao escritório deles. Ficava num prédio comercial, numa transversal da avenida Presidente Vargas. Dona Paula pediu que levássemos um documento que esqueceram na pressa de irem para o trabalho. Ao chegarmos, nos dirigimos a um balcão onde ficava uma senhora que, interrompendo o que fazia, voltou-se para tia Estela e disse:

— Oi, Estela, tudo bem? — Elegante e bem-vestida, pareceu-me um pouco mais velha que tia Estela.

— Bom dia, Berenice. Se melhorar, estraga.

Notei uma certa camaradagem entre elas.

— Trouxe o documento?

— Sim, tá aqui — disse tia Estela, passando o envelope para ela.

Em seguida, Berenice voltou-se para mim, como quem quisesse saber de quem se tratava.

— Ah, sim, esta é Vitória, minha sobrinha. É minha nova assistente.

— Que ótimo! — disse a secretária, sorrindo. — Aproveite a oportunidade, minha filha. E seja grata à sua tia. O mar não tá pra peixe.

Só voltei a me encontrar com aquela senhora mais uma vez, mas em circunstâncias muito diferentes das daquele dia agradável e tranquilo.

A cada vez que eu saía sozinha — e isso não demorou a acontecer, pois logo comecei a ir ao supermercado e à farmácia —, observava melhor os detalhes da praça ou da circunvizinhança. E isso me inebriava, pois, diferentemente de Portel, as coisas ali eram mais dinâmicas e sofisticadas.

Mas havia algo de que eu não gostava: quando os homens me abordavam. Assoviavam para mim, faziam-me elogios chulos. Mas depois entendi o porquê desse seu comportamento. Eu era uma mestiça que desabrochava em formas bem-feitas, uma flor no auge da sua beleza, exalando sua própria fragrância. E isso despertava o desejo dos homens.

Mas algo me dizia que só queriam se divertir comigo, e, a par do que eu passara em Portel, isso só contribuía para me manter bem distante deles.

Meu primeiro salário me causou decepção. Após o entregar para tia Estela, dona Paula me disse que agia assim porque eu era menor de idade. Então, aguardei que tia Estela viesse me dar alguma satisfação, mas isso nunca aconteceu. Mas procurei não ficar tão desolada. Ora, eu e Socorro não só éramos de fato menores de idade como também sustentadas por tia Estela. Aquele, portanto, não era um preço tão alto a se pagar. Além disso, as coisas não seriam assim para sempre. No futuro teríamos o nosso canto.

A primeira vez que calhou de eu conversar com Lorenzo, pelo menos conversar de verdade, e não apenas atender a pedidos ou simplesmente cumprimentá-lo, foi numa tarde, quando dona Paula pediu para tia Estela ir ao escritório levar um processo que seu Luís havia esquecido no escritório.

— Vou entregar esse processo lá — disse tia Estela. — Como vivem no corre-corre, às vezes esquecem alguma coisa. Olhe, o escritório tá sujo! Passe o pano e deixe a janela aberta pro vento circular. Não vou demorar.

Depois que ela saiu, peguei a vassoura, o pano de chão e o balde com água tratada e fui para o escritório. Incomodada com o estado do cinzeiro, fui ao banheiro jogar fora as guimbas e cinzas de cigarro. Quando voltei, assustei-me ao deparar com Lorenzo na poltrona, os olhos fitos em mim.

— Desculpe, não quis lhe assustar. — Estava de short e camiseta.

— O senhor quer alguma coisa?

— Nada de senhor — disse ele, parecendo-me à vontade na poltrona. — Estou no meu intervalo de estudo e vim papear um pouco.

— Desculpe, mas tia Estela pediu pra não ficar de conversa.

— Ora, mas por que isso? Ela sabe que eu não faço mal a ninguém.

— Talvez o medo dela seja que eu lhe faça mal.

Ele riu.

— Você não passa de uma menina, que mal poderia me fazer?

— Pensando bem, você tem razão.

— Não é? — disse ele sorrindo.

Pensei que ele devia despertar muitos amores. Tia Estela me dissera que, embora tímido, frequentava o clube com Afonso, um amigo do condomínio, e nessas ocasiões às vezes se enrabichava com alguma moça.

Continuei a trabalhar, pois não queria me atrasar. Sabia que, se titia voltasse e nos pegasse de papo, sobraria para mim.

— Conte um pouco sobre o seu lugar.

Parei o que estava fazendo e o olhei, admirada.

— O que quer saber?

— Tudo.

— Lá é muito pobre. Vivemos no meio das águas e a sede do município é distante. As famílias moram em casas de palafita. Quando a maré fica alta, a água às vezes invade as casas. Temos uns pezinhos de açaí. Não dá tanto dinheiro, mas ajuda. Já outras famílias não têm nada e há casos de crianças desnutridas e até de gente passando fome. Mas, afora os problemas, lá é bonito. Temos fauna e flora muito ricas. Amo minha terra.

— Não me imagino vivendo num lugar assim. Que experiência! Mas por que você deixou sua terra e veio para cá, se diz gostar tanto de lá?

— Eu prefiro não falar sobre isso, se não se importar.

— Não, tudo bem — apressou-se em dizer. Em seguida: — Deve ter muitas frutas lá, não é? — Não desviava os olhos de mim.

— Sim. De vários tipos: piquiá, pupunha, abiu, graviola...

— Acho que não conheço nem a metade — disse ele, sorrindo.

— Mas já vi muitas delas no supermercado.

— Você não fala como uma menina do interior.

— Como assim?

— É desembaraçada. Sua tia disse pra mamãe que gosta de ler.

— Muito — eu disse, abrindo um sorriso.

— Não tem vontade de ler algum destes aí?

Olhei para as estantes e senti o coração bater mais forte.

— Digo, dos de ficção, pois, se abrir algum destes *vade-mécuns*, vai se sentir tão entediada que é capaz de nunca mais querer ler nada na vida.

— Mas são tão chatos assim?

— E como!

— Me fale um pouco da profissão de advogado.

— Bom... na teoria é até bonito. Pessoas injustiçadas, por exemplo, têm a chance de se defender e provar sua inocência. O advogado tem de convencer o juiz. O profissional que promove a acusação é o promotor.

— É tão lindo ver os advogados nos filmes defendendo os clientes!

— É verdade, mas para isso tem que ter vocação.

— É... Jamais seria advogada. Mesmo que quisesse, não sou capaz.

— Não diga isso. Pode ser o que quiser. Basta se esforçar.

— Se acha chato o seu curso, o que gostaria de fazer?

— Gosto de literatura, filosofia, pessoas... Direito também lida com isso, mas tem mais a ver com poder. Queria ter feito letras ou psicologia.

— E por que não fez algum destes cursos?

— Porque meus pais são advogados, e terei de seguir seus passos.

— Mas você já falou sobre isso com eles?

— Sim, mas logo mudam de assunto. Não aceitam um filho que não use terno e gravata e não seja chamado de doutor. Se tivessem que se curvar ao meu desejo, teriam vergonha de mim. Eles têm muita besteira.

— Vergonha por quê? Você não ficaria feliz, no final das contas?

— Nosso mundo é de aparências. Ainda vai entender melhor isso. Querem me apresentar de um jeito em que eles mesmos possam ser aceitos.

— Não entendo, pois deveriam querer te ver feliz.

— É, mas as coisas não são assim. Quem sabe no futuro eu aprenda a me impor. Até lá terei de aguentar calado. Mas e você? O que quer ser?

— Professora. Sei que pode parecer simples, mas é o meu sonho.

— Que é isso? Não me ouviu dizer que gostaria de fazer letras ou psicologia? Apoio você — disse, levantando-se, de repente. — Lá vou eu agora para os livros chatos. Mas, olhe, pode pegar qualquer livro daqui. É bom, pois, se eu já tiver lido, depois podemos trocar ideia.

Fiquei tão feliz que mal consegui agradecer. Já estava na terceira leitura de *O príncipe e o mendigo* e há muito queria ler outro livro. Não tinha dinheiro para terapia e nessa época sequer sabia o que era isso. Ler, no entanto, ajudava-me a lidar com a parte ruim da minha vida.

Depois que ele saiu, enquanto espanava as estantes, fiquei a pensar. Dizia que não tinha como escapar dos pais, que o empurravam para um caminho que ele não queria. Se Lorenzo já tinha um destino traçado — se é que isso era possível —, qual seria o meu? Conseguiria ser professora? E quanto ao meu coração? Embora me sentisse uma boba pensando nisso, tive de admitir que gostara daquele instante; da atenção que ele me dera. Nem todos os patrões dedicavam seu tempo para conversar com a empregada.

Naquele dia, após o jantar, fui com Socorro para o jardim. Debaixo do toldo, quando as nuvens permitiam, víamos parcialmente o céu, onde surgiam de vez em quando uma lua minguante e algumas estrelas isoladas.

— Ele é tão bonito...
— Isso você já disse. O que mais ele te falou?
— Não foi tanto o que ele disse quanto o fato de estar comigo.
— Nota que ele te olha?
— Sim, quer dizer, não... Não como os outros homens. Ele é respeitoso, gentil, entendeu?
— Sei não. Já te disse como são os homens. Samuel parou mais com as saliências, mas ainda não confio nele. Tenho nojo. Homem é tudo igual.

— Nem pense mais em Samuel. Vamos sair daqui quando você fizer dezoito anos. Isso já está bem certo na nossa cabeça, não é?

— Quando chegar o dia espero que seja tão fácil como você diz.

Ela continuava apática. Não lia, não queria estudar. Embora às vezes tia Estela nos levasse para passear, diferentemente de mim, que me esforçava para tentar curar minhas dores, ela não se distraía com nada e seguia ruminando seu sofrimento. A falta de mamãe e Pedro só piorava as coisas. De resto, ela não precisava falar para eu saber que ainda não esquecera Paulo.

— Se pelo menos mamãe ligasse, eu veria este teu rosto mais feliz.

— Acho que ela não vai ligar nunca mais.

— Não diga isso, é nossa mãe!

— Sabe com quem ela casou. Papai com certeza proíbe ela de falar com a gente. E, pra evitar confusão, ela deve achar melhor assim. Nunca teve força pra nada. Nunca viu graça na vida. É até de admirar ela ter se mexido pra nos mandar pra cá. Mas com certeza fez isso pra garantir que a gente nunca mais voltasse pra lá.

Ela até tinha alguma razão, mas sua amargura era ácida demais.

— Sei que tá feliz com o emprego, mas toma cuidado. Não estou dizendo que ele é mau, mas, se virem vocês juntos, podem entender errado. Talvez tia Estela esteja certa: quanto mais distante, melhor. Na tua idade a gente se encanta com qualquer menino bonitinho, mas não podemos confundir as coisas, principalmente quando se trata de um rico e uma pobre.

Minha razão dizia que ela estava certa, mas meu coração sinalizava que não era tão simples assim. Um pouco mais tarde, descobriria o preço que eu teria de pagar por não atender aos seus conselhos e de tia Estela.

Capítulo 9

Num domingo, fomos passear na praça da República. Tia Estela nos levou logo cedo. Tio Manoel e Samuel decidiram não nos acompanhar.

Ao chegarmos, olhei a praça com mais atenção. Ela era maior que a Batista Campos. O Teatro da Paz, que minha tia frisava ser um dos mais bonitos do país, era realmente majestoso. Em cor abóbora, tinha colunas romanas, pátios enormes, e na fachada havia quatro bustos belíssimos.

Em qualquer direção que fôssemos, deparávamo-nos com algo admirável. Escadarias, monumentos, jardins, alamedas que levavam a coretos, um mais bonito que o outro. E, em meio a tudo isso, pessoas se exercitando, passeando com cachorros ou comprando nas barraquinhas.

Tia Estela nos disse que desde aquele horário já era possível ver alguns grupos estranhos por ali, mas que era à tarde que a ralé tomava a praça. Fiquei pasma com sua fala e imaginei qual o critério para definir quem pertencia ou não à ralé. Seguindo o seu raciocínio, nós mesmos éramos pobres, mas não tão pobres a ponto de sermos considerados ralé. Era isso? Até onde aquele modo de ver as coisas não era preconceituoso?

Socorro reagiu bem daquela vez. Tomamos sorvete e tia Estela nos deu um trocado para comprarmos algo para a gente, nada muito caro, pois não havia dinheiro sobrando.

Quando já estávamos prestes a ir embora, por volta de onze horas, qual não foi minha surpresa ao ver Lorenzo. Vinha correndo em nossa direção. Titia me dissera que ele gostava de se exercitar aos finais de semana. Mas a verdade era que eu não tinha nenhuma expectativa de encontrá-lo ali.

Não sei o que me deu, mas, assim que o vi, acenei para ele.

— Vejam só! — disse ele, parando, meio esbaforido.

Tia Estela, que conversava de lado com Daniel, se virou e disse:

— Ah, Lorenzo! Quem diria nos encontrarmos justo aqui.

— Às vezes eu estendo a caminhada. É tão pertinho, né?

— É verdade. Está tudo bem com dona Paula e seu Luís?

— Ah, aqueles lá vivem para os processos deles — disse, sorrindo. Depois cumprimentou Daniel e Socorro, e voltou-se para mim: — E o livro?

— Que livro? — atalhou tia Estela, surpresa.

Fiquei paralisada. Que descuidado! Talvez tivesse sido só um pretexto para falar comigo, mas acabou me colocando em maus lençóis.

— Ah, sim, dona Estela. Mamãe deixou Vitória pegar livros para ler.

— Certo, Lorenzo, mas eu não acho que isso seja...

— Inclusive, isso é o mínimo, já que ela está sem estudar, não é?

— Bom, sim, mas...

— E espero que ela volte logo pro colégio. Não acredito que meus pais concordem que ela fique lá em casa indefinidamente sem estudar.

— Seus pais são muito bons; não canso de dizer isso à Vitória.

Ele tornou a voltar-se para mim.

— E o livro?

— *O apanhador no campo de centeio.*

— Ah, é ótimo. Trata da adolescência, você vai gostar muito.

— Sim — disse, sorrindo. — Já estou gostando.

— Ótimo. Depois nós vamos conversar sobre ele — disse Lorenzo, alargando o sorriso. Em seguida, despediu-se e retomou a corrida.

Cada vez mais longe, sua silhueta foi diminuindo, até sumir totalmente da minha vista. A partir daí, tia Estela não falou com mais ninguém.

Até o dia seguinte, tia Estela não me chamou à atenção. Imaginei que agia assim porque Lorenzo mencionara os pais e a fizera lembrar de sua responsabilidade quanto ao meu estudo. Mas no fundo sabia que o que ela temia era algum rebuliço que pusesse em risco os nossos empregos.

— Não preciso dizer o que deve fazer — disse tia Estela, de modo seco, ao chegarmos ao trabalho. Era como se me dissesse que, ante o que ouvira de Lorenzo, inclusive quanto à mãe dele deixar eu pegar livros, não interferiria nas minhas idas ao escritório, mas continuaria de olho em mim.

Naquele dia, entrei no escritório às três da tarde. Era uma boa ocasião para encontrar Lorenzo ali, pois naquele horário seus pais já haviam saído. Queria muito conversar com ele sobre o livro que eu estava lendo.

No meio da limpeza, já tendo espanado os móveis e passado o pano umedecido na mesa, enquanto terminava de varrer o chão, ouvi-o dizer:

— Olá! — Sentando-se rapidamente na poltrona.

— Oi.

— Como foi o fim de semana?

— Bom.

— Gostou da praça da República?

— Sim, as praças de Belém são muito bonitas.

— Muitas são históricas, como já deve saber. Afinal, é inteligente.

Sorri diante do elogio e continuei a varrer. Estava dividida entre o trabalho e a pessoa que estava ali, disposta a repartir seu tempo comigo.

— E o livro?

— Muito bom. É sobre um adolescente rebelde, não é?

— Isso mesmo.

— Estou quase na metade. O adolescente é que conta a história, com sua linguagem e forma de ver o mundo. Estou achando engraçado também.

— Você é uma menina perspicaz.

Sorri, sem jeito. Gostava de ler, mas não sabia o que significava a palavra "perspicaz". Mas vindo dele só pude achar que era outro elogio.

— Vou dizer algo, mas espero que não me leve a mal.

— Depende do que vai dizer, pois titia está de cara braba comigo desde que você falou que eu podia pegar emprestado alguns livros.

— Ninguém precisa ficar brabo com ninguém. Mas o que quero dizer é que te acho uma moça especial, inteligente e muito bonita. De verdade.

Não estava esperando por aquele elogio, ali daquele jeito, por isso fiquei calada. Terminando de varrer, comecei a passar o pano no assoalho.

— Deixei você envergonhada. Estou triste. Não era minha intenção.

Comecei a mexer os braços enquanto usava o rodo.

— Não vai falar comigo? — disse ele.

— Estou falando com você.

— Desculpe se falei algo errado. É que com você me sinto à vontade.

— Tudo bem. Não se preocupe.

Hesitou, como se buscasse algo para falar. Depois disse:

— Já notou que minha relação com meus pais não é fácil.

— Sei, mas prefiro não me meter em assuntos de família.

— Mas não pode nem ouvir o desabafo de um amigo?

Ergui os olhos e o fitei.

— Querem me pôr numa caixinha porque defendo coisas como liberdade e fim do preconceito. Não acho que só porque sou branco e pertença a uma família abastada, esteja impedido de conversar com negros ou pobres. Somos todos iguais. Mas este é um tema indigesto para os meus pais. Ainda teremos muitas conversas pela frente. Ah, mas me desculpe por ter entrado nesse assunto, que com certeza você deve achar um saco.

— Tudo bem. Só não conheço direito estes termos. Mas que bom que considera as pessoas iguais. Afinal, não vamos todos morrer um dia?

— Você não é uma moça comum, Vitória.

— O que quer dizer com isso?

— Quero dizer que você não é vazia; e isso me impressiona.

— Tudo bem, mas acho que agora é melhor você ir embora, pra eu terminar meu serviço. Senão posso ter problemas com tia Estela.

— Certo, mas não estamos fazendo nada de errado, viu? — disse ele, levantando-se e deixando o escritório, um tanto quanto contrariado.

Nesse momento, apesar da minha meninice, perguntei-me por que estava me deixando levar pela emoção. Conforme os sermões de tia Estela e Socorro, tudo me separava dele. Idade, classe social, condição financeira, origem. Aquela proximidade servia apenas para nos prejudicar. Então, de repente, algo me fez sentir que deveria pôr um fim àquilo o quanto antes.

Capítulo 10

Decorridos dois anos, continuei na casa de dona Paula. Mamãe nunca nos telefonou. A perspectiva de que nos tivesse esquecido ou expurgado de sua vida nos dilacerava. Mas ainda sentíamos uma saudade profunda dela e de Pedrinho, daquelas que só temos por quem mais amamos na vida.

Por outro lado, ainda convivíamos com o fantasma de papai. Por mais que quiséssemos apagar o que ele nos fizera, era como se nossa alma tivesse ficado marcada para sempre. Às vezes, tínhamos pesadelos e acordávamos assustadas, como se ele fosse aparecer de repente, ou então chorávamos do nada no meio de uma conversa. Mas, apesar disso, continuávamos nos esforçando para virar a página e refazer nossa vida.

Continuava sem estudar e, quando se tocava neste assunto, sempre havia uma desculpa. Mas a verdade era que tia Estela preferia me manter fora do colégio, para continuar me controlando. Embora se comovessem com minha situação, meus patrões diziam que eu devia confiar nela.

Na casa de tia Estela, os tios permaneciam mais ou menos indiferentes a nós. Samuel, embora continuasse atrevido, parou com as saliências com Socorro, e Daniel, mesmo tímido, aproximou-se de nós.

Alguns meses após eu começar a trabalhar, tia Estela arranjou um emprego para Socorro como faxineira numa casa, no bairro da Campina. Também ficava com todo o salário dela, sem lhe dar maiores explicações.

Sempre que podia, tia Estela nos dava a entender que devíamos dar graças a Deus por tê-la em nossas vidas, sendo nossos salários apenas uma pequena parte do que lhe devíamos por sua boa vontade em nos acolher.

Acabamos nos acostumando com o Curuçambá, embora ali a criminalidade fosse crescente, com muitos bandidos e drogados perambulando pelas ruas. Tratava-se de um lugar desprovido de Deus e educação. Os filhos cresciam sem o controle dos pais, em lares que costumavam se esfacelar. Era raro uma família como a de tia Estela, com pais presentes procurando transmitir minimamente valores para os filhos.

Eu e tia Estela íamos para Belém com medo. Nunca fôramos assaltadas, mas o perigo não estava apenas dentro do ônibus. Por isso, ela repetia que devíamos chegar em casa no máximo às sete e meia da noite.

Pouco depois de Lorenzo me elogiar no escritório, dois anos antes, eu disse para ele que não poderíamos mais ficar tão próximos, senão desagradaríamos seus pais e minha tia. Depois disso, continuamos a conversar sobre livros, mas nunca mais foi a mesma coisa.

Apesar disso, era notável sua dificuldade em disfarçar os olhares que lançava para mim. Porém, eu continuava a seguir as disposições de tia Estela e dona Paula. Não queria encorajar nenhum avanço de sinal, embora a essa altura já estivesse inegavelmente apaixonada. Estar sob o mesmo teto que ele me encantava e tornava meus dias mais produtivos.

Neste ínterim, Lorenzo arranjou algumas namoradas. Refinadas, muitas eram moças de família dispostas a se casar com ele. Porém, por alguma razão que eu não entendia, os relacionamentos não iam adiante.

A primeira namorada que ele trouxe em casa despertou em mim sentimentos conflitantes. Fiquei triste por sentir que nossa amizade acabaria de vez, e aliviada por achar que assim se evitaria o pior para nós dois.

No entanto, quando a primeira namorada foi substituída pela segunda e assim por diante, inquietei-me. Por que ele não sossegava com ninguém?

Mas não me iludia, pois, mesmo que estivéssemos envolvidos por algum sentimento, isso não significava que ele me amasse. Poderia de repente aparecer com uma noiva. Assim, embora constantemente me imaginasse com ele, esforçava-me para me manter tão somente sua amiga.

Num dia em que tia Estela faltara, por estar gripada, enquanto eu limpava o quarto de Lorenzo, ele surgiu de repente e sentou-se na cama.

— Pensei que estivesse na faculdade! — disse, admirada.

— Resolvi gazear hoje — respondeu ele, sem cerimônia.

— Mas por quê? Você não é disso...

— Ah, Vitória. Está tudo errado. Penso até em largar a faculdade...

— Se fizer isso, vai acabar matando seus pais!

— Só venho fazendo a vontade deles, mas e a minha?

Achando estranho tudo aquilo, disse:

— Olhe, preciso terminar de arrumar o quarto.

— Prometo não atrapalhar. Mas me escute, por favor.

— Fale — disse, deixando a vassoura de lado.

— Não é só a faculdade. Há outra questão.

— O que foi? Você não está doente, não é?

Levantou-se de um salto e se pôs à minha frente. Aturdida, fiquei na expectativa do que ele iria fazer. Olhando-me nos olhos, disse:

— Eu amo você, Vitória.

— O quê? Ficou maluco?

— Falo sério. Teria coragem de fugir comigo?

Fiquei calada, e, diante de minha perplexidade, ele continuou:

— Se por acaso estiver pensando na nossa diferença social, nada disso me importa. Nenhuma das moças que conheci é como você.

— E descobriu isso só agora, foi?

— Tentei falar, e já há algum tempo. Você não permitiu. Mas de qualquer forma era muito nova mesmo. Eu realmente precisava aguardar.

— Você não pode confundir as coisas, Lorenzo.

— Te amo, Vitória. Acredite em mim, por favor. Resolvi aproveitar a ausência da sua tia pra dizer de uma vez por todas o que eu sinto.

— Como pode ser isso se eu não passo de uma empregada?

— Não me importo. Você é bonita, boa e inteligente. Isso me basta.

Imaginei o que seus pais diriam se soubessem que ele pretendia lhes apresentar como namorada uma caboca apenas com o ensino fundamental.

— Vamos parar por aqui, Lorenzo. Tenho muito o que fazer.

— Não acredita em mim ou só acha que não sou digno de você?

— Não há como você gostar de alguém como eu; o máximo que pode querer comigo é me levar para a cama. Mas eu jamais aceitaria isso.

— Vamos nos sentar um pouco. — Estava visivelmente inquieto.

— Não.

— Por favor, é só para diminuirmos nossa diferença de altura.

De repente era como se a situação tivesse ganhado ares cômicos. Ao vê-lo se sentar, fiz o mesmo, mas a uma distância segura.

— Desde que chegou aqui, eu gostei de você, e o meu amor só aumenta. Nunca tivemos a chance de ficar a sós. Mas agora estamos à vontade e você precisa me ouvir. É de você que eu gosto; é você que eu quero. As outras só serviram para me mostrar que não podem lhe substituir.

— Está louco! Quer me comparar a estas moças brancas e estudadas? Por que não diz logo o que quer? É me levar para a cama, não é?

— Meu interesse por você não se restringe a isso.

— Ah, então não nega que o que você realmente quer é...

Aproximando-se, pôs as mãos sobre meus lábios e disse:

— Quero você por inteiro, em todos os momentos e possibilidades. Para sempre, entende? Você é a minha rendição e eu sou a sua. Nos completamos. Quero dar sentido à sua vida tanto quanto você dá à minha.

— Lorenzo, por favor! Você não sabe o que está dizendo.

Era como se algo me impedisse de aceitar aquela declaração de amor. Precisava refutá-la, não podia me render a ele, do contrário o que seria de mim? Não tínhamos a aprovação dos seus pais nem da sociedade. E o que faria com o fantasma de papai, escondido dentro de mim? Embora gostasse de Lorenzo e o quisesse, não podia me esquecer da minha autopreservação, algo tão caro e cujo significado eu aprendera a tão duras penas.

— Aí é que se engana — disse ele. — Sei muito bem o que digo e o que quero. Espero o tempo que for, contanto que possamos ficar juntos.

Talvez ele estivesse tomado pelo desejo ou agisse assim apenas para desafiar seus pais. Comecei a cogitar uma série de coisas, mas, de um modo ou de outro, mantinha minha decisão de que não podíamos ficar juntos. No entanto, diante do seu olhar cheio de arrebatamento e quem sabe também de amor, senti inexplicavelmente minha razão ceder a um desejo contido e regrado, algo mais do coração que da mente e que até então era domado como uma fera, mas que, rugindo, parecia agora querer se libertar.

— Não me importa se acha que não serve pra mim — disse, fitando-me. — Quero que me diga se posso sonhar em ficar com você, só isso.

Continuei calada. Ora se impunha a prudência, ora o amor. E, sempre ali, no mais recôndito da alma, estava papai e toda a sua perversidade.

— Então prefere se curvar a convenções e rejeitar o amor? Sente alguma coisa por mim? Responda pelo menos isso, por favor.

Em seguida, falei num rompante:

— O que realmente importa é que nunca serei digna de você! — E levantei-me. Ele se ergueu também e segurou firme meu braço.

— Depois de tudo o que lhe disse, mereço uma resposta.

Era claro que gostava dele. Tinha-o comigo desde que o vira naquele porta-retrato. Mas de que importava o que ele sentia por mim? Por acaso sabia que estava diante de uma deflorada pelo próprio pai, tinha ideia do ultraje e da brutalidade envolvidos na minha história? Sempre tivera vergonha deste assunto, e sufoquei isso dentro de mim, pois nunca precisara de virgindade para apresentar a ninguém. Mas estar agora ali, diante dele, com esta questão, era como incrementar a consciência da minha desgraça.

— Por favor, me deixe, Lorenzo!
— Por que não responde? Não gosta de mim, é isso?
— Não, não é isso.

Ele largou meu braço e ficou a me olhar.

— Eu gosto de você, sim. Por que não gostaria?

Como se tivesse recebido um sinal que há muito esperava, ele caiu comigo na cama e me cobriu de beijos, enquanto me envolvia em seus braços. Não consegui resistir, pois na verdade sempre sonhara com isso.

Mas, de repente, temendo que fôssemos longe demais, eu disse:

— Agora chega, Lorenzo! Veja onde viemos parar. Estou nervosa.
— Não fique assim. Nós vamos ficar juntos. Juro!
— Não te entendo. É rico e no entanto quer ficar com a empregada. Consegue se pôr no meu lugar? Veja como deixou a minha cabeça.
— Podemos fugir hoje mesmo.
— Sou menor. Por acaso esqueceu disso?
— Podemos nos casar. Podemos obter autorização judicial.
— Jamais seremos perdoados por nossas famílias.
— Você se preocupa com eles, mas e quanto a nós? E quanto a você? Nenhum deles fez nada pela sua educação. Está sendo prejudicada.

Tinha a mão na minha cintura. Percebia sua vontade de me ter ali mesmo. Porém, o modo como me tratava era exemplar.

Aninhada em seus braços, estava quieta, deixando-me envolver por seus afagos. Não tinha ideia do que fosse namorar. Era tudo novo.

— Por que não vamos a Salinas? Aposto como nunca viu o mar.
— Realmente não, mas viajaríamos com que dinheiro?
— Quem disse que não tenho o suficiente?
— E como sobreviveríamos lá?
— Eu me viraria, ora. Preciso sair desta casa mesmo...
— Ah, então sou só um pretexto...
— Não. Na verdade, você é minha promessa de liberdade e de amor.

Achei graça.

— O que foi?
— Dizem que nós, mulheres, é que somos românticas, mas você é a prova viva de que nem sempre é assim.
— Até sonho com você, com a gente.
— Também penso em você. Mas nunca imaginei um dia estarmos juntos na sua cama. Isso sempre esteve além da minha imaginação.
— Nunca se diminua por causa da sua origem. Vou te dizer uma coisa. Meus pais são preconceituosos, e por isso sempre me senti deslocado aqui. Acredite se quiser, mas já me disseram até que vou acabar virando hippie. Não cansam de fazer discriminação. Ora, não quero ser hippie, mas eu os respeito. São desapegados, valorizam a natureza, pregam coisas boas.

Nessa hora nossos olhos se encontraram, e foi como se tivéssemos entrado no mundo um do outro. Assustada, olhei em outra direção.

— Você é uma flor de formosura, como me disse que lhe chamava sua professora de Portel. Despertou minha admiração desde o começo com sua beleza e inteligência. Não sei tudo sobre você, mas sei que na hora certa me falará mais sobre sua família. Enfim, só vejo virtudes em você — disse, enquanto afagava meus cabelos lisos e compridos.

— Nunca namorei — eu disse, de repente.
— Ah, é? — disse em tom brincalhão, enquanto me fazia cócegas na barriga. — Pois vou te fazer a menina mais feliz do mundo!

Ficamos na cama até dez e meia, quando precisei voltar ao trabalho. E qual não foi minha surpresa ao ouvi-lo dizer que me ajudaria. Duvidei de sua capacidade, mas no final o serviço foi concluído antes do previsto.

Nunca me esquecerei daquele dia. Foi quando senti pela primeira vez que ele de fato me amava e queria ficar comigo unicamente pelo que eu era.

Capítulo 11

Cheguei em casa transbordando de felicidade, o que imediatamente despertou a atenção de tia Estela, que, olhando-me de viés, manifestava desagrado. Mas o que eu queria mesmo era conversar com Socorro.

Mas isso só foi possível após o jantar, quando fomos para o quarto.

— Pode falar — disse Socorro, na cama, com a cabeça recostada no travesseiro. — Por que está com este rosto meio alegre, meio aflito?

— Ele faltou aula pra ficar comigo — eu disse, sentada ao seu lado.

— O quê? Ah, Vitória, eu e tia Estela já te alertamos tanto!

— Mas na vida não é tudo certinho. A tia não veio de Portel pra cá?

— Ah, Vitória, para com isso. Ela veio pra cá com missionários da igreja, não passou pelo que passamos. Estudou mais que a gente.

— Eu sei, mas não seja tão dura. Agora tenho a mesma idade que tinha quando namorou Paulo. Por que também não posso viver isso?

Ela suspirou. Depois disse:

— Seu problema é comparar errado as coisas. Namorei um pobre, você está se envolvendo com um rico. Acha mesmo que isso vai dar certo?

À medida que ela rechaçava meu romance, eu ficava mais amuada. Mas conhecia seus argumentos. Afinal, estávamos juntas naquele barco.

— Ele disse que me ama, quer ficar comigo.

— Não seja boba! Acha que um cara como ele vai querer algo com uma pobre vinda do mato? Ele só quer te levar pra cama. Acorda! O que eu e titia falamos é pro teu bem. Já tive tua idade. Se Paulo, que era pobre, não quis ficar comigo, por que Lorenzo iria ficar contigo? Mas não pense que não entendo você. A paixão é como um fogo que arde dentro da gente. Começa devagar e, de repente, sai queimando tudo. O perigo é morrer incendiada, como quase aconteceu comigo. Tem que pensar no chute que ele pode te dar, mas também na confusão que a família dele pode fazer.

Socorro falava com autoridade. Não tive chance de dizer por que achava que Lorenzo gostava de mim. Ela era como um facão podando o mato, para preservar o jardim. Ao me ver calada, cabisbaixa, disse:

— Ah, mas também não é pra ficar assim. Fale alguma coisa.

Mas o que eu podia dizer depois daquela lição de moral?

— Até acho que você e tia Estela têm razão, mas sabe o quanto venho pensando nele... Ele não me encontrou em nenhuma namorada.

Socorro não se deteve e desatou a rir. Depois arrematou:

— É por isso que as mulheres sofrem tanto. Se entregam para os homens, e eles usam e abusam. Depois acabam na mão de um e de outro. Tenho pavor disso. Agora me diga a verdade, Vitória. Vocês transaram?

— Não! Você me insulta com esta pergunta.

— Não estraga tua vida. Ainda que ele gostasse de ti, os pais controlam a vida dele e vão fazer de tudo pra separar vocês.

De repente, senti pena dela. Fora abandonada pelo namorado, e desde então não dava chance para ninguém. Na verdade, não dava chance nem para si mesma. Eu não podia viver assim. Precisava seguir meu coração. Não seria isso a vida, afinal: uma série de tentativas que envolviam erros e acertos, até chegarmos o mais próximo possível da felicidade?

Convivia com os olhares que Lorenzo me lançava enquanto eu colocava ou tirava a mesa, limpava a casa ou arrumava o escritório. Continuamos a nos ver escondidos, mas estava firmemente decidida a não me entregar para ele, embora soubesse que, tratando-se do namoro do filho dos patrões e da doméstica menor de idade, isso não bastava para prevenir algum escândalo.

Costumávamos ficar juntos quando eu faxinava o escritório ou ia lavar o banheiro dele. Trocávamos apenas beijos e carícias nessas ocasiões. Bastava-nos a proximidade, o calor um do outro. Não obstante, eu o sentia algumas vezes impaciente para irmos mais longe, mas isso não tinha como acontecer, mesmo que eu permitisse, pois não havia tempo nem lugar.

Tia Estela desconfiava de nós, naturalmente, mas não me colocava contra a parede. Decerto não queria forçar um clima no trabalho.

Com o tempo, eu e Lorenzo fomos transparecendo cada vez mais disposição e alegria. Ele ainda odiava direito, mas fora como se tivesse entrado numa atmosfera que lhe facilitava, pelo menos por enquanto, seguir com o curso. Seus pais estavam exultantes em ver que ele não relutava mais em ir para as aulas; tia Estela, porém, meneava a cabeça à distância como quem soubesse o verdadeiro motivo por trás daquela mudança.

Certo dia, enquanto almoçávamos, no trabalho, tia Estela disse:

— Sua irmã já vai fazer dezoito anos. Não sei até quando ficarão lá em casa, mas quero dizer que me sinto com o dever cumprido com vocês.

— Obrigada, tia. Eu e Socorro somos muito gratas por tudo.

Ela quis parecer despretensiosa, quando disse:

— E, se decidirem morar sozinhas, ainda continuará aqui, né?

Então era isso. Queria continuar pondo a mão no meu dinheiro. Não tinha a menor vergonha de continuar agindo assim. Perguntava-me se ela tinha mesmo consciência de que mais nos usava do que nos ajudava.

Mas eu não era prejudicada apenas por tia Estela. Afora alguns olhares de pena, meus patrões nada faziam para me ajudar. E justamente este misto de inércia e indiferença deles era que vivificava a intenção de tia Estela de nos usar. Mas não guardava rancor de ninguém, pois, como dizia Lorenzo, eles pertenciam a um meio mesquinho, cujas relações eram marcadas pelo egoísmo, e quase nunca pela intenção de ajudar.

— Acho que vou ficar, sim, tia.

Ela abriu um sorriso enorme e deu uma palmadinha na minha mão.

— Não sabe como sou feliz de ter conseguido isso aqui pra ti.

Estava desnudado talvez o principal motivo de ela tolerar meu caso com Lorenzo. Era tão pretensiosa que sequer contava com a possibilidade de no futuro Socorro pedir para receber meu salário como irmã mais velha.

Apesar de tia Estela, meu amor por Lorenzo só aumentava. Ele fazia de tudo para me alegrar, inclusive revelando um lado brincalhão que eu desconhecia. Contava piadas, me fazia cócegas, imitava tia Estela desde o modo de falar ao de varrer. Eu morria de rir. Sua timidez era convertida em espontaneidade. Cada dia era mais difícil esconder nossa paixão.

Às vezes, eu ficava apreensiva. Como uma relação assim podia ir adiante? Em certos casos não bastava amor. Se alguém nos visse de um modo mais íntimo, nem imaginava o que podia acontecer. Num dia lhe disse que deveríamos romper para evitar que nos machucássemos, ao que ele falou que, para propor algo assim, eu só podia mesmo não ter ideia do quanto ele me amava. Assegurou-me que jamais desistiria de mim. Falei que, se tudo isso fosse verdade, aí é que ele deveria me esquecer, pois não iria querer me ver arruinada. Então, propôs-me união estável. Não sabendo do que se tratava, recusei pensando ser alguma invenção para me acalmar.

Mas a verdade é que àquela altura era difícil eu me desvencilhar dele. Estávamos cada vez mais entrelaçados. Ele só ia para a faculdade após me dar um beijo, e mais tarde só me deixava ir embora após o último beijo do dia. Insistia que eu e tia Estela devíamos sair cedo, pois as ruas estavam muito violentas. Preocupava-se demais comigo, e às vezes isso se dava até de modo ostensivo, mas seus pais não pareciam se importar. Afinal, Lorenzo não estava dando seguimento ao curso que escolheram para ele?

Apesar da urgência de estar comigo, em nenhum momento ele me forçou a ir para a cama. Embora fosse clara a sua ansiedade, ele continuava afável e cuidadoso, e isso fazia de Lorenzo um verdadeiro príncipe para mim, ou seja, para a moça que veio de Portel em situação tão degradante.

Não sei explicar direito, mas, quando foram se esvaindo as dúvidas, quando fui tendo a certeza de que o sentimento dele ecoava no meu, quando finalmente o nosso amor apareceu estampado à minha frente, senti-me quase que irresistivelmente pronta e na obrigação de retribuir o que ele demonstrava sentir por mim. Nossa primeira vez aconteceu num dia em que tia Estela precisou faltar ao trabalho para resolver uma situação no colégio de Daniel. A par disso, Lorenzo arrumou uma desculpa para faltar à faculdade. Então, quando me abraçou na sua cama, aconteceu de um modo terno e carinhoso. Foi como se tivéssemos finalmente aceitado um ao outro em nossa mais profunda intimidade. Foi como se tudo tivesse parado naquele instante e tivéssemos descoberto afinal o que era felicidade. Minha confiança e meu amor por ele estavam tão sedimentados que era como se, pelo menos naquele momento, já não me atormentasse tanto a dor que trazia comigo. Foi ali, nos braços dele, que de fato me tornei mulher e soube o que era me entregar a um homem por amor. A partir daquele dia, Lorenzo se tornou o antídoto mais eficaz para o mal que eu carregava em minha alma.

Ficamos juntos, desse modo, só mais uma vez, antes da nova série de infortúnios que se abateriam sobre mim.

Capítulo 12

Socorro e Lorenzo eram as pessoas que eu mais amava na vida e por isso eu procurava preservá-los acima de tudo. Mas, como o destino às vezes prega peças, fomos surpreendidos no meio da semana com algo inesperado.

Eram sete da noite e Socorro ainda não tinha chegado em casa. Ela ligara mais cedo dizendo que se atrasaria, pois haveria uma festa na casa dos seus patrões e eles pediram que ela ficasse mais um pouco, para ajudar.

Por volta de oito e meia, ouvi um barulho lá fora. Ao abrir a porta, vi Socorro no portão. Fiquei aliviada, pois já era tarde. Mas por que ela estava parada ali na frente e não entrava de uma vez? Foi aí que, espiando melhor, observei um rapaz atrás dela com uma faca em seu pescoço. Tinha uma camisa na cabeça, que ocultava seu rosto. Agitado, parecia drogado.

— Mana, não grita — disse Socorro, com os olhos cheios de pavor, o corpo tenso. — Ele veio comigo desde a parada. Quer dinheiro.

— Quero duzentos reais agora — gritou o homem. — Senão mato ela. Vocês têm dinheiro. Nesta casa todo mundo trabalha, que eu sei.

Aflita, pensei que o dinheiro devia ser para traficante. Algumas vezes avistávamos na rua corpos de jovens assassinados por acerto de contas.

— Moço, tire a faca dela — implorei. — Vamos arranjar o dinheiro.

Falava aquilo sem ter ideia de como conseguir aquele valor.

— Acha que sou otário de soltar ela só pra me entregarem pra polícia? Tô falando sério, se não me derem o dinheiro, ela morre!

Nessa hora tia Estela surgiu na porta e começou a gritar. Embora assaltos fossem comuns ali, nenhum de nós havia passado por aquilo.

— Meu Deus! Manoel, Samuel, venham rápido!

Virei-me para ela, que estava na soleira da porta e pedi:

— Não grite, tia! — Tinha medo de ela provocar alguma reação no bandido. Não havia ninguém na rua, o que era típico daquele horário.

— Ah, meu Deus! — gritou tia Estela. — Sempre falei do horário!

— Vamos deixar de conversa. Quero duzentos reais!

Minha tia deu um salto e disse espantada:

— O quê? Duzentos reais? Tá doido! Não temos este dinheiro!

— Ela vai morrer! — Forçou a faca no pescoço de Socorro.

Fiquei apavorada. Quem estava correndo risco era minha irmã querida. Ela era tudo o que eu tinha e só a ideia de a perder me mortificava.

— Socorro! — O grito de tia Estela ecoou alto.

A cada vez que me dava conta da ironia que era escutá-la bradar por ajuda chamando o nome da minha irmã, ficava mais desnorteada. E, ao notar que seus berros enervavam ainda mais o ladrão, me sentia invadida por uma sensação horrível de que algo ruim estava prestes a acontecer.

Meu tio e meus primos surgiram na porta. Samuel quis se sobressair:

— Larga ela, filho da puta, senão vou te encher de porrada.

Gritavam e até ameaçavam o ladrão, que continuava com a faca no pescoço de Socorro. Vendo que as coisas pioravam, aproximei-me do portão e, voltando-me para o bandido, supliquei tentando parecer calma:

— Por favor, largue ela! Prometo te dar tudo o que quiser!

Jamais me esquecerei do que aconteceu em seguida. Não sei se pelos gritos e pelas ameaças, ou pela minha proximidade, mas o ladrão me ignorou totalmente e, em vez de conversar, passou a faca rapidamente no pescoço de Socorro. O movimento foi tão brusco e preciso, que vimos quando se abriu a laceração e o sangue esguichou. Imediatamente, o bandido largou minha irmã no portão e fugiu. Nunca soube ao certo por que ele agiu assim.

Socorro pôs a mão no pescoço, deu uns passos, meio trôpega, e se agarrou no portão. Então, prontamente, foi deslizando pelos ferros até cair no chão. Seu sangue jorrava e se acumulava no piso e na sua roupa.

— Meu Deus! — gritou a tia, caindo na entrada de casa.

Samuel quis ir atrás do ladrão, mas tio Manoel não permitiu, dizendo que Socorro já estava morta e que se ele fosse acabaria morto também.

Olhando Daniel chorar, tio Manoel mandou que ele parasse, pois tinham que ser fortes para ajudar as mulheres. Mas ele era só um menino. Convivia com Socorro, era natural que ficasse abalado com o que vira.

— Sinto muito, Vitória — disse o tio.

Sem dar ouvidos para ele, lancei-me com tudo sobre Socorro. Abracei-a com força e beijei seu rosto. Sentindo seu sangue se misturar ao meu suor e empapar minha blusa, prometi que jamais me separaria dela.

Por que ele fizera aquilo? Eu fora tão suave com ele; empregara uma voz tão terna, e, no entanto, ele reagira assim. O que ela fizera para merecer isso? Não bastavam nossas misérias? Era preciso além de tudo morrer?

Do lado de fora, já havia uma pequena multidão. Uns lamentavam, dizendo que ela era jovem, outros condenavam as bocas de fumo.

Não tinha ideia do que aconteceria a partir dali. Para mim só importava a minha irmã, o amor que eu tinha por ela, sua companhia.

E por isso continuava chorando, ali no chão, agarrada ao corpo de Socorro.

Tio Manoel mandou os filhos levarem tia Estela para dentro. Alguém, do lado de fora, disse para o tio que já tinha chamado a polícia.

— Por favor, Vitória, se levante, você precisa se acalmar — disse tio Manoel, agachando-se e ficando ao meu lado.

— Não! Eu amo minha irmã. Não vou deixar ela aqui sozinha.

— Sim, ela era uma boa pessoa. Mas agora se levante, por favor. Já já chegam a ambulância e a polícia e não vai poder ficar em cima dela.

Sem lhe ouvir, queria ficar ali, tocar seus cabelos, sentir sua pele.

— Não fique com esta imagem dela.

Ouvindo-o, por alguma razão, lembrei-me de papai. Será que ele ficaria feliz com a morte de Socorro? Ela nunca havia feito mal a ninguém, e agora pagava com a própria vida. Para mim, tudo devia ser colocado na conta dele. Ele era o culpado por vivermos naquela selva de pedra.

A polícia não demorou a chegar. Por que, quando alguém morria, não custavam, mas, quando precisávamos deles, demoravam uma vida?

Percebi as movimentações. Meu tempo acabara, precisava me despedir. Abracei-a com carinho, beijei seu rosto e fiz uma prece silenciosa.

Meu tio mandou Daniel entrar comigo. Levantei-me, sem prestar atenção na multidão que se formara do lado de fora ou nos profissionais que circulavam no jardim, e segui com Daniel para o interior da casa.

Ainda com os nervos à flor da pele, entrei no chuveiro, deixando a água lavar o sangue de Socorro, impregnado em meu corpo, e, observando-o escorrer pelo ralo, era como se estivesse vendo a minha própria irmã partir definitivamente da minha vida. Não conseguia parar de chorar; na verdade, aquela era uma perda tão grande que me faria chorar para sempre.

Depois fui para o quarto e me deitei na cama. Sentado ao meu lado, Daniel disse estar muito triste, pois, se tivesse tido tempo, daria o dinheiro que guardava em seu cofrinho. Chorei ainda mais ao ouvir aquilo. Depois pensei no dinheiro do nosso trabalho. Somaria bem mais que duzentos reais. Afora isso, sabia que havia dinheiro em casa. Socorro não valia só duzentos reais; nenhuma cifra do mundo poderia quantificar sua vida.

Capítulo 13

Tio Manoel providenciou o enterro de Socorro. Os vizinhos lotaram a casa. Enquanto uns eram discretos, outros não disfarçavam a verdadeira intenção de estar ali, que era ver o golpe no pescoço dela. Mas, para a frustração destes, tia Estela e dona Ana, uma irmã da igreja, maquiaram Socorro de modo a esconder a brutalidade que ela sofrera. Não ajudei com nada relacionado ao seu funeral, mal tive coragem de ir ao cemitério.

Tio Manoel e Samuel ajudaram a carregar o esquife da capela do cemitério, onde fizemos uma oração, até o lugar onde ela seria sepultada.

No momento em que o caixão desceu para o túmulo, descontrolei-me completamente. Chorando, gritava o nome de Socorro e pedia que me deixassem ir com ela. Tentava me lançar em sua cova, mas fui detida por meus parentes. Compungido, Daniel me dizia palavras de consolo. Porém, naquele momento, nada do que me dissessem aplacaria a minha dor. Estava ali diante da imagem que me dava a certeza de que eu nunca mais a veria.

Queria poder entrar no clima de misericórdia que aquele senhor que nos acompanhava desde a capela tentava impor, mas não conseguia. Já não cria em Deus. De repente, era como se Ele nunca tivesse existido; como se não passasse de uma mentira criada para atender a algum fim mesquinho. Se de fato existisse, não deixaria morrer uma pessoa tão boa como Socorro.

Tia Estela conseguiu com dona Paula uns dias de licença para mim. Disse-me que Lorenzo ficou arrasado com o ocorrido e quis me ver. Mas sua mãe foi enérgica ao dizer que, embora eu fosse uma boa menina, ele não podia confundir as coisas, pois éramos de classes diferentes e ele não devia chegar nem perto de onde eu morava. Ao pedir para ligar para mim, ela lhe disse que ligações no início do luto só serviam para aumentar a dor.

Quando tia Estela chegava ao trabalho, Lorenzo a cercava e a enchia de perguntas. Queria saber como eu estava, o quanto comia, se falava com outras pessoas, se pegava sol. Foi nesse curto período, diante da aflição que ele era incapaz de esconder, que ela pôde ver o tamanho do nosso amor.

Em meu retorno, todos se condoeram com a minha dor. Até seu Luís, geralmente mais distante, veio me dar os pêsames. Porém, era pelas palavras de Lorenzo que eu mais esperava. Queria seu abraço caloroso.

Quando ele se sentou à mesa, vi, de relance, que não estava arrumado para ir para a faculdade. Seus pais já tinham saído. Naquele dia eles estavam agitados, pois teriam uma audiência importante.

— Bom dia, dona Estela. Vitória está aí, não é?

— Está, sim. — Ela já tinha lhe dito na véspera que eu recomeçaria meu trabalho naquele dia.

— Peça para ela vir aqui. Temos muito o que conversar.

— Não, Lorenzo! Empregados não se sentam com patrões.

— Imagine. Meus pais hoje estão com a cabeça mais cheia do que nunca. Não vão se preocupar com isso. Peça para ela vir, por favor.

— Depois vocês se falam no escritório. Mas aqui não, por favor. Sua mãe vai chamar minha atenção. Sabe que ela não gosta de certas coisas.

— Por favor, dona Estela. Quero dar meus sentimentos à Vitória e sabe que isso não pode ser feito enquanto ela estiver trabalhando.

Vencida, ela ia voltando à cozinha, quando ele disse:

— Ah, sim, depois pode fechar a porta. — Referia-se à porta de correr, que separava os dois ambientes. — Quero ficar à vontade com ela.

Retornou aborrecida para a cozinha e me disse que ele queria falar comigo. Quando me levantei, ela segurou firme meu braço e falou:

— Olhe lá no que tu tá te metendo. Estou de olho em ti. Estava querendo colocar as unhas de fora porque tua irmã já ia completar dezoito anos, mas agora as coisas mudaram de figura. Sem besteira.

Ao me ver, Lorenzo me deu um abraço forte, e lamentou por Socorro. Depois puxou uma cadeira para mim. Não consegui recusar a gentileza, mas não poderia demorar ali. De volta ao seu lugar, ele disse:

— Hoje vamos tomar café juntos.

— Você é louco mesmo — disse, sorrindo.

— Não é bem loucura. É uma mistura de amor com vingança.

— Ah, é? Amor por quem exatamente?

— Por vós — gracejou ele, falando empolado.

— E te vingas de quem, conde de Monte Cristo?

— De todos, exceto de ti. Mantiveram-me cativo enquanto precisavas de mim. Agora, terão de aguentar nosso amor.

— Agradeço a consideração, mas não podemos dar seguimento a esta brincadeira. Tia Estela está nervosa na cozinha.

— Já falei com sua tia. Por favor, não me faça esta desfeita. Estou me esforçando para lhe devolver a alegria. Esta mesa é pra você.

— Certo, mas só um pouco — eu disse experimentando a tapioca. — Até porque você sabe que da cozinha se escuta tudo o que se conversa aqui.

— Isso é o de menos. Falamos baixinho. Agora deixa eu dizer uma coisa. Nunca pensei que fosse sentir tanta falta de alguém como senti de ti.

— Também. Mas o que aconteceu ainda está sendo horrível.

Compassivo, pegou em minha mão e disse:

— Eu sei, mas estou aqui agora. Podemos rezar por ela.

— Não! — protestei, de repente, em voz alta.

— Por quê? — disse, espantado. — Você é católica, que eu sei.

— Não acredito mais em Deus, Lorenzo!

— Como assim? Ele nos deu a vida, fez o mundo! Nos ama!

— Não me livrou dos males que sofri nem salvou Socorro. Se é tão bom, como dizem, por que preserva os maus e deixa os bons perecerem?

— Sei que está arrasada, mas não pode julgá-Lo assim. Embora tenha nos criado, Ele não é responsável pelos nossos atos. Deus nos deu livre-arbítrio e por isso é que devemos responder por nossas ações. Somos mortais, e neste mistério, que é a vida, Ele é nossa maior fortaleza.

— Se nos ama mesmo, por que nos criou para morrermos?

— Mas já reparou que só está falando mal de Deus? E quanto a nós, será que somos bons? Por que devemos ser tão exigentes com Ele e tão condescendentes com nós mesmos? Sofro junto com você. Mas não acho correto atribuir a Deus a miséria do mundo. Na verdade, o problema está em nós mesmos, que nos deixamos levar pelo mal. Mas Socorro era uma alma boa e com certeza está neste momento nos braços de Deus.

— Obrigada — disse, limpando as lágrimas. — Sei o quanto vocês são católicos, mas não quero falar sobre isso. Ainda estou muito arrasada.

— Tudo bem. Mas quero lhe dizer algo importante.

— O quê?

— Com o que houve, foi-se a chance de morar com Socorro. Sei que ainda sofre, mas preciso pedir que largue este emprego e fique comigo.

Ele falava baixo naquele momento. Temia que tia Estela escutasse.

— Acho que não é o momento de falarmos sobre isso.

— Podemos fugir. Tenho algum dinheiro. Se for preciso, vendo o carro até encontrar trabalho. Sinto que chegou a hora. Precisa de mim para voltar a ficar bem. Quero me casar com você.

Queria atender ao seu pedido, mas logo me lembrava dos conselhos de Socorro. Por mais que nos amássemos, não podíamos ser irresponsáveis.

— Obrigada, mas ainda acho que não é o momento.

Assim que me levantei, ele tornou a me dar um beijo. Depois me disse que tinha uma surpresa para mim. Era estranho, mas naquele dia eu estava envolta em sentimentos conflitantes. Dor pelo luto, alegria por revê-lo e ansiedade por algo que eu não tinha a menor ideia do que pudesse ser.

Capítulo 14

Às quatro da tarde, Lorenzo entrou inesperadamente na cozinha, quando já havíamos acabado o serviço, e disse para tia Estela, diante de mim:

— Papai e mamãe estão trabalhando num recurso urgente. Só devem chegar de noitinha, por isso pensei em dar uma volta com Vitória.

— Que é isso, Lorenzo? Já não basta o café da manhã? Imagina, sair por aí com a empregada! Não é mais nenhum menino. Deixe disso.

— Mas ela é minha amiga. Precisa de mim nesse momento.

— Ela precisa se distrair, sim; mas não tem que ser com você.

— Ah, deixe disso. Não vou fazer mal a ela.

Com as mãos na cabeça, aturdida, disse:

— Tá bom. Vão de uma vez, mas quero os dois aqui antes das seis. E, se seus pais ficarem sabendo, direi que não sabia de nada, ouviu bem?

Vesti a blusa branca e a bermuda jeans com as quais voltaria para casa. Não era a melhor roupa, mas era o que tinha para o momento.

Após sairmos do prédio, enquanto cruzávamos a praça, eu disse:

— Posso saber aonde vamos?

— Surpresa.

Atravessando a rua Padre Eutíquio, chegamos ao Café da Praça. Além do café, havia uma livraria. A decoração era retrô e o café e a livraria ficavam no segundo andar, onde havia uma parede de vidro com vista para a praça. Nunca pensei que um dia frequentaria aquele lugar. Afinal, como me sentiria à vontade ao lado de pessoas que pagavam dez reais num café?

— Ah, então é esta a surpresa... Não vou entrar aí.

— Por que não? É um lugar legal. Sempre quis te trazer aqui.

— Não me sinto bem no meio desta gente.

— Tolice. É um lugar para todo mundo e todas as ocasiões.

Como já estávamos ali e ele enfrentara minha tia para ficar comigo, decidi não o decepcionar. Assim, pegamos o elevador para o segundo piso, mas, antes de irmos ao café, paramos na livraria, e nos debruçamos sobre alguns livros. Mais adiante um homem tocava num piano de cauda preto.

— Paraíso quando consideramos livros e música, não é? — disse ele.

Era realmente um lugar bonito. Um misto de beleza e sofisticação.

— Sim — respondi, meio envergonhada.

Peguei um livro de Jane Austen e, ao ler o prefácio, estranhei a parte que dizia que ela não pertencia à escola romântica. Então ele me explicou que seu estilo configurava uma transição entre romantismo e realismo, algo como neoclássico. Fiquei admirada com o seu conhecimento e pensei que isso devia refletir seu gosto pela leitura. Quando ia devolvendo o livro ao lugar, ele pediu que não fizesse isso, pois iria dá-lo de presente para mim. Era uma bela edição, em capa dura, gravuras e fitilho. Feliz, agradeci-lhe.

Após comprar o livro, ocupamos uma mesa e admiramos a paisagem. Dali tínhamos uma belíssima vista da praça, com gente se exercitando em barras e caminhando em meio aos coretos, alamedas, pontes e lagos.

— É muito bonito ver tudo isso daqui — comentei.

— Sabia que ia gostar. Sonhava vir aqui contigo.

— Não exagere.

Nesse instante, vi que algumas pessoas nos olhavam com a expressão espantada. Senti-me uma intrusa numa festa para a qual não fora convidada.

Percebendo meu desconforto, ele tentou me distrair ao dizer:

— Não li este, mas *Orgulho e preconceito* eu li e vi o filme.

Agradeci de novo, enquanto voltava ao título: *Mansfield Park*.

— Não precisa agradecer. Mas, se é um presente, falta algo. — Pediu uma caneta ao garçom. Depois, escreveu o que julguei ser uma dedicatória.

— Por favor, só leia quando estiver em casa — disse ele.

Embora estivesse louca para saber o que ele tinha colocado no papel, respeitei sua vontade. Em seguida, escolhemos o lanche. Ele pediu um cappuccino com pão de queijo; e eu, um chocolate quente com esfirra.

Pegou minhas mãos e disse, olhando-me nos olhos, que aquele era só um dos inúmeros dias especiais que ainda teríamos pela frente.

Logo depois, o pianista começou a tocar uma música inesquecível. A melodia capturou de pronto minha emoção, tornando único aquele instante.

— Esta música é linda! — comentei.

— Sim. Ela é tema do filme *Em algum lugar do passado*, que por sua vez é baseado num livro de mesmo nome, também ótimo.

Como uma boba, ficava pasma com o que ele dizia. Sabia tudo sobre filmes, livros, música, e estava disposto a dividir tudo aquilo comigo.

Quando o garçom pôs nosso lanche sobre a mesa, Lorenzo disse:

— Veja só. Sempre que vinha aqui eu lembrava de você e agora viemos justamente quando você mais precisa. Tudo tem a sua hora.

Ele tinha razão. De repente, percebi que minha tristeza estava como que amortecida. Não falávamos mais disso; o sofrimento não teve curso ali.

Peguei em seu braço e disse:

— Obrigada.

— Não se preocupe, é por conta do nosso amor.

Eram cinco da tarde quando cruzamos a praça, e voltamos para o apartamento. Tia Estela, que nos aguardava ansiosa, foi logo dizendo:

— Ainda bem que chegaram. Sua mãe ligou há meia hora. Disse que vai demorar um pouco.

— Sim — disse ele. — Já tinha lhe falado. Vão chegar só de noite.

— Nós já vamos, Vitória. Não podemos nos atrasar.

— Vou só mostrar uma coisa pra ela, rapidinho. — Ele me arrastou pelo braço, para o seu quarto, sem dar qualquer chance para ela redarguir.

Deitando na cama comigo, logo estávamos nos abraçando e beijando. Foi como se o passeio tivesse aumentado a brasa que já ardia dentro dele e acendido uma chama dentro de mim. Tomava-me com força e, de repente, estávamos unidos como se fôssemos um só. Nada mais importava. E foi aí, no auge do nosso arrebatamento, que a porta se abriu diante de nós. Num rápido reflexo, cobri imediatamente minha nudez com o lençol, sem acreditar que tia Estela tivera coragem de fazer isso.

Lorenzo de repente ficou pálido. Seguindo seu olhar, vi a gravidade da situação. Dona Paula estava na entrada do quarto nos olhando.

Ela estava tão paralisada quanto o filho. Aquela fração de segundo foi terrível. Não tinha a menor ideia de como ela reagiria.

— Meu Deus! Meu Deus! O que tu estás fazendo, Lorenzo? Não, você não tá no seu juízo normal. Indo para a cama com esta caboca? Por quê? Quantas mulheres à sua altura não estão dispostas a se casar contigo? Esta menina é uma empregada! Não sabemos se é índia, negra ou caboca.

— Mãe, eu amo Vitória e estamos juntos já há um tempo.

— Pretende o que com isso, Lorenzo? Jogar nosso nome na lama? Destruir o futuro que sonhamos pra ti? Esta não foi a criação que te demos.

— Não é a educação que me deram mesmo. Nunca acreditei que gostar de alguém tenha a ver com a cor da pele ou a condição social.

Tia Estela estava chorando no corredor. Podia ouvir seu pranto, quando, de repente, seu Luís surgiu e ficou a nos olhar, atrás de dona Paula.

— Vergonha, Lorenzo! — disse seu Luís, visivelmente contrariado. — Se queria pegar esta zinha aí, que fosse num motel.

— Ele diz gostar dela — disse dona Paula, começando a chorar.

— Dela? — escarneceu seu Luís. — E acreditou nisso, pequena?

— Eu amo a Vitória, pai. E vamos nos casar.

— Idiota! — vociferou seu Luís. — Quer me convencer que ama uma qualquer? Essa pouca vergonha acaba aqui. Vão embora, Estela!

— E de pensar que nos esforçamos pra vir mais cedo só pra estar contigo — disse dona Paula. — Vão, Estela. Não quero ver vocês nunca mais. Não merecia isso, não depois de tudo o que fiz por você e sua família.

Vendo minha tia quase tendo um troço de tanto chorar, falei:

— Por favor, não demita minha tia, dona Paula. Imploro. Eu é que não presto. Ela precisa desse emprego pra sustentar a família.

— Cale a boca, menina insolente!

Tia Estela me recolheu da cama aos prantos. Lorenzo tentou impedi-la, mas foi bloqueado pelo pai, que, após sairmos, trancou a porta.

Só deu tempo de pegar minha bolsa com minhas roupas e o livro.

Já no ônibus, ouvia tia Estela dizer, descontrolada:

— Tu destruíste minha vida, acabaste com a minha família.

— Tia, não foi minha intenção. Por favor...

— Eu te avisei, a finada te avisou. Não foi por falta de aviso. Sabias que isso poderia acontecer. E foste adiante mesmo assim.

— Mas...

— Ele vai te esquecer rapidinho. Enquanto isso, vamos penar. Mas uma coisa eu juro: tu vais penar muito mais que eu — dizia com o rosto inchado, entre soluços. — Quando chegarmos, fica do lado de fora, enquanto pego tuas coisas. Nunca mais falará com ninguém da minha família. Não é mais bem-vinda na minha casa. Tua mãe que é tua mãe não tá nem aí pra ti, por que eu deveria estar? Maldita hora que resolvi ajudar vocês. Tu e tua irmã são duas amaldiçoadas. Teu pai desejou tudo de ruim pra vocês, por isso esse horror de desgraça. Mas vou cortar o mal pela raiz.

Era impressionante como o fantasma de papai ainda me assombrava. Talvez nunca mais me livrasse da sua maldição. Seria sempre a puta. Puta de papai; puta de Lorenzo; puta de quem quisesse. Esta era minha sina, e tia Estela desferia o golpe de misericórdia, selando o meu destino.

Capítulo 15

Da parada de ônibus até a casa, tia Estela foi se queixando de tudo e de todos. Dizia que por minha causa corríamos risco andando pela rua naquele horário, que eu era uma idiota e teria o mesmo destino de Socorro. Suas palavras eram como agulhadas no meu coração e só serviam para me dar a certeza de que ela nunca se importara comigo ou minha irmã.

Àquela hora, a rua estava deserta e sombria. Cachorros uivavam por toda parte e aquela parecia ser a noite das rasga-mortalhas, de tanto que ouvíamos seu grito agourento. As casas estavam em sua maioria fechadas, e reparávamos com um certo receio os vultos que se deslocavam pelos becos.

Alguns marginais nos conheciam de vista e permitiam nossa passagem, mas nem por isso havia garantia de que não nos aconteceria nada. Sabíamos muito bem disso, sobretudo após o que ocorrera à Socorro.

Era ali, em meio àquela realidade pavorosa, que tia Estela prometia me largar. Sabia o quanto ela era resoluta, mas, ainda assim, me negava a acreditar que fosse perversa a esse ponto. Meu tio e meus primos não permitiriam que fizesse isso, pois sabiam do perigo que envolvia as ruas do Curuçambá.

Ao chegarmos, ela entrou e trancou o portão por dentro.

— Fique aí e aguarde. Não ouse pular o muro.

— Não, tia, pelo amor de Deus! Não posso ficar na rua. Me deixe dormir só hoje. Amanhã prometo encontrar um lugar pra mim.

— Ah, então se acha em condições de me dizer o que fazer? Não entendeu? Estou te expulsando! Quer ter onde dormir? Compre uma casa!

— Posso ficar no seu jardim — continuei implorando.

Sem me dar ouvidos, ela entrou na casa. Na sequência, Samuel pôs a cara de fora e, me vendo na rua, não entendeu nada.

— O que houve? — perguntou ele.

— Esta cretina destruiu as nossas vidas! — vociferou ela.

Tia Estela demorou a voltar. Talvez estivesse sendo convencida do contrário. Mas então lembrei que ela nunca quisera obter nossa guarda. Será que agira desse jeito para não ter embaraço caso precisasse se livrar de nós? Se planejara assim, chegara a hora de me chutar sem maiores preocupações.

Recostando-me no muro, pensei que talvez dona Paula tivesse razão. Eu não passava de uma idiota que havia entregado o coração para alguém de fora do seu mundo. Na verdade, uma infeliz abusada pelo pai e cuja força de trabalho fora explorada injustamente. Alguém destinada ao fracasso. Um ser digno de pena porque, mesmo em meio a tanto revés, não conseguia sequer se voltar para a única força capaz de lhe ajudar, que era Deus.

Enquanto divagava, tive a impressão de estar sendo observada. Gritei para que me deixassem entrar. Então a porta se abriu e Daniel veio até mim com uma trouxa na mão. Fora feita com a rede que trouxéramos de Portel.

— Papai acha que deve dormir hoje aqui, mas mamãe não aceitou. Tá furiosa. Mas tenho certeza de que você não fez nada de propósito.

Como ele tinha um coração diferenciado!

— Tudo bem, primo. Obrigada!

Como o portão era baixo, nos abraçamos. Depois ele me passou a trouxa. Agradeci, e, quando fiz menção de me afastar, ouvi-o dizer:

— Pera aí. Pra onde vai?

— Não tenho ideia, mas não se preocupe com isso.

Em seguida, pôs a mão no bolso e falou:

— Tome aqui. É pouco, mas pode te ajudar.

Pensei em recusar, mas vi que, numa situação como aquela, isso seria ridículo. Agradecendo, peguei o dinheiro e o contei. Havia sessenta reais.

Dessa forma, segui tentando controlar o medo que sentia daquelas ruas. A penumbra, advinda da deficiência ou ausência de postes, só não envolvia completamente aquelas paragens porque era suavizada pela luz da lua. Enquanto divagava, senti que andar ao léu, sob aquela lua refulgente, amortecia minha dor. Era como se caminhássemos juntas uma com a outra.

Passei por casas e comércios fechados e cruzei com uns poucos transeuntes. Apressados, tinham o medo expresso ou maldisfarçado no rosto. Até que, num trecho mais afastado, olhei um beco esquecido, entrei nele e me sentei encostada ao muro, numa parte que dava para ver a rua.

Agachei-me e abri a trouxa. Tia Estela não colocara ali nem um terço das minhas coisas. Achei um lençol e alguns pares de roupa. Suspirando, peguei o lençol. Era com aquilo que passaria a noite naquele lugar fedendo a mijo. Certamente haveria carapanãs, ratos, sapos e quem sabe até cobras me atormentando enquanto tentasse dormir. Mas não podia me deter nisso.

Fechei os olhos e procurei uma posição para dormir. Devia ser tarde. Estava exausta, minhas pernas latejavam do tanto que andara até ali.

Mas, sem conseguir dormir, logo pensei no que faria se sobrevivesse àquela noite. Procurar emprego? Mas quem estenderia a mão para uma mendiga? Entregar-me às autoridades? Mas para quê? Para acabar num abrigo? Dava voltas em vão, pois sabia que só tinha uma coisa a fazer: procurar Lorenzo. Precisava reencontrá-lo não só por ser a última pessoa que havia me restado, mas porque já não conseguia me imaginar sem ele.

Exausta, fechei meus olhos e tentei me acalmar. Não conseguia dormir. Meu medo e minha preocupação, por mais que quisesse evitar, eram alimentados pelo barulho dos insetos, o desconcertante silêncio humano e o breu daquele lugar. E se chovesse? Ah, mas não podia pensar só no pior! Em algum momento o sono viria e eu descansaria. Mas não veio, pelo menos não logo. Fiquei a abrir e fechar os olhos. Às vezes alguém passava pela rua e olhava para mim. Deviam achar que eu era uma indigente. Encolhia-me ao máximo, para impedir que me vissem quando passassem.

Demorou até eu adormecer, e isso aconteceu por pouco tempo. Fui acordada no meio da noite por uma chuva intensa. Pensei nas minhas roupas naquela trouxa, todas encharcadas. Encolhi-me e chorei. Parecia que só porque eu desejava que o temporal passasse logo, ele continuava sem cessar. Fiquei sob a chuva por muito tempo. Não voltei mais a dormir.

Vi o dia clarear até o instante em que o azul coexistiu no céu com aquele pontinho branco, que era a lua — minha companheira daquela noite insone. Logo ela desapareceria, mas eu continuaria minha peregrinação.

Em breve as pessoas estariam andando por ali, e me veriam naquele estado. Diante disso, vesti a roupa menos molhada que achei: uma bermuda jeans e uma blusa amarela. Prestes a ir embora, pensei numa coisa. Não conhecia a lei, mas sabia que a solução para o meu caso passava por um abrigo ou algo semelhante. Como Lorenzo me acharia num lugar assim? Ainda que não ficasse com ele, uma saída como essa seria muito pior que viver nas ruas, pois me tiraria não só a liberdade como o afeto humano.

Caminhei na direção da BR e, após tomar café numa padaria, fui para a parada, onde descobri que eram seis e meia. Olhavam-me dos pés à cabeça. Maldormida, com roupas molhadas, devia estar parecendo uma assombração.

Quando o ônibus encostou, subi e me sentei à janela. Viajar desviando o olhar para as paisagens era um bom jeito de me livrar de olhares importunos. Aquele ônibus iria direto para a praça da República.

Olhando o Curuçambá, sobretudo os lugares com os quais já estava acostumada, senti em meu coração que me despedia definitivamente dali.

Mais ou menos uma hora depois, ao descer na praça da República, notei que continuava a chamar a atenção das pessoas. No entanto, sabia que tipos como eu não eram assim tão inéditos no centro de Belém. A cidade, infelizmente, era repleta de mendigos e até de loucos que andavam livremente pelas ruas, muitas vezes nus, aos olhos de todos. Sim, aquela cidade de passado glorioso também havia conhecido sua decadência.

Dali até a Batista Campos era um pulo. Não esperei um segundo sequer. Com minha trouxa, parando de vez em quando para descansar, andei quatro quadras. Diante do prédio, com a beleza da praça às minhas costas, apertei o interfone e, ao ver que era seu Marcos, disse:

— Oi, seu Marcos. Preciso falar com Lorenzo.

— Oi, Vitória. Olhe, trabalho aqui há muitos anos e nunca vi dona Paula tão nervosa. Você e Lorenzo se meteram numa senhora encrenca. Ela mandou chamarmos a polícia e o Conselho Tutelar se você viesse aqui.

É claro que eu me arriscava estando ali. Contudo, achei risível o comportamento de dona Paula. Ela e minha tia me exploraram o quanto puderam, e agora, perante os funcionários do prédio, a criminosa era eu.

— Lorenzo não falou com o senhor para o caso de eu aparecer?

— Não. Esqueça essa história. Ele não é pro seu bico. Você é nova e bonita. Vai encontrar alguém. Ficar longe daqui é o melhor que tem a fazer.

Agradeci-lhe e, cabisbaixa, voltei pelo mesmo caminho, daquela vez, porém, ignorando totalmente a beleza e o encanto da praça Batista Campos.

Capítulo 16

Ao voltar para a praça da República, subi num coreto que ficava próximo do teatro. Era espaçoso e bonito. Como estava vazio, fiquei mais à vontade. De lá via alguns jovens gazeando aula para namorar ou usar droga.

Recostada no gradil, lembrei-me de repente de algo que toda aquela loucura me fizera esquecer. A dedicatória de Lorenzo! Fucei minhas coisas, peguei o livro e li: *Vitória, que este livro te alegre, mas que também te faça lembrar do dia de hoje, pois, se Deus quiser, ele é o prenúncio de que ficaremos juntos para sempre, pois só o amor, por acontecer em camadas mais profundas que a da pele, fortuna ou classe social, prevalece sobre coisas menores como indiferença, preconceito e rancor. Te amo, minha Flor de Formosura, por seres exatamente como és: boa, bela e inteligente!*

Sem conseguir conter a emoção, as lágrimas irromperam. Agarrando-me ao livro, enquanto pensava na forma carinhosa com que ele escrevera aquilo, sofria com medo de que a nossa história tivesse chegado ao fim.

Depois do meio-dia, tomei o rumo da Presidente Vargas, buscando algum lugar para comer. Mas, assim que entrei na avenida, fiquei atordoada com uma multidão de pessoas ao longo daquela via larga e cheia de prédios.

Os camelôs tomavam conta das calçadas. Mas além deles havia outras pessoas por ali, dos mais variados tipos, mostrando sua arte, pedindo esmola, vendendo animais e, outras, ainda, drogadas, mendigas, loucas, crianças de rua, prostitutas. Iam de lá para cá, num ritmo incessante, como se estivessem em busca de algo que elas mesmas não tinham a menor ideia do que fosse. À medida que ia vendo aquele emaranhado de gente, me dava conta do quanto aquele lugar era desordenado e perigoso. Não havia polícia nem fiscalização quanto ao que vendiam ou às crianças ali presentes.

Mais adiante, abordei uma senhora e ela me apontou uma das ruas perpendiculares à avenida, dizendo que lá eu acharia um lugar para comer.

Assim, não custei a encontrar o restaurante. Enquanto comia, achei que era observada. Mas, ao lembrar-me da noite anterior, em que tivera a mesma impressão, deixei de lado. Certamente era o meu nervosismo.

Ao terminar de comer, voltei para a praça e notei que havia um casal no coreto onde eu estava, e por isso fui para o coreto que ficava ao lado do monumento da República. Era menor e mais ao centro da praça, mas tão bonito quanto o outro. Coloquei a trouxa no chão e recostei-me ao peitoril.

Só pensava em rever Lorenzo. Mal me dava conta dos perigos a que estava sujeita enquanto continuasse brincando de morar na rua.

De noitinha, após acordar de um cochilo, decidi que no dia seguinte iria ao prédio de novo. Quem sabe o visse quando estivesse indo para a faculdade? Precisava tentar, a não ser que quisesse morar na rua ou num orfanato.

Em seguida, mesmo com um pouco de medo, saí atrás de comida. Atravessei a rua no sinal confluente à avenida Nazaré e, numa pequena praça, dei com o chafariz das Sereias, uma magnífica fonte em cobre e pedestal em alvenaria. Passando por ela, me dirigi para as Lojas Americanas. Na calçada havia duas tendas armadas. Aquela era uma época em que havia muitos hippies na cidade, e naquela ocasião um deles ficou me olhando e mexeu comigo, mas não liguei e entrei no estabelecimento.

Comprei batata frita, água mineral, chocolate e refrigerante. Na saída, o hippie continuava no mesmo lugar. Era um pouco mais baixo que Lorenzo, mas, como os outros hippies, magro e com os cabelos compridos.

— Boa noite. Sou Maurício. Tem um minuto para mim?

— Não — disse apressada. — Preciso ir embora.

— Calma. Está cheia de coisas. Posso ajudar você.

— Não, obrigada.

— Só quero conversar um pouco, moça.

Não sabia como confiar num estranho. Mas ele insistiu, então resolvi ouvi-lo. Quem sabe pudesse ficar com eles se fossem respeitosos?

Levou-me diante de uma tenda azul, que deduzi ser onde ele morava. Os outros, que estavam sentados por ali, se calaram quando eu apareci.

— Pode dizer seu nome, se quiser — disse Maurício.

— Vitória.

— Que nome lindo! — disse ele. — Vocês não acham? Ah, mas que mal-educado que sou. Estes são nossos amigos, Orlando e Douglas.

Imediatamente, os outros falaram comigo e me ofereceram alguma coisa para beber, ou um cigarro para fumar. Recusei.

— Você está sozinha, Vitória?

Confusa, acabei ficando em silêncio.

— Não quer falar?

Os outros não tiravam os olhos de mim.

— Sim. Estou sozinha, mas acho que devo ir embora.

— Não se apresse. Você está muito assustada. Só queremos lhe conhecer melhor. Posso estar errado, mas acho que você precisa de ajuda.

Um dos hippies que Maurício me apresentou chamou o outro e disse que iriam embora para nos deixar à vontade. Depois Maurício disse:

— Fale um pouco de você, Vitória.

Observei que havia mais gente por ali e a impressão era de que estavam na espreita. Mesmo um pouco intimidada com isso, algo me fez querer conversar, como se tivesse a necessidade de desabafar um pouco.

— Estou longe da minha terra e acabei sozinha em Belém.

— Nossa, sozinha em Belém? Como assim?

— Não gostaria de falar sobre isso agora.

— Qual a sua idade?

— Prefiro não dizer.

— Tudo bem, não tem problema. Mora onde?

— Não tenho onde morar no momento.

— Hum...

— Vocês são hippies, não são?

— Somos. Já ouviu falar da gente?

— Sim.

— E o que sabe sobre nós?

— Sei lá, que vivem por aí, andando e mudando de um lugar para o outro. Não concordam com a forma como algumas pessoas levam a vida.

— É mais ou menos isso.

— Muitos de vocês são filhos de gente rica, não é?

— Nem todos.

— Por que escolhem este tipo de vida? O que ganham com isso?

— Paz e amor.

— Não acredita que as pessoas vivam com paz e amor?

— Não. A maioria, infelizmente, é egoísta e preconceituosa. A gente se opõe a isso. Nada de ódio ou discriminação... Tem namorado?

— Sim... quer dizer, não...

Riu tão alto que algumas pessoas se voltaram para nós.

— Por que não teria namorado sendo bonita como é?

Fiquei calada, enquanto o via me devorar com os olhos. Não me convidara para ficar com eles, mas, àquela altura, caso fizesse isso, teria medo de aceitar. Estava tomada pela dúvida e por sentimentos conflitantes.

— Vocês vão ficar muito tempo aqui?

— Talvez não. Por isso é bom ficarmos logo amigos.

Seus olhos ardiam de desejo. Aquilo me empurrava para o meu eterno dilema: estava no mundo, afinal, apenas para divertir os homens?

— Vamos rapidinho na tenda comigo. Vai gostar.

Queria só me levar para a cama e depois me devolver para a rua. Insultando-o, peguei minhas coisas e passei depressa pelos outros, que, vendo-me furiosa, gargalhavam, gritando que Maurício não era de nada.

De volta à praça, segui para o coreto, até que de repente um homem que parecia vir atrás de mim acelerou o passo e se colocou à minha frente.

Soltei um grito e derrubei minhas coisas no chão.

Capítulo 17

— Socorro! — gritei, assustada.
— Calma, Vitória! É recado dos teus pais.
Como podia saber meu nome? Quem era ele, o que queria? E meus pais, de que modo poderiam ter contatado aquela pessoa?
— Se o senhor continuar a me perturbar, vou chamar a polícia.
— Como acha que sei seu nome? E, quanto à polícia, pode chamar, mas se fizer isso vai direto para um abrigo, onde ficará mofando.
Ele falava com segurança, não parecia uma pessoa qualquer.
— Agora que está mais calma, podemos conversar?
— Diga de uma vez o que o senhor quer.
— Aqui é perigoso. Vamos para um lugar mais tranquilo.
Sua fala era contida e seus gestos calculados. Aproveitando-se da minha hesitação, abaixou-se e pegou minhas coisas do chão.
— Eita, mas tem que ser forte pra carregar tudo isso. Trouxa, sacola... Vamos para o Bar da Praça, logo adiante.
Como o bar estava à nossa frente, e tinha um certo movimento, aceitei ir com ele. Não podia mesmo ficar ali naquele impasse. Também estava curiosa para ouvir o que ele tinha a dizer, afinal sabia meu nome.
Ao ar livre, o Bar da Praça estava num patamar mais elevado, ao lado do Teatro da Paz, ficando o Hilton do outro lado da rua. Escolheu um lugar ao centro, pôs minhas coisas sobre a mesa, e nos sentamos.
Olhando em torno, vi que algumas mesas estavam ocupadas. Havia um gradil ao redor do bar. Garçons passavam com bandejas de lá para cá.

— Nem imagina o perigo que é andar sozinha por estas ruas.

Ele devia ter uns cinquenta anos. Vestia calça jeans e uma camisa de botão aberta. Usava um cordão de ouro, e tinha uma cicatriz extensa entre a boca e o olho direito, além de um tique de passar a língua nos lábios.

— Alguns me chamam de Iago, mas prefiro Padrinho — disse, olhando rapidamente para o celular que colocara sobre a mesa.

Além de caro, celular era um item raro naqueles primeiros anos do novo século. Isso significava que estava diante de alguém com dinheiro.

Ele pediu refrigerante e uma sopa de carne para mim.

— Como sabe meu nome?

— Vou abrir o jogo pra você. Não tenho nenhum recado. Não conheço seus pais. Na verdade, eu venho te observando desde o seu almoço. Segui você até as Americanas, e ouvi quando disse seu nome para aquele hippie fedorento. Jamais permitiria que caísse nas mãos de um vagabundo como aquele. Quero te ajudar. Minha proposta é imperdível.

Surgiram duas moças bonitas. Maquiadas e bem-vestidas, estavam na casa dos vinte. Uma era alta e loura, e a outra, morena.

— Ah, aí estão vocês. Vitória, estas são Emanuelle e Valquíria. Estão hoje aqui só pra te conhecer. Cumprimentem nossa amiga, meninas.

Deram-me um beijo, e falaram que estariam à minha disposição para tudo de que eu precisasse. Depois disseram que iam dar uma volta.

Enquanto observava as duas moças saírem do bar, ouvi-o dizer:

— Elas são lindas! Você é mais, lógico. Bom, como ia dizendo, você merece uma vida melhor, mas, ao que parece, não tem muita escolha. Como está, vai acabar nas mãos dos guardas municipais. Serão eles que vão te entregar pro Conselho Tutelar. Sabemos que não quer passar uma temporada esquecida num orfanato qualquer, e que no fundo o que mais deseja é ganhar seu dinheiro de forma honesta. Afinal, quem não quer ter sua liberdade, não é? E, quando esta vem junto com a segurança, então...

— Não entendo nada do que o senhor está falando, seu Iago.

— Me chame de Padrinho, pois, afinal, é o que eu sou.

— Você fala, fala, e não me diz de que modo pode me ajudar.

— Vou pôr as cartas na mesa, me escute com atenção. Pode morar com umas amigas minhas na Cidade Velha. Terá comida, um teto e minha proteção. Não vai ter que se preocupar com nada. Em troca só vai precisar acompanhar uns clientes, mas isso não será difícil para uma moça tão linda e esperta como você. Além disso, contará com a ajuda das outras. Acho até que ouvi Emanuelle e Valquíria, há pouco, lhe prometerem isso, não foi?

— Desculpe, mas o senhor me confundiu — disse, levantando-me.

Agarrando meu braço, pediu que continuasse sentada. Depois disse:

— Não se apresse, Vitória! Não se esqueça da idade que tem, nem da cidade em que está. Que emprego poderá arrumar? Trabalhar em casa de família é impossível, ninguém te aceitará enquanto for menor. Orgulho e pudor não enchem barriga nem protegem de estupradores e ladrões. Você é muito bonita. Tem uma altura ideal, um ar doce. As outras meninas com certeza dariam tudo para ter teu corpo e teu cabelo. Perceba que eu surgi como um presente de Deus na sua vida. Comigo terá segurança e proteção.

Neste momento o garçom chegou com a sopa. Pediu desculpa pelo atraso e se retirou na mesma pisada.

— Como é bonita, muitos vão te querer. Falo de gente rica.

Enquanto bebia aquela sopa insípida, queria poder apertar um botão que calasse aquele homem, cuja fala o tornava ainda mais asqueroso.

— Quanto ao dinheiro, não se preocupe. A metade será para custear sua moradia, comida e proteção, e o restante guardarei numa poupança pra ti. Os clientes são saudáveis e educados. Gente de sociedade. Jamais te entregaria a um qualquer. Exigimos deles o uso de camisinha e de outros cuidados. Afinal, ninguém quer doença ou gravidez, não é mesmo?

Não suportando mais, empurrei a tigela. Sentia-me enojada de tudo, da sopa, da conversa, do ambiente repleto de clandestinidade.

— O que por acaso eu esquecer de falar, será dito por Micheli. Ah, mas você vai adorar a Micheli! Ela é um encanto de menina!

Enquanto falava, ele movia rapidamente a língua nos lábios.

— Com você serão seis meninas. Além de Emanuelle e Valquíria, temos Paloma, Vanessa e Micheli. Há atendimentos fora da casa, mas sempre destaco um homem da minha confiança para proteger vocês. Ele fica do lado de fora. Mas, como ainda é menor, só atenderá na casa.

Às vezes, tinha vontade de interrompê-lo e perguntar em que lugar da minha cara estava escrito que eu era uma puta, pois era incrível a naturalidade com que ele falava sobre o que parecia ser minha vocação.

— Também há algo de que você vai gostar: como está começando, terá uns dias pra se enturmar e se adaptar à casa de um modo geral.

Não acreditava em nada do que ele falava. A exemplo de tia Estela, ele mal conseguia disfarçar a satisfação que sentia pelo que poderia lucrar comigo. Era como se eu fosse o melhor negócio do mundo. Estava enojada. Por que aquilo acontecia justo na véspera da minha nova tentativa de reencontrar Lorenzo? Não obstante isso, pensei na proposta de folga no começo. Neste período, poderia planejar melhor um meio de rever Lorenzo. De qualquer modo, não podia ficar correndo risco na rua indefinidamente.

— Aceito, seu Iago. Digo, Padrinho — disse, vendo-o abrir um sorriso que, de tão largo, levou-me a duvidar do acerto da minha decisão.

Deixei a praça num táxi com Emanuelle e Valquíria. No trajeto, mal falaram comigo. Quando chegamos, elas saíram do carro sem pagar pela corrida. Perguntei para o motorista quanto lhe devia;

sorrindo, disse que não me preocupasse. Sem entender nada, agradeci e desci do carro.

A casa era de altos e baixos, e ficava numa parte afastada da Cidade Velha. Passavam das dez horas. Ao toque da campainha, uma mulher abriu o portão. Emanuelle e Valquíria falaram com ela e entraram em seguida.

— Boa noite, Vitória! Sou a Micheli. Padrinho já ligou falando de você. Estou muito feliz em te conhecer. Já está tudo pronto pra te receber.

Micheli era morena clara, de cabelos cacheados. Tinha alguns traços de beleza. Exibia um sorriso fácil, mas, apesar disso, parecia triste.

— Obrigada.

— Vejo que já conheceu Valquíria e Emanuelle. Não liga pra elas não, viu? São meio doidinhas. Me dê a sacola. Deixe eu te ajudar.

Aproximei-me e lhe passei a sacola das Lojas Americanas.

— Mas, veja só, é bonita mesmo. Bem que Padrinho falou.

Fechou o portão, e entramos na casa. Passando pela sala, subimos por uma escada. Disse-me que no andar superior havia quatro quartos, sendo dois destinados para nós e os outros dois para atender clientes.

Entramos num quarto onde havia armário, TV e dois beliches. Não era assim tão diferente do que eu dividia com Socorro na casa de tia Estela.

— Você vai dormir aqui, comigo, Paloma e Vanessa. Nosso beliche é este da direita. Você fica embaixo e eu em cima. Tudo bem?

— Sim.

— O armário está cheio, mas reservei um canto pra você. Enquanto arrumo suas coisas, vá tomar banho. Assim conversamos antes de dormir.

Entrei no banheiro, no próprio quarto, e coloquei-me debaixo daquela água gelada pelo que me pareceu uma eternidade. Fiquei ali, tentando manter a cabeça vazia, enquanto a sujeira acumulada ia embora.

Quando saí do box, Micheli gritou do lado de fora:

— Tem uma toalha e uma camisola pra você no aparador.

Agradecendo, enxuguei-me e penteei meus cabelos com a escova que estava na bancada. Vendo-me no espelho, achei-me magra e com olheiras. No instante seguinte, juntei-me a Micheli, que estava na minha cama.

— Posso ficar um pouco aqui? — Ela estava na minha cama.
— Tudo bem.

Não sabia explicar direito, mas Micheli me passava uma sensação de paz e acolhimento. Não sugeria falsidade ou perigo. Sua voz era calma e parecia estar realmente disposta a me ajudar em tudo o que eu precisasse.

— Seu cabelo é liso, sedoso. E veja só como ele brilha! E sua pele, então? É linda! Qualquer roupa deve lhe cair bem com este corpo.

— Obrigada.

— Padrinho disse que você tomou uma sopa no Bar da Praça. Mas, como sei que a comida lá não é boa, preparei isso pra ti. — Passou-me um sanduíche de peru e um copo de suco de jambo, que estavam ao seu lado.

— Obrigada — agradeci, satisfeita com a surpresa.

— Sei que Padrinho já deve ter lhe falado, mas preciso reafirmar. Tem muita sorte de ele ter te recolhido da rua. Estará segura aqui.

Ela ficou me observando comer. Estava delicioso. Fiquei muito contente. Caso ela não tivesse feito isso por mim, eu dormiria com fome.

— Está gostoso?
— Sim, muito!

Ela sorriu e disse:

— Certo. Não vou mais lhe importunar. Se precisar de qualquer coisa, pode me chamar. A principal regra aqui é o respeito e a amizade.

— Há quanto tempo você está aqui?

— Não vai acreditar, mas estou aqui há mais de dez anos.

— Muito tempo! E qual a sua idade?

— Vinte e quatro.

Ela parecia ser pelo menos dez anos mais velha.

— Estamos aqui há três anos. Às vezes mudamos. Talvez a gente se mude de novo daqui a um tempo; não estranhe se isso acontecer.

— Mas por quê?

— Bem, não sei de tudo, Vitória. Embora eu seja a dona da casa para todos os efeitos, quem manda realmente é o Padrinho.

— Mas você não pensa em sair daqui?

— Bom, quando era mais nova, eu pensava e muito. Mas com o tempo fui vendo que não conseguiria encontrar lugar melhor. Quem iria me querer? Onde iria trabalhar? Desde cedo estou nesta vida. Tudo o que sei, aprendi em casas como esta. Mas não me queixo, sou feliz como estou.

— Mas as moças não saem quando completam dezoito anos?

— No começo todas querem sair, mas depois vão ficando. E muitas que saem, não encontrando vida melhor lá fora, acabam voltando.

— E seus pais? E sua família?

— Aqui nem todas gostam de falar sobre sua vida. Mas não se preocupe, não tenho problemas com isso. Vou lhe contar um pouco da minha história. Quando eu era criança meu pai abandonou nossa família. Mamãe criou a mim e meu irmão sozinha. Logo meu irmão passou a se drogar e o homem que ela arranjou começou a abusar de mim. Minha história é triste, mas não é diferente de outras. Os caminhos me dirigiram a Padrinho, e creio que isso tenha salvado minha vida.

— Mas e sua mãe? Seu irmão?

— Morreram e, quanto aos outros parentes, perdi o contato.

— Sinto muito.

— Tudo bem.

Após um momento de silêncio, eu disse:

— Temos permissão de sair durante o dia?

Ela hesitou.

— Como nos protege, Padrinho não aceita nos ver em situação de risco. Por exemplo, você é menor e é perigoso sair por aí sozinha.

— Você gosta muito dele.

— Sim. Sou grata por tudo o que ele fez por mim.

Queria saber mais sobre o que elas faziam, e o que acreditavam que eu mesma faria, mas estava constrangida demais para perguntar a respeito.

Como se adivinhasse o que eu pensava, ela disse:

— Você não é mais virgem.

— Não.

— Então já sabe o mais importante. Resta conhecer os clientes, saber o gosto deles e aprender alguns truques. Mas tudo isso a gente te ensina.

Baixei a cabeça.

— O que foi? Falei alguma coisa que te deixou triste?

— Não. Sua recepção é ótima. É só que não me vejo nesta vida. Você fala em risco, mas será que não vê que aqui também corremos risco?

— Na verdade, risco corremos em todo lugar. Se, por exemplo, estivesse num bairro chique, correria mais risco que aqui. Por outro lado, entendo quando diz que não se vê fazendo o que nós fazemos. Mas isso é só uma questão de tempo. Por isso o Padrinho te deu uns dias. Ele faz isso com todas; é muito generoso. Mas garanto que, quando for iniciada, vai querer ficar. É o destino. E quanto a ele, só Deus pode explicar, não é?

— Não acredito em Deus — respondi, peremptória.

— É mesmo? — disse Micheli, franzindo o cenho. — Mas por quê?

— Porque minha vida, como a sua, sempre foi repleta de desgraças.

— Ainda é nova. Na sua idade achamos que sabemos de tudo, mas quando caímos do cavalo é que vemos o quanto precisamos de Deus.

— Mas, se acredita em Deus, por que não busca uma vida melhor?

— Porque talvez esta tenha se tornado a única vida possível pra mim.

— Mas não é pecado o que se faz aqui?

— Sim. Como roubar, trair marido, passar sócio pra trás, matar, e muito mais. Sabe o que acho? Todos pecamos, e o que devemos fazer é buscar a misericórdia divina, o que só é possível se acreditarmos em Deus.

Fiquei fascinada. Ela tinha religiosidade, apesar da vida que levava.

— Além disso, sou devota de Nossa Senhora de Nazaré. Não há um Círio em que eu não vá na corda — disse ela, sorrindo orgulhosa.

Sorri diante deste comentário. Depois falei:

— Ah, sim, o taxista não recebeu pela corrida. Você o conhece?

— É o Rodolfo. Ele é um dos funcionários de Padrinho. Também há alguns olheiros nestas redondezas. E isso é ótimo, pois eles nos protegem.

Depois chamou as meninas. Quando subiram, fez as apresentações. Valquíria e Emanuelle eu já conhecia. Paloma era uma perfeita índia, e Vanessa, uma mulata vistosa. Eram todas muito lindas, mas eu não tinha a menor intenção de fazer parte daquele grupo ou de qualquer outro parecido.

Capítulo 18

Eram nove horas quando acordei, no dia seguinte, sentindo o corpo dolorido. Criando coragem, fui ao banheiro, onde deparei com um bilhete de Micheli no qual ela dizia ter deixado para mim roupa nova e uma escova de dentes. Recomendava que eu usasse o xampu e o condicionador que separara para mim, e que me enxugasse depois com a toalha que estava no aparador.

Enquanto tomava banho, espiei pelo balancim e vi que o dia estava nublado. Embora esse fosse um tempo comum em Belém, senti-me aflita. Pensei em minha vida, tão incerta e indefinida, e torci para que minhas próprias névoas, à semelhança daquelas nuvens, que tendiam a se espargir pelo céu, também se dispersassem e abrissem saídas mais felizes para mim.

Em seguida, enxuguei-me com a toalha. Depois, vesti o short branco e a blusa lilás que Micheli havia separado para mim. Achei que tinham ficado muito colados no meu corpo, realçando demais as minhas formas.

Na cozinha, encontrei-as numa mesa retangular de madeira. Estavam conversando alegremente e, tão logo me viram, emudeceram.

— Bom dia! — disse Micheli. — Que bom que ainda nos pegou aqui.

Sorrindo envergonhada, sentei-me ao lado de Micheli. Sentia-me uma estranha no ninho, mas, ao me lembrar da noite ao relento, do perigo das ruas e da possibilidade de ficar sem ter o que comer, convencia-me de que precisava me habituar àquele lugar, pelo menos por enquanto.

— Tem pão, queijo, café com leite e suco de jambo — disse Micheli. — Nós já comemos, mas podemos lhe fazer companhia.

Meio sem jeito, despejei o café na minha xícara.

— Estava comentando com elas o quanto lhe achei legal, Vitória.

Enquanto comia, pensei no quanto deviam ser sofridas. Gente tão vulnerável que aceitava se submeter a qualquer coisa por segurança.

— É de onde? — disse Emanuelle, a loura, alta, com ar entediado.

— Ah, Emanuelle! Quando se sentir mais à vontade, ela vai dizer.

Emanuelle fez uma careta e virou o rosto. Valquíria era sua parceira, as duas não desgrudavam. Paloma e Vanessa pareciam ser mais humildes.

— Não tem problema. Posso falar. Vim de Portel, no Marajó.

— Hum — disse Emanuelle, olhando para Paloma —, então temos outra índia aqui. Mas você não é bem uma índia. No máximo, uma mistura.

Micheli lançou um olhar reprovador para Emanuelle.

— Me orgulho de ser marajoara. No Pará muitos têm sangue índio.

— Você vai gostar daqui, Vitória — disse Paloma, de modo meigo. Ela estava prestes a completar dezoito anos. — Somos bem tratadas.

— Bom, isso é verdade — disse Vanessa. — Micheli é uma irmã.

— Assim vai me fazer chorar, Vanessa — disse Micheli, sorrindo. — Mas ela tem um pouco de razão, Vitória. Aqui somos uma família.

— Me deem licença, mas estou entediada — disse Emanuelle, levantando-se num rompante e rumando para a sala. Valquíria foi logo atrás.

— Acho que elas não gostam de mim — comentei.

— Não — disse Micheli. — Elas são assim mesmo. Às vezes estão tão chatas que nem elas mesmas se suportam. Depois acostuma, vai ver só.

Ao terminar de comer, fui para a pia ajudar Micheli com as louças.

— Faz isso bem. Já trabalhou em casa de família, não é?

Hesitei. Mas depois resolvi dizer:

— Sim, por dois anos.

— Que ótimo. Isso dá experiência.

Fiquei calada, continuando a lavar a louça.

— Gostava de onde trabalhava? Tudo bem se não quiser falar.

Pensei em Lorenzo. Como o reencontraria se não falasse do meu antigo emprego? Precisava adiantar alguma coisa para ela.

— Gostava, sim. Foi onde aprendi tudo o que sei.

— Quem lhe arranjou o emprego?

— Uma tia.

— Você morava com ela?

— Sim.

Ela ficou calada um momento, depois disse:

— Como é o lugar onde você nasceu?

— É bonito. Até sinto saudade, mas tem coisas ruins lá também...

— Mas estas coisas te fizeram deixar de gostar de lá?

— Não é da terra que não gosto. Não gosto do atraso, da falta de educação, de quem não se move para ajudar. Desculpe se pareço odiosa.

— Você interrompeu os estudos, não foi?

— Sim.

— É uma pena, pois é inteligente. Mas um dia vai voltar a estudar, se Deus quiser. Antes de vir para cá, tinha sonho de ser alguma coisa?

— Quero ser professora.

— É um trabalho lindo, mas paga mal e não é tão valorizado.

— Não ligo muito pra isso. Pra mim, ser professora é uma possibilidade de transformar cidades como Portel em lugares melhores.

Após lavarmos a louça, Micheli me disse que, apesar de uma senhora chamada Yolanda vir diariamente cuidar das roupas, todas ali ajudavam.

Ao longo da manhã, não tive coragem de dizer que queria sair. Após o almoço, porém, quando as meninas foram descansar, fui ter com Micheli. Ela estava no sofá da sala remendando umas roupas com uma agulha.

— Preciso lhe falar uma coisa.

— Isso posso deduzir. Parece aflita. Sente aqui comigo.

Sentei-me ao seu lado, tentando esconder a ansiedade ao mesmo tempo que procurava encontrar as palavras certas para falar com ela.

— Preciso ir no prédio da minha antiga patroa, na Batista Campos.

— Certo, mas pra quê? — disse, fitando-me nos olhos.

— Posso ou não? Padrinho me disse que eu teria uns dias.

— Sim. Mas deixa eu explicar uma coisa. Vindo pra cá nos tornamos protegidas e, quanto às menores, como você, a responsabilidade é maior. Além disso, sendo do interior, você não deve conhecer direito a cidade.

— Está dizendo que não pode me deixar sair?

— Mais ou menos. Tenho certa autonomia. Mas se, por exemplo, me disser que não quer mais ficar aqui, isso tem que ser levado pra ele.

— Ele vem aqui com que frequência?

— Pelo menos duas vezes por semana.

— Não podem estar querendo que eu aceite ser uma escrava.

— Não, Vitória! Não fale assim. Em algum momento, viu eu ou alguma das meninas se referindo à nossa estadia aqui dessa forma?

— Se não é escravidão, posso ir lá na minha ex-patroa?

— Gosto de você e quero ser sua amiga. Até porque já passei pelo que está passando. Vou ao banco, às quatro horas, e, como é perto do seu antigo trabalho, posso ir com você. Mas preciso saber o que realmente vai fazer lá.

Emudeci.

— Namora com algum porteiro ou funcionário do condomínio?

— Não. Quero só saber se tem alguma coisa pra mim na portaria.

— Mas, se não é moradora, por que iria ter algo pra ti?

— Pode ter algo referente a acerto de contas.

Senti que ela estava começando a ficar desconfiada. Não parecia acreditar no que eu dizia. Mas eu não podia revelar toda a história para ela.

— Não pode ter namorado enquanto estiver aqui. Esta é a regra mais importante. Não pode estar presa a nada fora dos muros dessa casa.

— Eu sei.

— Pois bem, vou confiar em ti.

Até a hora de sairmos, minha mente era um turbilhão. O que faria, com quem falaria? Os porteiros estavam proibidos de conversar comigo. Mas precisava encontrá-lo. Não importava se minha chance era remota, tinha que tentar, e o que me movia era o amor que ele despertara em mim.

Capítulo 19

No ônibus, a caminho do banco, pensei em como Micheli de fato parecia legal. Começava a me conquistar com sua doçura e paciência.

Quando descemos, na altura da avenida Nazaré, fomos direto para o banco, onde Micheli se pôs diante do caixa rápido e começou a fazer as operações. Não entendia nada do que ela fazia, mas reparei quando sacou quatrocentos reais e pôs na bolsa. Fiquei atônita ao ver o tanto de dinheiro.

— Não é perigoso andar com todo esse dinheiro? — disse, assustada.

— Silêncio! — Abriu a bolsa e me mostrou um revólver. Fiquei paralisada. Pensei em fugir dali, mas o medo me impediu de fazer isso.

Saímos do banco e seguimos a pé até a praça Batista Campos.

— Estou apavorada. O que você faz com isso na sua bolsa?

— Calma, não precisa ficar assim. É pra nossa proteção.

— Terei de usar isso também?

— Não — disse ela. — Graças a Deus nunca precisei usar. Olhe, já era para estarmos voltando. Estou indo para a Batista Campos por você.

Passando pela Braz de Aguiar, deixamos o cemitério da Soledade para trás, e, após cruzarmos o sinal, ficamos defronte ao prédio de Lorenzo.

— Gostaria de falar com Lorenzo — disse, tensa, ao interfone.

— É da parte de quem? — disse o porteiro, da guarita. Jovem e impaciente, era um novato com o qual eu cruzara poucas vezes.

— Daniela — disse um nome qualquer, pensando que assim Lorenzo poderia deduzir que se tratava de mim. Não pensei em nada melhor.

Pediu para aguardar e retomou minutos depois.

— Tenho ordem pra chamar a polícia pra lhe prender.

— Vamos! Vamos! — entoou Micheli, nervosa.

— É melhor ir embora e não voltar mais — disse o porteiro.

Deixei-me levar por Micheli, que, agarrando meu braço, cruzou depressa a praça comigo. Enquanto corríamos em direção à parada do outro lado do quarteirão, próximo do colégio Santa Rosa, ela me dizia:

— Mas o que foi aquilo? Querem denunciar você por quê?

Sentindo um aperto na garganta, comecei a chorar. Aquela talvez tivesse sido minha última chance de reencontrá-lo. Temia pelo que poderia acontecer dali para frente. Como sair daquela enrascada na qual eu mesma me metera? Que idiota eu fora por ter dado ouvidos para aquele marginal.

— Não chore. O perigo ficou pra trás. O que está sentindo?

— Tenho medo.

— De quê?

— De tudo! Perdi minha família, minha irmã, meu emprego. — As palavras brotavam da minha boca automaticamente. Chorava copiosamente.

— Chore. Ponha pra fora. Chorar vai te ajudar. Vai ver só.

Chegamos em casa no fim da tarde. As meninas estavam na sala, umas vendo televisão, outras conversando. Ao nos avistar, Emanuelle puxou Micheli de canto e falou algo baixinho no seu ouvido.

Sem falar com ninguém, subi para o quarto, e me joguei na cama. Como acabáramos nos perdendo? Como viveria sem ele? Se houvesse a quem recorrer, a ausência dele seria um abismo, mas, como não me restava mais ninguém, era como se fosse um vazio que me aniquilava a existência.

Micheli entrou de repente no quarto, fechou a porta e se sentou ao meu lado. Tinha uma expressão preocupada no rosto.

— Quer conversar?

Observando-a mimetizar o meu silêncio, decerto esperando que eu dissesse algo, pensei que devia ser só mais uma pessoa disposta a me usar.

— Que foi? — perguntei.

— Quem é Lorenzo?

Surpresa, eu disse:

— Por que quer saber?

— Emanuelle fuçou suas coisas e achou o livro que ele lhe deu.

Furiosa, levantei-me de uma vez e me pus a andar no quarto de um lado para o outro, os olhos vidrados de raiva, enquanto gritava:

— Quem pensam que são? Só porque estou aqui acham que podem mexer nas minhas coisas? Não quero ficar aqui! Não vou mais ficar aqui!

Ela se levantou, tentando me acalmar.

— Sai, não quero nenhuma de vocês perto de mim.

A raiva se misturava com a dor. Caindo ao chão, desatei a chorar. Sentia uma angústia me dilacerar o peito. Quem era aquela gente que fuçava nas minhas coisas? Vira um revólver, o que mais descobriria?

— Vitória, não faça isso! Levante, por favor.

A porta se abriu e as outras entraram, olhando-me aturdidas. Escorando-me na parede, mãos no rosto, fui deslizando até o chão. Sentia-me cada vez mais atordoada. O que seria de mim? Era como se a vida tivesse de repente me lançado ao mesmo destino daquele bando de putas.

— Tragam água com açúcar. Se mexam! — gritou Micheli, afoita.

Paloma, a única a ficar no quarto, veio até mim e afagou meus cabelos. Ela foi se achegando, até pôr minha cabeça no seu peito. Aquilo me fez lembrar de mamãe. Quantas vezes desejara que ela me fizesse isso?

— Não fique assim — disse Paloma. — Confie na Micheli.

Vanessa voltou com a água com açúcar. Agachou-se e me fez tomar um pouco. Depois puseram-me na cama, e, enquanto Paloma me afagava, fui me acalmando. Não tinha mais como ficar calada sobre Lorenzo.

— Lorenzo é o filho da minha ex-patroa — disse, de repente.

Entreolharam-se, espantadas.

— Desculpe, mas preciso saber. Foram pra cama? — disse Micheli.

— Pelo que ele escreveu dá pra deduzir, não é? — disse, secamente.

— Certo, mas você é pobre, ele é rico... — disse Vanessa.

— E o que tem isso? — disse Paloma. — Ela é bonita e inteligente.

— Ah, homens! Estamos sempre caindo na deles — disse Micheli.

Voltei-me para ela. Apesar de me sentir traída, enganada, naquele momento lhe estendi um olhar compassivo. Parecia tão humana, e, no entanto, vivia tão cansada. Será que algum dia tivera um amor de verdade?

— É visível que ficou caída por ele — disse Micheli. — Só que nesses casos a relação não costuma ir adiante. Talvez na empolgação do...

— Se ele quisesse me enganar, escreveria essas palavras?

— Ah, Vitória, ainda é muito menina — disse Micheli. — Não sabe do que os homens são capazes. O que ele fez foi lindo, mas, acredite, eles são engenhosos. Sei de casos em que compram joias, pedem em casamento, e, depois que se envolvem, simplesmente abandonam as mulheres.

— Concordo com Micheli — disse Vanessa. — Tem que esquecer ele. Tem uma nova vida agora e ele não largou a dele para ir atrás de você.

— Sinto muito, Vitória — disse Micheli —, mas isso não pode ir adiante. Conhece as regras da casa. E, a propósito, Padrinho virá amanhã. Terá que estar bem. Afinal, não vamos querer que ele lhe veja assim, não é?

Capítulo 20

No dia seguinte tomamos café juntas, e fomos assistir TV na sala. Convivendo mais de perto, notei que, embora estivessem afeitas àquela vida e não pretendessem deixar a casa, até as adultas tinham seus passos controlados.

Micheli nos fiscalizava o tempo todo. Para mim era evidente o quanto ela era indispensável ali e como tinha a confiança de Padrinho. Quando precisava sair, trancava tudo, mas logo voltava. Ademais, segundo propagavam, olheiros vigiavam quem entrava e quem saía. Nada fugia ao controle de Padrinho. Nunca achei que ficar naquela casa seria bom, tanto que, em minha ingenuidade, acreditei que logo iria embora. Jamais imaginei que, mais que uma casa de prostituição, ali era uma verdadeira masmorra.

Naquele dia, Micheli me mostrou os quartos onde ocorriam os programas. Luxuosos, tinham cama redonda acolchoada, espelhos por toda parte, banheiro, TV, ar-condicionado e frigobar. Falou que sempre havia clientes. Fiquei pasma ao saber do alto valor dos programas. Disse que os clientes nos valorizavam porque sabiam que éramos bonitas e bem tratadas.

Às seis da tarde, Micheli pediu que eu usasse um vestido rosa, novo em folha e, por debaixo, uma calcinha e sutiã vermelhos. Fiquei aturdida. Nunca usara roupas íntimas daquela cor. Mas Micheli se limitou a dizer que era do agrado de Padrinho, não me dando maiores explicações sobre isso.

Rodolfo trouxe Padrinho às sete da noite. Cheio dos ouros, com a cara retalhada e a mania nojenta de remexer a língua nos lábios, como se ela fosse uma cobra irrequieta, era a mesma figura sinistra que me abordara na praça. Aproximou-se e beijou cada uma de nós, a começar por mim.

Depois, sentou-se comigo num canto da sala e perguntou o que eu estava achando, se já fizera amizade, se, afinal, Micheli era ou não como ele dissera. Fui lacônica. Não queria entabular conversa com ele, tampouco dar a entender que estava feliz num lugar onde me sentia uma prisioneira.

Ele pediu para Micheli preparar uma suíte, pois queria me mostrar algo, ao que ela disse que já estava tudo pronto, como era do seu agrado.

Voltou-se para mim e pediu que o acompanhasse, mas, em vez disso, eu falei que preferia ir para o meu quarto. As outras ficaram chocadas com minha atitude. Contrafeita, Micheli pediu desculpas a Padrinho, dizendo que eu estava em adaptação, mas que não se preocupasse, pois eu iria com ele. Pressionada por ela, acabei cedendo.

Ao entrarmos no quarto, ele trancou a porta e enfiou a chave no bolso da calça. Depois sentou-se na cama, e pediu que eu fizesse o mesmo, pois tinha algo para mim. Resolvi sentar-me na cadeira da penteadeira.

Ele sorriu. Certamente me achou um misto de medo e rebeldia.

— Duvido que saiba o quanto é mimosa. Por causa da sua beleza foi que te recolhi da rua. Vou te transformar na mulher mais famosa desta casa.

Via o desejo prorromper dos olhos dele. A volúpia estava em cada um dos seus gestos. Sentia-me entre o nojo e o temor. Não parava de passar a língua nos lábios, naquele tique asqueroso. Se pudesse eu fugiria dali.

— Venha! Que mal posso lhe fazer? Aliás, só lhe faço bem.

Pela primeira vez notei a aliança no seu dedo. Como alguém com família podia viver desse jeito? De outro lado, sempre que me detinha no talho em seu rosto, tinha plena convicção do tipo de criatura que ele era.

Tirou algo do bolso e me mostrou. Era uma caixinha de veludo. Agradeci, mas recusei, dizendo que ele já fizera muito por mim.

Ato contínuo, veio em minha direção, estendendo-me a caixinha. Como recusei de novo, ele a abriu e me mostrou uma gargantilha de ouro.

— Esta é só a primeira de muitas que terá. Na verdade, você é que é a joia; a maior que esta casa já teve. Sei reconhecer algo valioso, Vitória.

Mesmo contra a minha vontade, ele afastou meus cabelos e colocou a gargantilha no meu pescoço. Depois tentou me levar para a cama, mas continuei resistindo. Começando a perder a paciência, ele disse que agora eu precisava cumprir meu papel para que as coisas entrassem no eixo.

— Não! — gritei, correndo para a porta: — Micheli, socorro!

Vindo em minha direção, agarrou-me por trás. Tentei me esquivar, mas ele me imobilizou. Pedi que me largasse, pois só assim poderia fazer o que ele queria. Quando o senti aliviar os braços, virei-me com tudo e dei um chute no meio das suas pernas. Caiu ao chão, urrando de dor.

— Puta cretina! — gritava, com as mãos nos testículos. — É assim que retribui meu amor? Veio forçada pra cá, safada? Tu me paga, sua puta!

O que fazer agora? Logo ele se recuperaria da dor e viria para cima de mim. Lembrei-me do revólver de Micheli e lamentei não poder contar com ele ali. Se não o matasse, ao menos serviria para amedrontá-lo.

Ele se levantou furioso. Pousei os olhos numa escova de cabelo, na penteadeira. Mas, antes que pudesse pegá-la, ele me agarrou, arrastando-me para a cama. Depois, enquanto se despia, prometeu me encher de soco caso eu gritasse ou tentasse fugir de novo.

Quando veio para cima de mim, fui tomada por uma vontade irrefreável de vomitar. Mas, apesar do tamanho do meu asco, por algum motivo não consegui pôr para fora aquela repugnância que me sufocava.

Padrinho me despiu e, ao ver as peças de cor vermelha, ficou ainda mais excitado. Tentou me beijar, mas aquilo era demais para mim. Afastava-o e pedia que parasse. Dizia que não tínhamos combinado isso.

— Ah, e achou que só treparia com bonitinhos e depois se casaria com algum deles? Claro que preciso provar meu produto antes dos clientes.

Fechei minhas pernas e tentei me esquivar enquanto ele voltava a investir sobre mim. Podia até me fazer mal, mas não seria tão fácil como imaginava. Assim eu procurava impor alguma dignidade a mim mesma, tentando mostrar que de nós dois o verdadeiro nojento e desprezível era ele.

— Não gosto desse jeito, mas, se quer assim, tudo bem. Vou-me embora agora mesmo, mas não se espante com o que acontecerá.

— O que é? Vai me matar, é isso?

— Matar você? Como poderia fazer isso? Não vê o quanto estou investindo em ti? Jamais permitiria que lhe acontecesse qualquer mal. — Já estava quase vestido quando murmurou algo que eu não entendi direito.

— O que disse? — perguntei.

— Isso mesmo que você ouviu, *minha flor de formosura*! — fitando-me nos olhos, disse baixa e pausadamente: — *Vou matar o Lorenzo.*

Levantei-me feito uma louca e corri na direção dele, gritando:

— Seu desgraçado, safado, bandido!

Comecei a bater e cuspir nele. Ignorando-me, foi calmamente para a porta e, enquanto pegava a chave no bolso, tentei morder sua mão. Desesperada, estava totalmente fora de mim naquele instante.

— Lorenzo não passa de amanhã, a não ser que...

Joguei-me aos seus pés, chorando, enquanto balbuciava que não fizesse isso. Não era preciso, eu faria tudo o que ele quisesse. Assim, um pouco mais controlada, voltei para a cama, deitei-me e fiquei quieta. Percebendo finalmente minha rendição, ele se aproximou e, não sentindo mais a hostilidade de antes, despiu-se, deitou-se na cama e recomeçamos.

Padrinho me beijou, depois veio por cima e arremeteu em mim, sem qualquer delicadeza. Movia-se num frenesi que me engulhava o estômago.

Quando acabou, ele se virou de lado e disse ainda ofegante:

— Sempre que for uma boa menina, garantirá a vida dele.

Não disse nada. Só queria que ele fosse logo embora.

— Tá sendo iniciada. Só precisa de um pouco de paciência. Todo começo é difícil, mas vai se acostumar, e tomar gosto. Eu garanto.

Levantou-se, foi até o frigobar, pegou uma coca em lata e um sanduíche natural. Puxou uma cadeira e comeu enquanto me olhava.

— Bom, ainda há outra coisa importante a discutir. É sobre seu nome. Ele tem força, além de ser bonito e sugestivo. Mas, pra sua nova vida, ele não serve. Precisa ser conhecida por um nome que exprima mais liberdade e amor. Ele deve ser forte e se encaixar à sua personalidade. As pessoas, os homens, os clientes, têm que olhar pra você e sentir que, ao pronunciar teu nome, estão diante de ti. Você é linda, inteligente, lida, mas também... melancólica, triste, sofrida... Pra todas estas características, não vejo escolha melhor do que... Dolores. Sim, Dolores é um nome apropriado pra você. É carregado de força e de sentimento e exprime como você é. Já deve saber que aqui todas têm nome de guerra. Deve ter o seu também.

Fiquei perplexa. Além de me abusar, achava-se no direito de mudar meu nome? Mamãe havia me dado o nome de Vitória por causa do parto difícil que tivera, e agora até nisso esse ser abjeto queria se meter. Queria me arrancar um dos poucos gestos de amor que recebera de mamãe!

Senti ânsia de vômito. Não conseguia pôr para fora aquele enjoo. Precisava me livrar de uma vez por todas daquele amargor.

Após se vestir, ele afagou minha cabeça e falou que eu veria como dali para frente a minha vida teria mais significado. Na porta, já no ponto de ir embora, voltou-se para mim, moveu a língua nos lábios, e disse:

— Até breve, Dolores!

Assim que ele saiu, finalmente verti nos lençóis o nojo que me consumia. Mas era tão grande a minha ojeriza, que o alívio não veio, e fiquei com a sensação de que havia mais para pôr para fora; muito mais.

Capítulo 21

Assim que Padrinho saiu, Micheli entrou no quarto com Paloma.

— Você acha que ele bateu nela? — perguntou Paloma.

— Não! — disse Micheli.

— Ah, Micheli, eu é que não sei. Do jeito que ela tá aí, toda encolhida, sem abrir a boca. Olhe os lençóis, ela vomitou muito.

— Ela é sensível, Paloma; só isso. Nada de aumentar as coisas.

— Vamos chamar ela de Dolores sem falar sobre isso antes?

— O estranhamento é só no começo. Você sabe disso.

— Sei, mas se você mesma diz que ela é sensível...

— Ah, não complique as coisas, Paloma. Pelo amor de Deus! Estamos aqui pra ajudar nossa amiga e não pra criar dificuldades.

Micheli sentou-se na beira da cama e ficou a observar o meu semblante. Eu estava como que ausente, perdida. O que estavam fazendo ali? Ora, tinham vindo recolher a ovelha desgarrada e levá-la de volta para o abatedouro. A ovelha que teimava em não se entregar ao sacrifício.

Eu me via odiando Micheli. Posava de amiga, mas falara de Lorenzo para Padrinho. Era perigosa. Agora sabia muito bem. A pele era de cordeiro, mas o corpo era de lobo e estava pronto para devorar suas presas.

— Vamos, querida — disse Micheli com sua voz doce. — Nós levaremos você pro quarto. Dê o braço pra gente. Vamos cuidar de você.

— Sai daqui! — bradei. — Falsa, entregou Lorenzo pro cafetão.

— Não fale do Padrinho assim, Dolores! — disse Micheli.

— Meu nome é Vitória e não quero mais ficar aqui. Não passam de bandidas, dão cobertura pra ele.

— É este negócio que nos recolheu das ruas, Dolores.

— Me chame pelo meu nome!

— Não posso. Depois que ele nos batiza, não podemos mais ser chamadas por outro nome.

Era um pesadelo. A cada vez que saía por uma porta, surgiam outras, exaurindo-me por completo. Se desaparecesse, nessas condições, seria melhor. Será que se eu me matasse ele ainda assim perseguiria Lorenzo?

— Me escute — disse Micheli. — És capaz de fazer isso?

Voltei-me furiosa para ela. Os piores sentimentos despertavam em mim. Naquelas circunstâncias, talvez pior que ser explorada era ser traída.

— Acreditando ou não, sou sua amiga, sim, mas precisa saber que a regra aqui é que Padrinho deve saber de tudo. Emanuelle achou seu livro e me colocou contra a parede. Disse que, se eu não falasse, ela mesma falaria. Que alternativa eu tinha? Paloma está aqui para não me deixar mentir.

Paloma assentiu com a cabeça.

— Não adianta ficar assim. Estamos no mesmo barco e a amizade é a única arma que temos. Ter te levado naquele prédio significa que sou má? Não se esqueça que, além de novata, é menor. Me arrisquei por ti, Vitória. Por outro lado, sou em quem Padrinho mais confia aqui. Vai me dar as costas?

Aceitei ir para o quarto e, após tomar banho, deitei e não falei com mais ninguém. Em minha própria companhia, virei para a parede, como se fosse dormir, mas não preguei o olho. Chorei baixinho até tarde da noite.

No dia seguinte, encontrei-as à mesa do café. Calaram-se ao me ver, e só voltaram a falar após eu me sentar. Passado um instante, Micheli disse que na vida não devíamos nos desesperar, pois, muitas vezes, o que nos parece ruim é algo bom. É claro que era um recado para mim. Fiquei calada.

Depois fui ver dona Yolanda no quintal. Ela torcia suas roupas e lençóis, separando-as em bacias, estendendo-as no varal e engomando-as.

— Bom dia, Dolores. Tudo bem?

Até dona Yolanda, uma senhora tão simples e agradável, fora instruída a me chamar assim. Era incrível como ali tudo era coordenado.

— Tudo bem — respondi.

— Soube que tá com dificuldades. Não bata cabeça.

— E se eu não quiser ficar aqui?

Aquela senhora idosa, cabelos inteiramente brancos, baixinha e de avental, deixou de lado as roupas que estava torcendo e me disse:

— Bom, tem duas opções: ficar ou não ficar. Se ficar, mesmo não sendo o que quer, pode refazer sua vida. Se não ficar, vai se arruinar.

— Mas por quê? Posso muito bem ir pra um abrigo, não posso?

— Se não se sente livre aqui, imagine num abrigo. Aqui pelo menos tem amigas, vai ter seu dinheiro, e sair preparada pra vida.

Pensei por que, sendo só uma lavadeira ali, ela me dizia aquilo. Mas logo vi que a intenção era uma só: manter a ordem e a coesão da casa.

— Embora a vida me empurre pra cá, não é o que quero.

Pegou algumas roupas torcidas na bacia e, enquanto as estendia no fio que atravessava o quintal, falou para mim:

— Entendo, Dolores, mas tem que ver que não mandamos na nossa sorte. Se quer que te diga, acho que às vezes somos orgulhosas demais.

— Mas não percebe que nem todas dão pra esta vida?

A senhora parou de novo o que estava fazendo, e ficou a pensar como se estivesse tentando encontrar algo para me falar. Depois disse:

— Será que é tão vergonhoso assim ir pra cama com homens? Há tanta coisa pior nessa vida que dá até pra gente fazer uma lista.

Paloma surgiu de repente e me chamou.

— Tchau, dona Yolanda.

— Tchau, Dolores. Boa sorte. Vou te incluir nas minhas rezas. Lá em cima está o único que tem todas as respostas e sabe o que é melhor pra nós.

Paloma me introduziu no escritório. De tamanho médio, tinha mesa, armários, estantes e duas cadeiras, tudo de madeira maciça. Havia um telefone, quase escondido, do lado esquerdo de quem ficava atrás da mesa.

— Micheli saiu e esqueceu a porta aberta.

Olhei em torno e nada me chamou mais atenção do que o telefone.

— Ninguém pode triscar o dedo nele, você já deve imaginar.

— Ah, Paloma, preciso tentar falar com Lorenzo. Tem que me ajudar! — disse, ansiosa, com o coração palpitando.

— Não! É perigoso. A ligação viria na conta. Sobraria pra Micheli.

— Não me importo. Ela que se vire depois.

— Não fale assim. O que houve ontem foi por causa de Emanuelle. Micheli já te disse. Emanuelle é invejosa. Tem que tomar cuidado com ela.

— O que você quis me trazendo aqui, Paloma?

— Pedir que confie em Micheli, pois ela é quem tem o maior coração aqui dentro. Realmente se preocupa com cada uma de nós e procura ser sempre verdadeira. E também pra pedir que você não aceite provocações de Emanuelle e faça o que tem que fazer. Senão, sobrará pra todo mundo.

— Ah, deixa disso. Micheli não é nenhuma santa. As contas são no nome dela e pra todos os efeitos somos suas parentas. Ela está tranquila nessa história e quem está mais tranquilo ainda é o que responde por Iago.

— Não repita mais esse nome. Pra nós ele é Padrinho, assim como pra ele somos Dolores e Paloma. Ele troca os nomes pra nossa proteção.

— Que proteção que nada, Paloma! Deixa de ser boba. Somos menores. As autoridades é que devem nos proteger. Ninguém deve ficar nesta casa contra a vontade. Acorda! Somos exploradas e mantidas aqui por sermos indefesas, e os nomes trocados é unicamente pra proteger Padrinho.

— Você tem vontade de se rebelar. Isso me deixa com medo.

— Ele é casado, não é?

— O padrinho?

— Sim.

— Não sei muito, mas parece que tem mulher e filhos. Ele também mexe com droga, sabia? Você já experimentou?

— Droga? Tá louca? Não precisa ser estudada pra saber que isso é coisa errada. Vicia, faz mal pra saúde... Perdi uma pessoa muito amada pelas mãos de um drogado... Não, pera aí... Vocês usam isso aqui?

Seu silêncio fora a resposta mais eloquente que eu poderia ter. Então era isso, acabara envolvida num lugar onde a droga também tinha entrada.

— Não diga pra Micheli que te contei. Era pra ela ter falado.

Depois de um tempo em silêncio, disse:

— Alguém já tentou fugir daqui?

— Não sei, mas acho que se tentar eles pegam de volta. Isso se não acontecer coisa pior. Não aceitarão ninguém daqui solta por aí.

— Quem poderia nos recapturar? A Micheli não teria condições...

— Micheli manda aqui dentro; fora, tem outras pessoas.

— Meu Deus, e não pegam nunca este desgraçado? — disse, lembrando-me do local quase ermo em que se localizava a casa.

— Ele tem dinheiro, amigos. Compra a autoridade que for, paga o advogado mais caro que tiver. Mas ainda assim é melhor ficarmos com ele.

— O que quero é fugir daqui e já falamos demais. — Fui em direção ao telefone. Minha mão tremia enquanto discava o número de dona Paula.

— O que você está fazendo, Dolores? Não faça isso!

Três, quatro toques e nada. A nova empregada devia estar ocupada.

— Alô! — disse uma voz feminina do outro lado.

— Alô, quem fala? — disse eu.

— Com quem deseja falar?

— É da casa da dona Paula Martins Barros?

— Sim, deseja falar com quem?

— Com Lorenzo.

— Se não me disser quem é, vou desligar o telefone.

— Aqui quem fala é Alessandra, colega da faculdade.

— Ele não deixou recado. Sinto muito, mas terei de desligar.

O telefone ficou mudo. Não podia aceitar aquilo. Mesmo sabendo que ele devia estar na faculdade, liguei de novo. Era como se algo me desse a esperança de ouvir sua voz de novo, ainda que fosse por aquele meio.

Desta vez o telefone só tocou duas vezes.

— Sim? — era dona Paula. Meu sangue gelou e meu coração pareceu ir à boca. Ela não deveria estar em casa naquele horário. Emudeci. — Ainda não desistiu do meu filho, sua desgraçada? Por que não nos esquece e vai procurar alguém do teu nível? Já mostramos pra ele que tu só querias nosso dinheiro. Que tu és alguém que podia até passar doença pra ele. Ele está convencido. Não quer mais te ver! Suma das nossas vidas!

Desliguei o telefone. Cada palavra que dona Paula proferira fora como uma bofetada na minha cara. Que culpa eu tinha de amar Lorenzo?

— Era a mãe dele, ela me ofendeu muito! — eu disse, sentando-me na cadeira, enquanto sentia as lágrimas rolarem sobre a minha face.

Paloma começou a alisar meus cabelos, tentando me acalmar.

— Sei o que se passa contigo. Quer ir porque acha que ele te espera.

— Não acreditam, mas ele me ama. Declarou isso no livro.

— Sim, foi muito bonito o que ele escreveu.

— Lutou contra os pais dele por mim. Quem faria isso se não fosse por amor? Se deixar de acreditar que ele me ama, não me sobra mais nada.

— É verdade. Ele deve ser muito bonito, não é?

— Sim. E não gosta de coisas como injustiça e preconceito.

— Veja só! Não é pra menos você estar assim.

Micheli entrou de repente no escritório, e ficou indignada ao nos ver conversando. Pela primeira vez eu a vi realmente aborrecida.

— O que fazem aqui? Sabe que não é pra entrar aqui, Paloma!

— Desculpe! Só quis mostrar o escritório pra Vitó... Dolores.

— Saiam já daqui e vão se arrumar pro almoço!

Micheli providenciara frango assado para o almoço, além de açaí, que algumas tomavam como acompanhamento, e outras como sobremesa. A comida era sempre muito gostosa. Padrinho nos queria bem tratadas e nesse particular Micheli se esforçava ao máximo para atender sua vontade.

Já à mesa, enquanto nos servíamos, Valquíria observou:

— Voltou rápido, Micheli.

— Encontrei logo o que procurava — disse Micheli.

— Você foi onde? — perguntou Vanessa.

— Ao banco e depois dei um pulo no Ver-o-Peso.

— Com o Rodolfo? — disse Paloma.

— Mas querem saber até dos detalhes da minha saída? — Notando-me calada, disse: — E tu, Dolores? Conversou com dona Yolanda?

— Esta aí vai dar trabalho, tem o rei na barriga — disse Emanuelle.

— Lembra do que falamos sobre empatia, Emanuelle?

— Deixa de graça, Micheli. Que empatia podemos esperar dessa daí, que só pensa em si e tá se lixando pra nós?

— Para, por favor, Emanuelle! — pediu Paloma.

— O que foi, estou perturbando tua namoradinha, é, sua sapatão?

— Ignore, Dolores — disse Micheli.

— Não há necessidade pra agito — disse dona Yolanda. — Dolores está passando por maus bocados. Como cristãs, temos o dever de ajudar.

— Nada como a sabedoria dos mais velhos — disse Micheli.

— Besteira. Não devemos bajular as pessoas. Só porque leu um livrinho ou outro, não é melhor que ninguém. E nem é tão bonita assim.

— Chega, Emanuelle! — disse Micheli. — Vamos comer em paz.

— Ok, só quero dizer uma coisa. Se ela continuar fazendo merda, como fez ontem, e isso nos prejudicar, serei a primeira a dar na cara dela.

Suspirando, Micheli levou as mãos ao rosto. Mal sabia que aquela não seria a única refeição indigesta que teríamos naquela casa.

Capítulo 22

No dia seguinte, Micheli me disse que Padrinho havia me oferecido para um cliente. Mesmo sabendo que isso aconteceria mais cedo ou mais tarde, fiquei aflita. Ele se chamava Carlos e já frequentava a casa. Segundo ela, além de rico, era bonito e gentil, e as meninas eram loucas por ele.

Como Micheli podia pensar que faria alguma diferença para mim as qualidades dos clientes? Aquela situação sempre me causaria repulsa, pois jamais aceitaria ir para a cama de bom grado com quem eu não amasse.

Micheli preparou uma das suítes. Trocou a roupa de cama, ligou o ar-condicionado, limpou o banheiro. Pedi para que não fosse na suíte em que eu estivera com Padrinho, para não ter de me lembrar daquele dia.

Quando Carlos chegou, por volta de nove horas, já o estava aguardando no quarto. As demais ficaram na sala, esperando para falar com ele.

Ele conversou com Micheli a meu respeito. Alertado sobre uma certa resistência da minha parte, soube depois que ficou instigado com isso.

Carlos entrou no quarto após ser anunciado por Micheli. Era branco, alto, porte atlético. Devia ter uns trinta anos. Estava cheiroso, bem-vestido e portava um relógio que parecia caro. Não senti o medo e a repulsa que marcaram minha primeira experiência, mas não estava nada à vontade.

Após o meu consentimento, sentou-se na cama.

— Oi, Dolores. Sou o Carlos e é um prazer lhe conhecer.

A voz era mansa, típica de quem conquistava as mulheres. Fiquei calada. Se quisesse me usar, que fizesse tudo sozinho. Não colaboraria.

— Realmente é muito bonita — disse, afagando meus cabelos.

Depois afastou um pouco minha camisola de seda azul, e acariciou minha pele. Senti um frêmito. Ele se despiu e, fitando-me nos olhos, disse:

— Quero que seja tão bom pra mim quanto pra você.

Mas, se ele era o cliente, por que se importava comigo? Ao lhe responder que aquela era minha primeira vez na casa, pediu para eu não me preocupar, pois faria tudo para eu gostar de estar na sua companhia.

Ele foi carinhoso e cuidadoso. Não posso dizer que tenha gostado, pois em meu coração sabia que jamais poderia gostar de outro homem que não fosse Lorenzo. Porém, diferentemente do que ocorrera com Padrinho, não me senti tão humilhada. Não que isso tenha tornado a experiência mais aceitável. Continuava querendo fugir daquele antro a todo custo, mas pelo menos não terminei o ato com vontade de vomitar em ninguém.

Antes de ir embora, Carlos pôs uma nota de cinquenta reais na minha mão. Recusei terminantemente e tentei devolvê-la, mas ele insistiu dizendo que era só um mimo, pois me sentia triste e queria me dar um agrado.

Ao vê-lo sair, pensei se aquilo não seria o princípio de um processo que me levaria a um irreversível rebaixamento moral, e me angustiei imensamente.

No dia seguinte, à mesa do café, senti a inquietação das meninas. Estavam curiosas para saber como havia sido o programa com Carlos.

Sem conseguir se deter, Emanuelle comentou:

— Duvido que ela tenha feito como ele merece. Carlos sabe muito bem que nesta casa só eu consigo satisfazer ele.

— Não seja tão presunçosa, Emanuelle — disse Micheli.

Emanuelle segurou o riso e me lançou um olhar prepotente.

— Ele é bonito, não é, minha filha? — disse dona Yolanda.

— Não sei — respondi, chateada. — Não me agrada ficar falando sobre isso. Ora, ele não é casado? Vi a aliança no dedo. Não pensam nisso, mas eu imagino como é terrível o que fazemos com as famílias dos homens que vêm aqui. Será que as mulheres deles merecem isso? Eu é que não sei.

— Ah, mas vejam só! — disse Emanuelle, debochada. — A santinha do pau oco! Desde quando homens têm em conta a família para pularem a cerca? Vêm nos ver porque querem, sentem vontade, necessidade de desaguar os problemas e, muitas vezes, têm até saudades da gente. Não sabe é de nada! Ainda tem muito o que aprender. Mas esperar o que de uma *flor de formosura*? Não é assim que teu *príncipe* te chama?

Caiu na gargalhada, sendo seguida por Valquíria.

— Se tiver que aprender algo sobre a vida que levamos aqui, você será a última a quem vou recorrer. Pode estar certa disso — respondi.

— Ah, que fofo. Ela pode ser orgulhosa e falar o que quiser, mas eu não posso ter opinião — disse Emanuelle, voltando-se para Micheli.

— Será possível que em toda refeição vocês tenham que brigar? — disse Micheli. — E você, Dolores, saiba que aqui só fazemos nosso trabalho, não queremos o mal de ninguém. A vida dos clientes não nos diz respeito. Se entram aqui com aliança é problema deles. Também não somos psicólogas para saber por que precisam de nós. Mas há algo que procuramos seguir: ser doce com eles enquanto estiverem nos amando.

— Ah, não! — protestei. — Isso é demais. Amor é entrega, é doação. Não tem nada a ver com o que se faz aqui ou em outros lugares parecidos.

— O respeito, por exemplo, pode ser uma forma de demonstrar amor — disse Micheli, fitando-me. — Existem vários modos de amar, Dolores.

Não concordava com aquilo. Estavam me empurrando cada vez mais para o precipício. Meu desafio era manter minha força e esperança.

Logo descobri como as coisas funcionavam na casa. Padrinho comunicava Micheli do interesse de algum cliente em fazer programa. Quando o cliente não dizia com quem queria ir para a cama, Padrinho escolhia uma de nós.

Quanto mais detalhes eu descobria, mais queria fugir dali. Aceitar ficar naquela casa era renunciar à minha vida, e eu não podia admitir isso. Embora ainda sofresse, senti que aos poucos fui reagindo. Era como se minha resiliência me mostrasse a necessidade de encontrar alguma saída.

Na segunda leitura de *Mansfield Park*, continuava apegada ao livro e sempre que imaginava aquela protagonista sob a tutela de tios indiferentes, pensava em mim mesma, primeiro abusada por meu pai, e depois explorada por minha tia e por aquele asqueroso que roubava vidas fingindo salvá-las.

Mas não iria ficar para sempre naquele lugar. Embora não soubesse ao certo o que fazer para sair dali, estava convicta de que, apesar do que viesse pela frente, continuaria tentando fugir insistentemente até conseguir.

Capítulo 23

Decorridos seis meses, eu permaneci na casa. Neste período, eu me reaproximei de Micheli, após constatar que ela era tão prisioneira ali dentro quanto eu e as outras meninas. Saíamos às vezes para arejar a cabeça, mas mesmo nessas ocasiões ficávamos sob a vigilância cerrada de Rodolfo.

Paloma tornara-se uma irmã para mim. Estava o tempo todo a postos para me defender. Sua história era tão brutal quanto a minha. Seus pais haviam sido assassinados na frente dela e do irmão. Depois de serem abrigados, ela fugiu e acabou nas mãos de Padrinho. Sempre que eu a ouvia contar algum detalhe da sua vida, esquecia um pouco dos meus problemas, e me dava conta de que ninguém tem o monopólio do sofrimento.

Os clientes surgiam regularmente e os programas ocorriam em sua maioria em casa. Feios e bonitos; altos e baixos; pudicos e pervertidos; sensíveis e secos; apressados e demorados; vazios e filosóficos; brutos e afáveis. Conheci todo tipo de homem, e dentre eles, sem dúvida, Carlos era o mais gentil, o que para mim não significava nada: não era Lorenzo.

Mesmo diante do desejo de retomar minha liberdade, havia momentos em que me sentia tão deprimida que queria me matar. Mas logo desistia. Não que não houvesse facas para me furar ou janelas das quais pudesse me jogar, mas a mera cogitação disso me remetia à ameaça de Padrinho. E preservar a vida de Lorenzo era a coisa mais importante para mim; na verdade, era o motivo principal para que eu me mantivesse viva.

Continuei achando que Micheli estava equivocada ao dizer que era amor o que fazíamos ali. Podiam arrancar de mim as condições para o gozo, mas, onde não houvesse o concurso do espírito, não podia haver amor.

Havia droga na casa. Os próprios clientes levavam o entorpecente para usar com as meninas. Quando não, Padrinho deixava a droga com Micheli, que tanto oferecia aos clientes como usava com as outras.

Certa vez, encontrei no pátio uma câmera escondida. Éramos monitoradas? Quando inquiri Micheli a respeito, falou que havia câmeras espalhadas pela casa, menos nos quartos, e que não me dissera antes por não ver necessidade, afinal eu não estava planejando fugir, certo?

Saber das câmeras me fez achar que era impossível sair dali. Mas não podia esmorecer. Assim, certo dia cogitei sair junto com dona Yolanda, mas depois desisti da ideia, convencida de que não daria certo.

Até que um dia surgiu um passeio. Nessas ocasiões eu sempre sonhava em fugir, mas a vigilância de Micheli e Rodolfo era ferrenha.

Combinamos de ir a um parquinho no shopping. Rodolfo nos levaria, resolveria um problema para Padrinho e depois voltaria para nos buscar.

— Se continuar boazinha, poderemos sair mais vezes — disse-me Micheli ao entrarmos no shopping. Eram quatro da tarde e não havia lotação.

— Olhem! O parquinho! Por favor, Micheli, vamos na roda-gigante! — gritou Paloma, eufórica. Emanuelle e Valquíria debochavam dela.

Dentre as atrações, a mais chamativa era uma mini roda-gigante. Nova em folha, ela era branca e vermelha e de tamanho médio. Para este brinquedo, tínhamos que enfrentar uma fila respeitável. Micheli ria do entusiasmo de Paloma. Mas eu a compreendia. Não tivera infância. Fora arrancada dos pais muito cedo e largada com pessoas que não a amavam. Era como se implorasse para usufruir um pouco do que nunca tivera.

Decidimos andar na mini roda-gigante. Após Micheli comprar os bilhetes, tomamos a fila. Quando chegou a nossa vez, Micheli entrou no brinquedo com as meninas. Outras pessoas entraram e a roda-gigante lotou.

— Suba, Dolores — gritou Micheli, da cabine. — O que está esperando?

— Ah, não vou não. Tenho medo. Além disso o brinquedo lotou.

Naquele instante, elas estavam ainda mais suspensas, pois, à medida que os passageiros entravam, o brinquedo girava. Micheli entoou lá do alto:

— Não faça isso, Dolores. Por favor! Suba logo!

— Não se preocupem. Ficarei aqui embaixo esperando vocês.

Micheli suspirou. Ao seu lado, Paloma nem ligava para o que falávamos. Sorridente, aproveitava o programa. Fiquei feliz por ela.

Quando a cabine delas subiu mais um pouco, não perdi tempo. Esbarrando em quem estivesse à minha frente, fui correndo para a saída do shopping, passei pela porta automática e escapei depressa entre as pessoas.

Senti meu corpo todo se arrepiar. Algo até então impossível, de repente acontecia facilmente. Com o coração a mil, caminhei no sentido da praça Batista Campos, mal podendo acreditar que estava andando livremente no meio dos transeuntes. Subi a Padre Eutíquio e logo que passei pelo colégio Santa Rosa, a praça despontou à minha frente.

Ao pisar nas pedras portuguesas da praça, comecei a chorar. Mas precisava continuar até o prédio. Se não encontrasse Lorenzo, ou tivesse a entrada barrada, como das outras vezes, sem dúvida, iria me entregar às autoridades. Não era possível que ali também elas fossem corrompidas.

Enquanto andava apressada, ao passar pela escultura em bronze de uma mulher nua, que tinha a cabeça voltada para o céu, estátua com a qual já havia cruzado outras vezes, pensei em como era afortunada: embora imobilizada, podia estar sempre naquele lugar bonito, com o espírito voltado para o eterno, sem se preocupar em fugir de nenhum demônio.

Seguindo pelos jardins e coretos, vendo os quiosques de água de coco ao longe, passei por duas pontes, indo parar numa torre, de onde podia ver o coreto central. No semáforo, atravessei a rua e fui para o prédio. Seis meses se passaram. Será que o condomínio tinha funcionários novos?

Apertei o interfone e uma mulher olhou da guarita. Era novata, o que me encheu de alegria. Sendo de tarde, Lorenzo talvez estivesse em casa.

— Boa tarde, senhora. Eu gostaria de falar com o Lorenzo.

Olhou-me, desconfiada. Talvez tivesse pensado que, se Lorenzo havia me dado alguma trela, isso não permitia que eu o perturbasse em casa.

— Seu Lorenzo não mora mais aqui, moça.

Fiquei paralisada.

— Como assim? Ele não mora mais com dona Paula e seu Luís?

— Os pais continuam, mas ele não. Casou tem pouco tempo. Mas quem é você, afinal? Todos sabem do casamento dele, foi um festão.

Senti como se minhas pernas me faltassem. Minhas mãos ficaram úmidas. Abalada com o que ouvira, tentei me amparar na murada do prédio.

— Ei, você está bem? — perguntou a porteira.

Não conseguia falar. Minha cabeça estava um turbilhão. Todo aquele tempo sonhando em reencontrá-lo e ele simplesmente se casava com outra? Aquela mulher não me conhecia, não tinha por que inventar aquela história.

Mas e eu mesma? O que fizera durante aquele tempo senão ir para a cama com outros homens? Como podia achar que Lorenzo era o vilão da minha história? Talvez tivesse gostado de mim, mas me esquecera, e sua mãe devia ter lhe ajudado nesse processo, como faria qualquer outra mãe. Afinal de contas, seus ideais de menino uma hora deveriam ser deixados de lado, para que pudesse assumir a vida como se espera de um homem adulto.

À medida que tentava justificar aquilo, um buraco ia se abrindo dentro de mim, lançando-me numa desilusão e num vazio cada vez maiores.

Caindo em lágrimas, joguei-me no chão. O que me restava? Ficar na mão de um facínora para sempre? Não! Jamais poderia aceitar um destino desse. Mas naquele instante era como se tudo tivesse se embaralhado na minha cabeça. Enquanto tinha a esperança de reencontrar Lorenzo, suportava tudo, mas e agora? Não! Não havia mais significado na vida!

A porteira, uma senhora de meia-idade, com óculos de grau forte, abriu o portão e veio até mim, na calçada. Pessoas já me circundavam.

— Coitada, ficou louca — comentou um senhor.

— Isso deve ser droga, com certeza — disse uma mulher.

A porteira se debruçou sobre mim e disse:

— O que você tem? Quer que peça uma ambulância?

Imaginei-o recebendo sua noiva no altar, beijando-a, os dois sorrindo um para o outro. Depois pensei neles se ajoelhando diante do padre, sendo abençoados, ambos dividindo a mesma cama e ele lhe falando coisas muito mais bonitas do que um dia me dissera. Certamente teriam filhos brancos, como eu jamais poderia lhe dar. Por que ele havia feito isso comigo?

— Não responde! — disse a porteira. — Não pode ficar aqui. Está atrapalhando os carros, que precisam entrar e sair da garagem.

No momento seguinte, um faxineiro que me conhecia se aproximou. Ao lhe falar quem eu era, ela se maldisse por ter me dado informações.

Não fazia ideia de quanto tempo já estava ali, quando, de repente, vi Rodolfo encostar o carro na calçada e Micheli descer correndo até mim.

— Com licença, ela precisa ir pra casa. — Era a voz de Micheli. — De vez em quando ela tem estes surtos. Tem problemas mentais.

Escutei alguém falar:

— Ah, agora está explicado.

— Não, Micheli. Chega!

— Micheli? Não sou Micheli! Agora levante para irmos.

Outras pessoas começaram a intervir:

— Isso, levante, moça. Vá com ela. Vai ver como vai sair desta.

— Precisa de um médico, minha filha. Vá com a moça.

Ante a minha resistência, Micheli foi até o carro, cochichou algo com Rodolfo e então ele veio me recolher do chão e me levou para o carro. Segui aos berros nos braços dele. Alguns veículos que passavam por ali diminuíam a velocidade para ver o que estava acontecendo.

Já prestes a sairmos dali, a porteira veio até o carro e disse:

— Qual o nome dela, caso a polícia ou alguma ambulância apareça?

— Não temos tempo — disse Micheli, nervosa. — Ela está tendo um surto. A senhora está vendo. Mas obrigada pela atenção.

Assim que pôde, Rodolfo saiu com o carro. Havia alguém ao lado dele, mas meu estado de nervos não permitiu ver quem era. As meninas estavam sentadas uma no colo da outra, no banco de trás, comigo e Micheli.

Rodolfo seguiu para a Cidade Velha. Podia sentir o quanto estavam aliviados por terem se livrado daquela enrascada. Ao olhar para Rodolfo, pensei em como não se tratava de um mero bandido, mas de um funcionário importante dentro de um negócio escuso do qual eu mesma fazia parte.

Aquele carro não era táxi; era só mais uma peça da mentira que começara a me ser contada naquele bar, e, neste que era um quebra-cabeça, estavam incluídas outras mentiras, como a casa, o Padrinho e sua proteção, o nome Dolores e a própria amizade de Micheli e talvez até de Paloma.

— Como é tola, Dolores! Pensei que já tivesse criado juízo, mas prefere decepcionar e dar mau exemplo para as outras — disse Padrinho.

Era ele que estava ali! Agora eu voltaria para o inferno de onde havia fugido e sem motivação para nada, a não ser para deixar de existir.

— E tu, Micheli, nunca imaginei que fosse ser tão estúpida. Não era nem pra terem saído de casa. Calculou mal. E se ela tivesse sido menos emocional e ido à delegacia em vez do prédio deste moleque?

Enquanto ele chamava a atenção de Micheli, ela tremia e chorava baixinho. Quando chegamos e o carro encostou no meio-fio, suspirei.

Na sequência, entramos em casa.

— Padrinho, eu falo com ela... — começou a dizer Micheli.

— A situação já esteve contigo e deu no que deu. Agora sou eu e ela.

Paloma começou a chorar. Padrinho me segurou com força pelo braço e me arrastou pela escada. Rodolfo veio logo atrás. Ao entrarmos no quarto, Padrinho me encostou na parede ao lado do banheiro e disse:

— Segura firme esta puta, Rodolfo. Põe os braços dela pra trás.

Rodolfo obedeceu. Pressenti que aconteceria algo muito ruim, senão Micheli não teria suplicado para resolver ela mesma a situação.

— Já, Padrinho! — disse Rodolfo agarrando meus braços. Confirmei ali o quanto Rodolfo era alto e forte. Além de tudo, eram uns covardes.

De repente, Padrinho me deu um tapa na cara. Gritei imediatamente, sentindo meu rosto queimar. Em seguida, ele desferiu um soco no mesmo lugar. Com a dor começando a irradiar, fiquei tonta e achei que fosse cair, mas, segurando meus braços, Rodolfo não permitiu que isso acontecesse.

— Segura ela. Ainda nem começamos, Dolores — disse Padrinho.

Seguiu-se uma série de socos por todo o meu corpo, até o instante em que minha vista escureceu e perdi a consciência. Assim Padrinho agia para me punir, para me ensinar a ser obediente. Como se estivesse impelido por uma força maligna, parecia desejar que eu jamais me esquecesse daquela surra. Não havia qualquer piedade ou misericórdia em seu espírito.

Recobrando um pouco a consciência, vi Padrinho mandar Rodolfo me erguer de novo. Então ele tirou o cinto da calça e desferiu seguidas lambadas nas minhas costas e nádegas. Cada vergastada rebentava uma brasa em minha carne, até o instante em que tive a sensação de ser completamente incendiada por sua fúria. Quando achei que não suportaria mais, tamanha era a minha dor, escutei-o mandar Rodolfo me pôr na cama.

Enquanto chorava e gemia de dor, com meu corpo todo esmigalhado, Padrinho se agachou e disse em voz baixa e pausada em meu ouvido:

— Esta foi só uma mostra do que faço com ingratas como você. Está proibida de sair de casa. Quanto a Lorenzo, está liquidado. Mas posso repensar se pedir assim: *desculpe, Padrinho. Sou Dolores, uma puta idiota.*

Ignorando a dor excruciante, ergui o rosto, e pedi como ele falou.

— De novo!

Mais uma vez.

— De novo!

Desesperançosa e desiludida, morrer afinal era a única coisa que havia me restado. Porém, como mantinha o amor por Lorenzo, e não concebia que nada de mal lhe acontecesse, ainda que eu viesse a morrer, precisava protegê-lo de Padrinho. Desse modo, repeti aquela frase horrível.

Eles se desmanchavam em riso ao ver minha humilhação. Quando cansou de me torturar e humilhar, Padrinho mandou chamar Micheli.

Ela veio rapidamente. Ele a levou para um canto e disse:

— Minha parte tá feita. Se se repetir, vai sobrar pra ti. Entendido?

Ela meneou a cabeça, afirmativamente.

— Se essa burrada aconteceu, foi porque teu coração mole falou mais alto que tua obrigação. Volte a agir como te ensinei.

Enquanto o ouvia, ela me olhava de soslaio. Estava visivelmente condoída. Transmitia-me com os olhos toda a sua comiseração.

— Ela vai dar trabalho — continuou ele. — Não tem uma menina que ela gosta mais, a Paloma? Pois é, põe as duas pra ficarem juntas. Assim ela se recupera melhor. Só toma cuidado pra ela não fazer nenhuma besteira, porque se isso acontecer estamos lascados. Mas uma coisa é em nosso favor, já deixei claro que se fizer merda eu apago Lorenzo. Ou ela se desilude e retoma seu trabalho na casa, ou arcará com as consequências.

— Sim, Padrinho — disse Micheli. — As coisas vão se ajeitar.

— Ah, sim... Recolhe a joia que dei pra ela. Ela não merece.

Depois eles saíram e eu fiquei sozinha. Mas na verdade sempre fora sozinha e, quando achava que isso poderia ser diferente, o destino me empurrava mais ainda para a solidão. Não só para a solidão ocasional. Mas para a solidão de não ter Deus, a solidão de não ter a mim mesma. Talvez eu houvesse sido forte até ali porque, apesar de tudo, tinha um motivo para isso. Mas agora ele não existia mais. Ou será que nunca havia existido?

De repente, pensei em mamãe. Será que ela se lembrava da única filha que lhe restava? Será que rezava por mim? Se eu não tinha sequer sua preocupação, de quem poderia esperar alento? Não restara mais ninguém.

Aquele, sem dúvida, foi um dos momentos em que mais lamentei ter nascido.

Capítulo 24

Após a surra que havia levado, não saí do quarto por alguns dias. Tive dificuldade até de ir ao banheiro, e rapidamente caí em depressão. Micheli e Paloma me davam banho, me vestiam, me alimentavam. Todas ficaram comovidas comigo, inclusive Emanuelle. Micheli chegou a pedir a Padrinho que um médico me examinasse em casa, mas ele negou de pronto.

A vontade de me matar era constante, mas tentava afastar essa ideia da minha mente, não só por Lorenzo como por mim mesma. Algo dentro de mim parecia falar mais alto: um instinto de sobrevivência, ou talvez uma centelha de fé, que de algum modo mantinha acesa a luz da minha vida.

As meninas buscavam explicação para o que eu estava passando. Falavam da surra, do casamento de Lorenzo, mas não entendiam que estes eram só alguns dos motivos que me levavam àquele estado de prostração.

Às vezes pensava que eu era quem devia ter morrido e não Socorro, assim ela teria tido a chance de ser feliz e eu não estaria passando por aquilo. Socorro perdera seu amor, mas já estava quase pronta para retomar sua vida. Aquela faca devia ter rasgado meu pescoço e não o dela.

Mesmo sem conseguir a assistência de um médico, Micheli fazia tudo o que podia por mim. Obrigava-me a sair da cama, a pegar sol, a conversar. Fazendo meus pratos preferidos, agradava-me de todo jeito.

Durante o tempo em que me recuperava, a vida seguiu normalmente na casa. Faziam programas, principalmente aos finais de semana. Continuavam a se drogar e a encher os bolsos de Padrinho de dinheiro.

Certo dia, no auge da minha tristeza, Emanuelle apareceu no quarto com Valquíria. Eu continuava sem ânimo para nada, pouco falava e não queria conversar com ninguém. Para mim, os dias eram vistos através de um véu escuro, que me impedia de enxergar o brilho e a cor das coisas.

— Toma — disse Emanuelle, dando-me um papelote.

— Que é isso? — perguntei, surpresa.

— Remédio.

Na verdade era droga, mais especificamente cocaína, em pequeníssima porção. Se antes o entorpecente me indignava, agora não me despertava nenhum sentimento. Ergui a mão e peguei o papelote. Fizeram-me usar aquilo por alguns dias e, vendo-me reagir, até Paloma e Micheli começaram a acreditar na droga como um meio de me tirar da depressão.

As primeiras experiências naquele tratamento inusitado foram horríveis. Eu oscilava entre estados de excitação e alucinação a tristezas piores do que as que eu sentia. Porém, em razão da droga ou não, fui melhorando. Saí da cama, comecei a ter mais iniciativa e até voltei a ler.

Tão logo melhorei, voltei a atender clientes. Segundo Micheli, muitos sentiram minha falta. Depois constatei que isso era verdade, embora também houvesse pressão de Padrinho para que eu voltasse logo. Em todo caso, seguia firme na minha resolução de não me envolver com clientes.

Certo dia me deparei com uma situação inusitada. Micheli me chamou de canto, com um jeito cerimonioso, que não era o seu, e disse:

— Desculpe te abordar assim, mas precisamos falar a sós.

— O que pode ser tão grave que as outras não possam saber?

—Não, não é nada grave. O assunto é que é um pouco delicado. Envolve um homem importante e Padrinho pediu para eu lhe falar.

— Ah, Micheli, pode parar. Sabe que não gosto de mistério. Que tal falar de uma vez quem é o homem e por que tanto medo?

— É um comerciante importante. Na verdade, dono de um grande supermercado. Nunca veio aqui. Um amigo indicou a casa.

— E daí? Já passei do estágio inicial, lembra?

— Não, você não entendeu. O problema não é você.

— O que é então? É velho, é doente? Nunca foi com uma puta?

— Não é nada disso... O programa não é pra ele!

— Certo, mas isso também não é novidade aqui.

— Mas é diferente. Indicou o programa para o filho de treze anos.

— Treze? — disse assustada. — Mas é uma criança!

— Também acho... Mas não nos cabe questionar, você sabe...

— Ah, sim, naturalmente. Aqui não passamos de escravas obrigadas a cumprir ordens, ainda que se trate de crime ou algo parecido.

— Deixa eu explicar. O pai pagou uma grana preta e exigiu que o filho saísse daqui sem o cabaço. E tem mais. Ele cerca o menino, exigindo que se torne logo homem. Padrinho, tentando acalmar, disse que o rapaz ainda é novo, que não devia se preocupar tanto, e recebeu como resposta que ele não queria saber disso, pois na idade do filho já era homem.

— Por que este problema justo agora, que estou voltando?

— Ah, desculpe, mas Padrinho diz que você é a mais delicada para lidar com a situação. E que também sendo menor, pode encorajar o menino.

— É um absurdo tudo isso. O menino pelo jeito não quer vir, não é?

— O pai falou que ele fica nervoso quando tocam no assunto e que ele preferiu logo resolver a situação de uma vez, pra evitar um filho gay.

Sabia como era a nossa cultura, mas não queria participar daquilo.

— Não quero este programa. Sabe que não aceito envolvimento com clientes. Não podem me forçar a sair desse esquema que encontrei para suportar essa vida, ainda que seja para iniciar o filho de um cliente rico.

Estendeu-me um olhar compassivo e impotente.

— Se pudesse indicaria outra, mas Padrinho quer você. Mas não se preocupe, não há mistério em fazer com virgens. Será pra hoje, viu?

— Mas já?

— Sim. Eu também fui pega de surpresa. Acho que todos nós fomos, inclusive Padrinho. Bom, deixe eu ir agora, pois preciso preparar a suíte.

O menino chegou às sete da noite, de modo que até o horário me pareceu um lembrete acerca da tenra idade do cliente.

Micheli surgiu na porta com o rapazinho ao seu lado. Apresentou-nos rapidamente e saiu. Ele se chamava Júlio. Estava calado e ficara no lugar onde fora deixado. Evitava com todas as forças me olhar.

— Não precisa ter medo de mim. Se sente aqui ao meu lado.

Ele não se moveu. Continuou calado.

— O que foi? Não quer conversar comigo?

Silêncio. Será que algo em mim havia frustrado suas expectativas? Achei que não. Talvez apenas estivesse nervoso em sua primeira vez.

— Sou nova também. Tenho só uns anos a mais que você, sabia? Posso ser sua amiga. Mas pra isso é melhor que se sente aqui comigo.

— Prefiro ficar onde estou.

Falara! Mas havia algo diferente. Sua voz era fina como a de uma menina. Será que era por isso que ele se mantivera calado?

— Sabe por que está aqui, Júlio?

Ele meneou a cabeça, afirmativamente.

— Não precisa ficar assim. O que vamos fazer é algo bom e...

— Você é uma puta! — disse, de repente, como se tivesse me dado um tapa na cara. Fiquei furiosa. Não via que era difícil para mim também?

— Me respeite! Essa rebeldia não vai te levar a lugar nenhum. E algo me diz que, se você sair daqui virgem, terá mais problema do que eu.

Olhou-me espantado, como se soubesse que era verdade o que eu acabara de dizer. Estava amedrontado. Devia se sentir encurralado.

Num segundo, fui até ele e o trouxe para a cama.

— Precisa me dizer qual o seu problema.

Ainda sem me encarar, ele falou:

— Nenhum. É só que não era pra eu tá aqui. Não tenho idade.

— Posso até concordar, mas por que tanto medo? Eu não mordo.

— Está aqui pra ajudar papai.

— Ah, é? E por quê? Não é ele que está nesta cama.

— É como se fosse.

— Olhe bem nos meus olhos. Gosta de mulher?

Finalmente ele me fitou, e disse:

— Não, não gosto. E nunca falei isso pra ninguém.

— Quer falar sobre isso comigo?

Fez que sim com a cabeça. Então senti pena dele. Decerto precisava desabafar, mas o que tinha em casa senão preconceito e opressão?

— Desde quando se sente assim?

— Não sei. Acho que desde sempre.

— Nunca tentou dividir isso com alguém que ame, que confie?

— Não tem ninguém para eu conversar e, se meus pais sonharem com algo assim, com certeza vão me bater, isso se não me expulsarem de casa.

Sua situação era realmente delicada. Vivia escondido dentro de si mesmo. Não tinha culpa de ser como era. Apesar de nascer em berço de ouro, dificilmente seria feliz enquanto pertencesse àquela família e à sociedade em que vivíamos. Precisaria aguardar seus pais morrerem ou ter coragem de enfrentá-los, assim como a sociedade. Do contrário, teria que esperar o mundo mudar. Será que pessoas como ele podiam sonhar com uma vida melhor? Estava diante de alguém cujo futuro dependia de uma transformação social tão profunda que eu mesma não me sentia capaz de mensurar o que exatamente se passava em sua alma ou em seu coração.

— Não precisa fazer nada comigo, Júlio.

Voltou-se para mim, arregalando os olhos:

— Jura?

— Juro — respondi, sorrindo.

— Mas promete não falar nada pro meu pai?

— Prometo — respondi, beijando meus dedos indicadores.

Júlio riu e, após um momento, falou:

— Me desculpe por ter te ofendido.

— Tudo bem. Os problemas não existem só pra nos fazer sofrer; eles também nos ensinam. Por mais que esteja pra baixo, nunca deixe de acreditar que pode ser feliz nem permita que destruam seus sonhos. Tem tempo pra tudo na vida. Se acreditar, um dia Deus te aliviará desse peso.

Abraçou-me e começou a chorar. Ficamos assim por um bom tempo. Nunca entendi como consegui lhe dizer aquelas palavras. Foi como se as tivessem sussurrado em meus ouvidos. Fiquei tão envolvida com sua angústia que recorri até mesmo a Deus, de quem estava afastada.

Assim, aprendi que, em casos como o de Júlio, a solução jamais poderá estar no ódio ou no preconceito. A única saída possível é o amor.

Via os clientes com olhos cada vez mais críticos. Carlos comparecia à casa com a mesma constância, e as meninas continuavam loucas por ele, mas eu já não me enganava tanto. Nunca abandonaria sua família para ficar com alguma de nós. A educação e gentileza com que se apresentava escondiam na verdade a luxúria que animava todos os homens que nos procuravam.

Os destinatários dos programas geralmente eram ricos, mas isso mudava de figura quando um cliente acertava o programa para outra pessoa. Assim, afora casos como o de Júlio, em que o próprio pai trazia o filho, a indicação costumava acontecer como presente ou outro motivo.

Certa vez, Micheli me avisou antecipadamente de um caso assim, de modo que, na noite programada, eu estava na cama, numa lingerie rosa, quando Micheli abriu a porta, anunciando o cliente e saindo em seguida.

Embora não tivesse feições delicadas, não o achei feio. Moreno, era musculoso e devia ter uns trinta anos. Tinha olhos marcadamente vermelhos, como se algum produto os tivesse irritado de modo irreversível.

Ele se aproximou. Parecia nervoso.

— Olá — disse ele.

— Oi — respondi, desejando que aquilo terminasse logo.

Envergonhado, despiu-se e veio para a cama se deitar ao meu lado.

— Algum problema? — eu disse, notando sua tensão.

— Não. É só que você é bonita! Como me prometeram.

Começou a alisar suavemente o meu corpo. Em seguida, roçou os lábios nos meus, tirou minha camisola e beijou carinhosamente cada canto do meu corpo. Nada daquilo despertava qualquer emoção em mim. Embora tenso, agia com diligência e parecia querer dividir de modo justo o prazer.

— Temos a noite toda, né? — disse ele.

— Quando acontecer, acaba. É assim que funciona.

— Tudo bem se conversarmos um pouco antes?

Às vezes queriam bater papo. Alguns até desabafavam problemas pessoais. E não podíamos recusar atenção, pois pagavam para estar ali. Daquela vez, porém, como não se tratava de um cliente habitual, não queria entabular conversa. Ademais, que assunto poderia ter com aquele homem?

— Bem, você não veio pra isso, não é?

— Sim. Mas prometo não ser um pé no saco.

— Fique à vontade — respondi, a contragosto.

Excitado, começou a me beijar e a afagar meu corpo.

— Hoje vai ser diferente pra mim e pra você — ele disse.

— Como assim?

— Tem que ser bom pra nós dois. Senão não vale o programa.

Já tinha ouvido isso de outros boquirrotos, inclusive de Carlos.

— Não se preocupe com isso. Você é quem tem que sair satisfeito.

— Quero fazer feliz quem está aqui para me fazer feliz.

— Faça como quiser — eu disse, achando-o um idiota.

— Não paguei pra estar aqui. E deve saber disso, pois com certeza não recebe tipos como eu. Um amigo que conhece seu chefe me perguntou se eu não queria estar com a mulher mais bonita daqui. Aceitei e agora vejo com meus próprios olhos que ele estava certo. Você é linda!

Começou a alisar meu corpo, enquanto me admirava.

— Não quer saber de mim?

— Não. Por que deveria?

— Porque talvez eu lhe pareça diferente.

O que estava acontecendo ali? As regras pareciam estar sendo violadas, e quando isso sucedia o jogo precisava ser logo chamado à ordem.

— Meu nome é Raimundo. E estou caidinho por você.

— Não quero ser bruta, até porque está sendo educado comigo, mas é que aqui não devemos nos afastar do que foi acertado.

Senti vergonha de mim mesma. Só falara assim porque eu o achei rude. Havia clientes que, finalizando ou não o ato, até dormiam no quarto.

— Ah, não? E por quê? Por acaso vocês são escravas?

— Não — apressei-me em dizer. — Falo de regras, só isso.

— Seu nome é Dolores mesmo ou este é só um nome de guerra?

— Meu nome é Dolores e só.

— Se quer ser chamada assim, tudo bem. Gosta daqui?

— Você é algum investigador?

Ele riu.

— Não. Só alguém que quer te conhecer melhor. Nada mais.

Pensei que devia ser algum deslumbrado por estar num puteiro um pouco melhor. Procuraria não dar margem para estendermos a conversa.

— O dinheiro é seu; aliás, do seu amigo. Faça como quiser.

— Você ainda não tem dezoito anos, não é? Está aqui desde quando?

— Não vou responder, pois nada disso é da sua conta.

— Além de bonita você é esperta. Já te falaram isso?

— Obrigada.

— Eles te obrigam a ficar aqui, Dolores?

Não soube o que dizer. Ele estava avançando rápido demais.

— Não precisa falar se não quiser. É só curiosidade.

Então ele veio com cuidado, envolvendo-me com seus braços. Conduziu aquele momento com carinho e gentileza. A sensação de ser tomada por alguém tão vigoroso, mas ao mesmo tempo tão afável, era estranha. Embora parecesse feito de ferro agia como se estivesse tomando cuidado para não me machucar, como se quisesse dar uma atenção que não cabia ali, como se fosse ele mesmo a parte obrigada a entregar o corpo. Aquilo jamais havia acontecido. Ele seguiu na mesma toada até o fim.

Quando terminou ele continuou abraçado a mim. Afora Lorenzo, nunca fora tratada assim por homem algum, nem mesmo por Carlos.

— Desculpe por ter sido tão desajeitado.

— Tudo bem — disse, procurando esconder minha perplexidade.

Ele esboçou me dar um beijo, no que eu disse, contrafeita:

— Sabe que não podemos fazer isso.

— Desculpe, não quis te aborrecer. É que, como talvez a gente não se veja mais, acho que quis roubar um pouquinho de ti pra mim.

Sorrindo diante do gracejo, pensei que aquela realmente seria a última vez em que nos veríamos, e isso me deixou baratinada, pois, embora antes meu desejo fosse acabar logo o programa, agora já sentia falta daquela gentileza tão inesperada e incomum com a qual ele me agraciara.

Capítulo 25

No dia seguinte, à mesa do café da manhã, notei as meninas meio sem jeito. Nesse clima, a implicante da Emanuelle rompeu o silêncio:

— Depois de estar com Carlos, ir com um Raimundo é dureza.

Micheli meneou a cabeça em negação, como se dissesse que Emanuelle não tinha jeito.

— Ele foi bruto, Dolores? — perguntou Paloma.

— Parecia um super-herói de tão forte — observou Vanessa.

Calada, tomei um pouco de café. Mas o burburinho continuou.

— Não sei por que gostam tanto de perturbar a Dolores — atalhou Micheli —, afinal ontem não aconteceu nada de novo nesta casa.

— Até onde sei não há segredos entre nós — disse Emanuelle. Nunca havia me engolido totalmente, embora tivesse sido solidária comigo.

— De fato, ninguém é melhor que ninguém — disse Micheli. — Só que umas são mais sensíveis que outras. E devemos respeitar.

— Besteira! Nunca houve isso aqui. Não passa de privilégio desta daí — disparou com o dedo em minha direção. — Nossas histórias, se duvidar, são piores que as dela e nem por isso nos fazemos de coitadinhas.

Já acostumada com os rompantes de Emanuelle, continuei a tomar meu café, tentando não ligar. Então, Paloma, fiel escudeira, disse:

— Dolores não é metida, é amiga de todas. E, quanto à noite de ontem, tenho certeza de que vai dividir com a gente na hora certa.

— O que querem saber, afinal? — eu disse, de repente, olhando para cada uma delas. — Não querem saber o que é ir pra cama com um bronco, mas sim *como foi pra mim* ter vivido isso. Pois bem, eu digo. Normal. Não era nenhum cheiroso nem vestia roupas caras. Tirando isso, o resto é igual.

— Hum... ela conversou com ele — disse Emanuelle, debochada.

Como se tivesse chegado ao meu limite, numa reação que deixou surpresa até a mim mesma, fugindo do meu normal, explodi:

— Talvez consiga, ouvindo os clientes, deixá-los mais relaxados. Já você não, pois seu talento se limita a servir de depósito de esperma.

Paloma caiu na risada. Sem perder tempo, Emanuelle se lançou sobre mim e, agarrando-me pelos cabelos, derrubou-me furiosamente no chão.

— Vagabunda! — ela gritava, ensandecida. — Quer ser melhor que a gente, mas não é! Vai morrer puta. Aceita! É teu destino. Entendeu?

Micheli e dona Yolanda acorreram e tiraram Emanuelle de cima de mim. Na sequência, Micheli ordenou que Emanuelle fosse para o quarto. Depois sentaram-me numa cadeira enquanto me viam segurar o choro.

— Não ligue, Dolores — disse dona Yolanda. — Antes de você vir pra cá ela era a mandachuva. Agora que vê todo mundo em torno de você, não se conforma em ter de dividir o palco.

De fato, Emanuelle não queria dividir atenção. Mas devia saber que meu único desejo naquela casa era descobrir um meio de voltar a ser livre.

No dia seguinte, enquanto eu e Paloma ajudávamos Micheli a faxinar o escritório, espanando os livros e varrendo o chão, eu disse:

— Ele foi diferente.

Micheli voltou-se para mim e ergueu a sobrancelha.

— De quem você está falando?

— Do de anteontem.

— Ah, aquele bronco — disse Micheli, sorrindo. — Às vezes a gente se surpreende mesmo. Há uns bem-nascidos que são uns porcos e outros que vêm da sarjeta que são como lordes. Mas não temos muita chance de comparar, pois nesta casa temos mais contato com os primeiros.

— O que ele disse, Dolores? — disse Paloma.

— Nada demais.

Micheli parou por um momento o que estava fazendo e disse:

— Não podemos namorar com os clientes. Isso não deixa de ser um pouco cruel, em se tratando de nós, mulheres, geralmente mais sensíveis e carentes. Mas isso é passageiro: acredito que depois conheceremos o amor. Porém, até lá temos de honrar nosso compromisso com Padrinho. Não se esqueça, Dolores, da promessa que ele lhe fez de lhe dar seu dinheiro e, se esta for a sua vontade, lhe deixar sair, quando se tornar maior de idade.

Promessas vazias e mentirosas. Micheli dizia que as meninas continuavam na casa porque não queriam sair, o que não era totalmente verdadeiro. Quando permitia que alguém saísse da casa, Padrinho dava o valor que queria, o que invariavelmente era muito pouco. A dependência continuava e assim acabavam se acostumando a ficar na casa. Quanto mais vulnerável, melhor. Esta era a maior garantia do negócio. Padrinho só liberava de bom grado as que envelheciam ou de outra forma perdiam a graça. E não tinha dúvidas de que, quando as liberava, ele as abandonava à própria sorte. Era assim que eu acabaria caso continuasse ali: na sarjeta.

— Só estou dizendo que ele pareceu legal. Aliás, como você mesma disse, sempre há pessoas legais, sejam ricas ou pobres.

Ao terminar de limpar a mesa, Micheli afastou as duas cadeiras pesadas de madeira de lei e começou a espaná-las diante de nós.

— Estes móveis vão acabar comigo — comentou Micheli. — Não é fácil, se considerarmos que a maior parte dos móveis daqui tem este feitio.

— É, mas estamos aqui pra te ajudar — eu disse.

— Mas às vezes sinto falta de um homem pra ajudar com o trabalho pesado. Rodolfo vem às vezes, mas está sempre ocupado com Padrinho.

— Somos homens e mulheres aqui, Micheli — comentei, sorrindo.

Naquele dia, no meio da tarde, tocaram a campainha. Achei estranho, pois não estávamos esperando por ninguém, muito menos àquela hora. Mas às vezes apareciam pedintes. Talvez pudesse ser um deles.

Estava com Micheli e dona Yolanda, no quintal. Enquanto esta passava as roupas, eu e aquela organizávamos as peças, para levá-las para os quartos. Então, Paloma surgiu de repente com os olhos arregalados.

— Ele tá aí — disse Paloma.

Atrás dela vieram as demais, cada uma com o rosto mais esquisito que os das outras. Comecei a ficar nervosa. O que estava havendo? Afinal, não éramos afeitas a surpresas naquela casa, que mais parecia um monastério de putas.

— O que foi, meninas? Assim nos assustam! — disse Micheli.

— O bronco que foi com esta daí tá lá no portão querendo falar com a *responsável* — disse Emanuelle, enfatizando a palavra "responsável".

Inevitavelmente, todas se voltaram para mim.

— Tem algo a ver com isso, Dolores? — disse Micheli.

— Não, estou tão surpresa quanto vocês.

— Ok. Fiquem comportadas aqui que eu vou lá ver o que ele quer e já volto — disse Micheli, sumindo das nossas vistas.

Voltou, instantes depois, com Raimundo ao seu lado.

— Meninas, aqui está Raimundo. Ele disse que Padrinho permitiu que ele trabalhasse aqui. Rodolfo confirmou. E vejam a coincidência: hoje mesmo comentei que seria bom um homem para nos ajudar.

Sem disfarçar a perplexidade, as meninas olhavam de mim para ele. Senti que não engoliam aquilo. Eu mesma fiquei sem saber como reagir.

— Raimundo, vê esta árvore grande aí? — disse Micheli.

— Sim, é um jambeiro.

— Quero que suba nela e tire os jambos maduros. Quando chove, fica um chiqueiro, e mal podemos andar por aqui — disse Micheli, olhando o tapete de flores e jambos esmagados no chão. — Também faça a poda dos galhos, pois passam para o terreno vizinho e isso nos causa problemas.

— Posso começar agora mesmo se quiser.

— Ótimo — disse Micheli. — Depois a gente vê outros serviços.

Assim que Micheli e as meninas deixaram o quintal, Raimundo subiu na árvore e começou a podar os galhos e colher os jambos, pondo-os num saco que Micheli havia lhe dado. Enquanto conversava com dona Yolanda, de vez em quando eu o olhava de esguelha. Ele tirara a camisa, de modo que, após um tempo, seu corpo ficou completamente encharcado de suor.

Após meia-hora, Raimundo desceu da árvore e falou que estava com sede. Dona Yolanda hesitou, mas depois disse que iria pegar a água. Como já tinha me falado que não abria geladeira enquanto estivesse passando roupa, achei estranha sua iniciativa, mas foi desse jeito que aconteceu.

— O que faz aqui? — perguntei, depois que ela saiu.

— Não disse que talvez eu fosse diferente dos outros?

— Ficou doido? Aqui somos vigiados o tempo todo!

— Sei dos riscos que estou correndo.

— Me conheceu anteontem! Não está bem da cabeça!

— Estou aqui pra te ver. Mas não só por isso.

Intrigada, eu disse:

— Do que está falando, Raimundo?

— Ah, então lembra do meu nome? — disse, radiante.

Calada, não sabia o que dizer.

— Vim pra te tirar daqui.

Meu coração disparou, fiquei gelada.

— Como? — perguntei perplexa.

— Isso mesmo. Não gosta daqui, que eu sei. Podemos fugir.

— Você é louco. Não sabe o que diz.

— Está aqui obrigada.

Fiquei em silêncio.

— Uma coisa me chamou atenção. Sei que muito puteiro tem menor, mas também sei que isso dá cadeia. Você é menor, não é?

— Prefiro não falar, Raimundo. Já fomos longe demais.

— Este tal de Padrinho não presta. Mexe com droga. O amigo que arranjou o programa me disse. Mas ainda assim eu te tiro daqui.

— Está falando muito alto! Já já ela volta com a água.

— Querer vender o corpo, tudo bem; ser obrigada, aí não.

Ele me deixava cada vez mais atônita com a sua assertividade.

— Se sabe o tamanho do perigo, como pode falar tanta besteira?

— Pra mim você vale qualquer risco. Vamos vencer juntos o perigo.

Não conseguia levar a sério suas palavras. Mas ele estava ali e agora eu precisava decidir. Então, algo inexplicável me fez sentir que não devia perder a fé, pois sempre poderia surgir uma solução para situações difíceis.

— Acho que esta cabecinha tá fervilhando — disse ele, sorrindo.

— Se quer saber, eu aceito, sim, tentar sair daqui.

— Ótimo! Não podemos agir hoje, mas tenho uma ideia — disse ele, sem tirar os olhos de mim. — Qual o seu nome verdadeiro?

— Vitória — disse, sem saber se agira certo em lhe falar meu nome.

— Que nome bonito! Só mais uma coisa. Gosta de mim?

Surpreendi-me ao dizer que sim. Ele exibiu um sorriso radiante.

— Não conhece nada da nossa rotina. Tem olheiros e câmeras por toda parte — disse, ciente do quanto era difícil sair dali. Contudo, precisava confiar nele. Era como se sua determinação abastecesse minha esperança.

— Vai dar certo — disse, como quem já pensara em tudo.

Então, olhei na direção do nosso quarto e vi a janela se fechar. Aquele era um dia diferente, havia um homem na casa e qualquer uma podia estar na espreita. Estava nervosa diante do que poderia acontecer.

— Amanhã! — disse, baixinho. — Quando eu chegar, às seis horas, já vai estar me esperando no portão, daí saímos juntos. Já deve estar com suas coisas. Mas não vai poder levar tudo. Só o mais importante.

— Ah, este é o seu plano brilhante! O Rodolfo...

— Ele não vai estar aqui e não será chamado a tempo. Vamos agir de surpresa. E se tiver alguma amiga que possa dar um empurrãozinho...

— Esqueça. Nossa amizade não ultrapassa estes muros.

— Pode escolher não arriscar, mas dificilmente terá outra chance.

Ao vermos dona Yolanda voltando com a água, nos calamos.

— Desculpe a demora, seu Raimundo — disse ela. — Mas, como estava passando roupa, esperei um tempo para não sofrer um choque.

— Obrigado — disse ele, pegando o copo e bebendo a água.

Depois que Raimundo voltou para a árvore, subi para o quarto com a mente agitada. Ao lembrar do que acontecera da última vez que tentara fugir, pensei se não estaria me precipitando. Mas afinal o que podia ser mais importante do que a minha vida? Se queria resgatar minha dignidade, precisava confiar naquele estranho que de repente surgira no meu caminho.

Ao entrar no quarto, dei com Paloma chorando na minha cama. Dessa forma, logo deduzi o que acontecera. Fora ela que me vira da janela.

— O que houve? O que você tem?

— Nada! Nada! Por favor, não se preocupe comigo.

— É minha melhor amiga, como não vou me preocupar com você?

Chorava de costas para mim, com o rosto voltado para a parede.

— Você viu eu e Raimundo conversando, não foi?

Virando-se rapidamente, ela me olhou nos olhos e disse:

— Emanuelle tem razão. Você se acha... Por que descumpre as regras? Não sabe que não podemos nos envolver com clientes?

— Foi só uma conversa, não quer dizer nada!

— Não minta pra mim. Gostou dele que eu sei. Não sou tão burra como você pensa. Se ele está aqui, é pra te levar embora.

Sentando-me na beira da cama, pus-me a afagar sua cabeça.

— Gosto muito de você, Paloma. Não quero lhe ver assim.

— Não se preocupe. Se estiver tentando fugir de novo, não vou falar nada pra ninguém. Só não quero ver você sofrer como sofreu da última vez.

Tornou a me fitar, os olhos cheios de lágrimas. Senti meu coração gelar. Decerto voltaria à posição de bobalhona. Queria poder levá-la comigo, mas não tinha certeza nem mesmo se eu conseguiria fugir dali.

— Posso ficar aí contigo? — eu disse. Ela assentiu com a cabeça.

Deitando-me ao seu lado, abracei-a, acalmando seu choro. Depois, afagando meus cabelos, disse que eu era a pessoa que ela mais amava na vida e que, embora fosse sentir minha falta, torcia para que eu fosse feliz. Então, como se minhas forças ruíssem, foi a minha vez de chorar.

Capítulo 26

Peguei dois sacos plásticos grandes, enfiei um no outro e coloquei só o mais importante dentro deles. Precisava improvisar como pudesse, sem despertar atenção de ninguém. Ao deparar com o livro que Lorenzo me dera, tive o ímpeto de deixá-lo. Mas, ao me ver colocando-o junto às minhas coisas, percebi que ainda não era capaz de me separar dele. Lorenzo continuava habitando meu coração e aquele livro simbolizava não só o amor que ainda sentia por ele, mas sobretudo minha esperança de um dia reencontrá-lo.

Raimundo tocou a campainha da casa às seis da manhã, exatamente como havia combinado. Já no portão, enquanto abria os cadeados, Micheli brincava dizendo que ele acordara com as galinhas. Porém, ao sentir uma presença atrás de si, virou-se espantada em minha direção e disse:

— De pé a esta hora, Dolores? O que foi? Formiga na cama? — brincou, enquanto terminava de abrir os cadeados: — Entre, Raimundo.

Ficando exatamente onde estava, ele me olhou.

— Há algo que eu não saiba? — ela disse, voltando-se para mim.

Paloma surgiu nesse momento. Tinha as mãos atrás das costas.

— Até tu, Paloma? — disse Micheli, atônita com o que ocorria à sua volta. — Ótimo. Assim pode me dizer o que está acontecendo.

Mas em vez de responder, Paloma me passou minhas coisas, que vinha escondendo. Pegando os sacos, aproximei-me de Micheli e abracei-a.

— Vou embora. Agora é pra valer. Nunca foi má comigo. É só mais uma coitada que acabou se sujeitando a esse bandido. Obrigada por tudo.

— Não, Dolores! Vai colocar nossas vidas em risco!

— Não me chamo Dolores. E a esta altura não ligo a mínima para o que chama de risco. Me diz o que pode ser pior do que viver nesta casa?

Micheli pareceu se comover com minha fala. Talvez pensasse nas chances que desperdiçara ou na coragem que lhe faltava para fazer o que eu fazia. Mas agora reconhecia em definitivo que eu não era como as outras.

— Vamos, enquanto ainda é cedo — disse Raimundo, apressado.

Fui em direção a ele, mas Micheli me deteve.

— Por Deus, pense mais um pouco. O que sabe sobre esse homem?

— Por que me preocuparia se foi Padrinho que deixou ele vir?

— Não teme mais pelo que possa acontecer com Lorenzo?

— Não. De repente percebi que não era a possibilidade de Padrinho matar Lorenzo que importava, mas o medo que eu demonstrava sobre isso. Posso até estar errada, mas acho que Lorenzo nunca correu risco nenhum.

— Está errada, sim! — disse Micheli com a voz esganiçada.

Passei minhas coisas para Raimundo, que estava diante do portão, e quando fiz menção de ir com ele, Micheli começou a esbravejar:

— Não pode sair assim. Padrinho não é o tipo que esquece ou perdoa! Passe o tempo que for, não vai esquecer. Precisa saber disso!

Raimundo e Paloma seguraram-na, permitindo-me sair de casa.

— Pelo amor de Deus, Dolores, fique! Ele vai te matar!

— Micheli, entenda. Não tem nenhuma Dolores ou Padrinho. Tudo aqui é uma mentira pra nos roubar de nós mesmas. Nem você é Micheli.

— Tá bom de conversa. Vamos! — disse Raimundo, puxando-me. Micheli gritava, enquanto Paloma, chorando, tentava contê-la.

Na sequência, contornamos o quarteirão e entramos num táxi que já estava nos esperando na outra esquina. Quando o motorista deu a partida no carro, sob o sol que despontava, era como se estivesse sendo anunciada uma nova etapa da minha vida. Chorando, despedi-me mentalmente das meninas, e rezei para que finalmente conseguisse fugir daquele inferno.

Quando o táxi saiu do centro da cidade, eu disse:
— Para onde vamos?
— Icoaraci — disse Raimundo, baixinho, pedindo que eu fizesse o mesmo. Senti que ele não queria que o motorista ouvisse nossa conversa.
— Por que temos de sair de Belém?
— Icoaraci é distante, mas pertence a Belém. Temos que sair desta região. Ele vai ficar furioso, mas depois te esquece e põe outra no teu lugar.
— Precisamos ir à polícia — disse, de repente, como se tivesse me lembrado de algo importante. — São graves os crimes cometidos ali.
— Se entregar o que acontece lá, ele certamente não vai sossegar até nos matar. Além disso, a maioria daquelas moças quer continuar na casa.

Engoli em seco. Ele estava certo e era por isso que situações assim perduravam — por causa da dependência e do medo de denunciar à polícia.
— Bom, agora acho que já pode falar algo sobre você — eu disse.

Após um instante de hesitação, como que buscando as palavras certas ou a coragem necessária para começar a falar, ele disse:
— Minha mulher me largou. Sem emprego, tenho vivido de bicos. Não tendo casa, acabei indo morar nas ruas e caindo nas drogas...

Fiquei espantada. Sabia que ele devia enfrentar dificuldades, mas não esperava por aquilo. Não queria recomeçar minha vida assim. Já passara por uma experiência semelhante e não tinha a menor vontade de repeti-la.

— Como você chegou até a casa?

Tornando a pedir para não falar alto, disse baixinho:

— Não vai acreditar. Eu tava na rua quando um senhor e um homem mais novo saíram de um banco. Era gente rica. Assim que botaram o pé na calçada, pra entrar no carro, foram assaltados. Como o ladrão tava armado, não esperava uma reação. Mas foi o que aconteceu. Pulei em cima dele, e então consegui tirar a arma e pegar o dinheiro. Ele fugiu, mas isso não teve a menor importância para os donos do dinheiro. Ficaram tão felizes que na mesma hora o velho me deu mil reais. Disse que havia cinquenta mil reais no envelope e que usariam o dinheiro para um pagamento importante. O mais novo até brincou, falando que, se eu quisesse, ia conseguir a moça mais gostosa do pedaço. Foi assim que ele me encaminhou pro Padrinho.

— Qual o nome do que te encaminhou?

— Nunca vou esquecer. Carlos.

Estava claro. Carlos jamais fora um cavalheiro. Aqueles homens viam-nos unicamente como objeto de prazer, que usavam até enjoar.

— Ele é cliente lá, não é?

— Não lembro.

— Bom, quando disse que era braçal, prometeram trabalho. Foi assim que consegui o bico com Padrinho, entendeu? Pedi pro Carlos.

— Mas agora não vão mais querer nem ouvir falar no teu nome.

Ele hesitou. Depois disse:

— É. Mas isso não me impede de procurar trabalho. Sou novo e forte. E, desde que te conheci, tenho motivo para sair das ruas e das drogas.

Sorri sem graça. Ele tinha quase os mesmos problemas que eu. Não contava com um teto para morar, usava drogas. Mas, ao lembrar da casa, convencia-me de que ficar com ele era melhor do que viver como vivia.

— Mas, apesar de tudo, eu nunca matei nem roubei ninguém, viu?

— Certo — disse, perguntando-me até onde sua honestidade, diante daquelas circunstâncias, era suficiente para vivermos com dignidade.

Icoaraci é um distrito de Belém, mas com infraestrutura própria de cidade. Com mais de cento e cinquenta mil habitantes, fica próximo da Ilha de Outeiro. Balsas saem diariamente do seu porto para as ilhas do Marajó e de Cotijuba. Tem uma orla que, além de ser envolvida por chalés antigos e restaurantes dos mais diversos, encanta a todos com sua beleza própria.

Raimundo alugara um quartinho que ficava duas ruas antes da orla. O aluguel saíra a vinte reais, o que condizia com o imóvel, um cubículo com cama de viúva, bancada e banheiro. Não obstante isso, viver num lugar onde eu finalmente podia sair com liberdade, para respirar ar puro, era como estar num sonho bom após um período de contínuos pesadelos.

Assim que chegamos, Raimundo deixou dinheiro para o meu almoço e disse que passaria o dia procurando emprego, mas que eu poderia passear pela orla, se quisesse. Contudo, preferi ficar em casa naquele primeiro dia.

Logo que ele saiu, fui atrás do livro e, não resistindo, voltei à dedicatória. Será que Raimundo me faria esquecer Lorenzo, ou só pioraria as coisas? De qualquer modo, a partir desse momento, sentia que precisava pôr limite aos meus devaneios. Arriscando sua vida, Raimundo dera provas concretas de que gostava de mim, e Lorenzo agora tinha sua própria família.

Raimundo voltou no fim da tarde e sentou na cama com o nosso jantar: dois sanduíches e uma coca, que beberíamos em copos plásticos.

— Não é fácil. Sempre o mesmo: querem estudo. Ora, sou braçal. Não preciso disso pra trabalhar. Mas não se preocupe.

Vou fazer bico por enquanto. Tem muito comércio aqui. Vai dar certo, vai ver só.

— Sim. É só continuar procurando — disse, tentando animá-lo.

Aquela noite com ele na cama foi diferente daquele em que havíamos ficado juntos na casa. Senti-me livre, dona de mim mesma, como há muito não acontecia, e recebi isso como uma criança que é presenteada com um doce.

Na manhã seguinte, Raimundo saiu logo cedo, de modo que, seguindo o seu conselho, resolvi passear de tarde. Andando pelas imediações, descobri na nossa rua outros imóveis alugados, todos pertencentes à mesma família.

Depois, quando estava prestes a ir para a orla, escutei a voz de alguém. Era uma mulher branca, de estatura mediana, de mais ou menos uns trinta anos. Tinha um ar sério, mas ao mesmo tempo receptivo e amistoso.

— Olá, sou a Marleide. Tudo bem?

— Tudo. Me chamo Vitória.

— Oi, Vitória. Nem sempre falamos com os vizinhos. Chegam e vão embora tão rápido. Eu, João e Lucas estamos aqui há dois anos.

De repente, um menino de uns quatro anos surgiu gritando no areal diante dos quartos, enquanto ziguezagueava com um velocípede.

— Não grita, menino!

— Ele estuda?

— Por enquanto não. Eu o acho muito novinho. Além disso, não estou trabalhando no momento e é meu único filho, se é que me entende. Prefiro não o largar em creche por enquanto. E você? Trabalha?

— Não, mas gostaria muito.

— Se procurar, encontra. Pode ser babá, secretária, cozinheira. Para os homens é que é mais difícil. Sem formação, só resta trabalho pesado.

— Mas e você?

— Sou professora, mas só vou me preocupar em ir atrás de trabalho quando Lucas estiver maior. Sou muito maternal, sabe?

— Nossa! Você é professora e mãe, duas coisas que quero muito.

Ela riu e disse:

— E conseguirá, basta ir atrás.

— Seu marido trabalha com o quê?

— Nos correios. Tem bom salário, só que, além do nosso filho, ele tem mais dois. Isso tem um custo, e o nosso é a moradia.

— Sei... Bom, vou dar uma volta na orla. Esse horário é bom?

— Olhe, Icoaraci é Belém. E Belém está cada vez mais perigosa. Tome cuidado, apesar de que agora dá pra ir um pouco mais tranquila.

Após me despedir, atravessei duas ruas e cheguei na orla, momento em que o rio despontou para mim, deixando-me deslumbrada. À medida que fui andando, descobri chalés, parquinhos, quiosques e restaurantes. Era indescritível a sensação da brisa suave do rio vindo sobre meu rosto. Algumas lágrimas correram pelas minhas faces. Então, pedi perdão a Deus por minhas faltas, e agradeci-Lhe por não ter permitido que eu sucumbisse.

Segui até o parapeito e aspirei o cheiro do rio, apreciando suas águas revoltas. De vez em quando via uma garça cortando o céu. Era bonito, sem dúvida, e pensei também no quanto o pôr do sol ali devia ser lindo.

Retomando a caminhada, avistei um quiosque e encostei para tomar uma água de coco. Precisava me dar aquele presente. Ao receber o coco, puxei uma cadeira e continuei admirando o rio e o resto da paisagem.

Aquelas águas agitadas, brilhando em resposta aos raios de sol, me lembravam demais Portel. Não que minha terra tivesse águas turvas como aquelas, mas águas eram águas e, para mim, pelo menos ali, essa correspondência era o que importava. Então, de repente, a imagem de Socorro surgiu sob meus olhos, brincando na beira do rio, pulando na água e voltando para a margem ou correndo pelo mato. O que fora minha vida antes senão viver solta nos rios e nas matas, em meio aos bichos, comendo coisas da terra e respirando ar puro? Ah, como teria sido feliz como a Vitória de Portel! Como as coisas podiam ter mudado tanto em tão pouco tempo? Como estariam meus pais? Quão grande estaria Pedrinho? E Daniel, de quem não me esqueceria jamais, o que teria acontecido a ele?

Revigorada, voltei para o quartinho, feliz por ter me reconciliado com Deus. Após pedir que Ele ajudasse Raimundo com um emprego, cochilei, e acordei com o barulho da porta, no comecinho da noite.

— Poxa! Passei o dia procurando de novo e nada! Mas tá aqui, trouxe nossa janta — disse ele, pousando dois sanduíches na cama.

— Tenha paciência, você vai conseguir. Também quero procurar.

— Emprego? Não. Prefiro que você não se preocupe com isso.

— Mas e quando você encontrar, o que será de mim? Ficarei trancada em casa? Trabalhando posso me ocupar e te ajudar, também.

— Pode ser... Sabe, precisamos aliviar a ansiedade — disse, tirando um papelote do bolso. Cocaína. Arregalei os olhos. Não precisávamos daquilo. Para quê? Isso pertencia a um passado ao qual não queria voltar.

— Não, por favor. Isso não!

— Ora, não se faça de rogada. Vem dizer que nunca usou?

— Não precisamos disso, Raimundo. Não temos um ao outro?

— Mas o que isso tem a ver? — disse ele, sorrindo. — Podemos ter um ao outro e mais isso para momentos de tensão como agora.

— Não vê que está arranjando desculpa para usar isso?

— Já deve ter usado que eu sei. Venha.

— Não. E também não quero que use.

Raimundo pegou o papelote, colocou sobre a bancada, tirou uma cédula de um real do bolso, dobrou-a até formar uma cânula e aspirou o pó. Na sequência, começou a se mover euforicamente, deu um giro em torno de si mesmo, e passou a gritar e a rir desvairadamente. Temi que Marleide e o marido pudessem ouvir, pois moravam na casa logo ao lado.

— Você está bem, Raimundo?

Com os olhos vidrados, veio até mim. Estava eufórico e descontrolado. Parecia sentir um prazer intenso, como se estivesse tendo um orgasmo. Girou outra vez e tombou na cama. Para mim era claro que ele era viciado e que sua ex-mulher devia tê-lo largado por essa razão.

Capítulo 27

Raimundo seguiu sem emprego, no máximo conseguia uns bicos como braçal. Já eu, batendo de porta em porta, conheci seu Antônio e dona Carminha, um casal de aposentados que me contratou após um período de experiência. Ganhando meio salário mínimo e sem carteira assinada, fui incumbida de tudo na casa: comida, limpeza, roupas etc. Mas, sabendo que este era o *normal* daquela época, não reclamei: precisava do dinheiro.

Se nas finanças as coisas melhoravam, quanto ao uso de droga, ocorria o contrário. Raimundo aparecia com cigarro de maconha, papelote de cocaína, óxi. Às vezes chegava tão ávido que, mesmo sabendo da minha oposição, me forçava a usar com ele. Eu quase sempre escapava, mas, em algumas ocasiões, ante sua insistência, acabava cedendo e usando também. Ele inventava mil desculpas: precisávamos relaxar, aproveitar a vida.

Era uma situação que me deixava apreensiva, pois quando usava droga ele quase sempre saía de si. Não tinha dúvida de que Marleide sabia que usávamos, tanto que parou de falar comigo e, quando me via, geralmente me cumprimentava de longe. Nada disso o preocupava, pois quando estava drogado era como se um mundo mágico se abrisse para ele.

Por imprevidência minha, acabei engravidando. Em princípio, pensei que um bebê seria um problema; mas depois mudei de ideia, pois tive esperança de que aquele filho pudesse trazer mais ternura para a nossa vida.

Minha gestação não atrapalhou meu dia a dia, de modo que trabalhei até as vésperas do parto. Meus patrões gostavam de mim e torciam pela minha família. Nem lhes passava pela cabeça nossa relação com as drogas.

Segui com minha gravidez até o fim, apesar de Raimundo permanecer usando droga. Seu desequilíbrio, em seguida à cânula ou ao cigarro, me fazia chorar e ter palpitação. Vendo-me assim, às vezes ele chorava também e prometia parar. Seu pranto, porém, era episódico, de modo que eu o sentia descer cada vez mais fundo no poço em que se encontrava.

Quando chegou o dia de eu ter o nenê, meus patrões e Marleide foram ao hospital. Eu não havia feito exame para descobrir o sexo da criança e, nesse clima de surpresa, meu coração se encheu de alegria ao saber que era uma menina. Não tínhamos preferência, mas vi nesse fato uma chance de revisitar minha história com mamãe, um meio de redimir uma relação tão cheia de ressentimento e marcada pela distância e frieza.

Ela se chamaria Rebeca, como sua avó materna. Socorro ficaria radiante com o nome e amaria tanto a sobrinha, que só de imaginar eu me emocionava. Não sabia se algum dia reencontraria mamãe, mas era como se aquele bebê pudesse me dar o amor que eu jamais recebera dela.

Numa decisão tão difícil quanto equivocada, resolvi não voltar ao trabalho. A exemplo de Marleide, quis me dedicar inteiramente à minha filha, pois não tive coragem de largá-la tão novinha numa creche. Era como se de repente eu tivesse descoberto um amor maior que tudo. Temia me separar dela um segundo que fosse. Não podia favorecer nenhuma situação que a submetesse a qualquer forma de risco. Necessariamente, precisava ser para aquela criança tudo o que mamãe não tinha sido para mim e Socorro.

Passava o tempo em casa com Rebeca, enquanto Raimundo vagava pelas ruas. Às vezes pensava se ele não estaria com alguma mulher, mas depois me convencia de que era mais fácil estar se drogando por aí.

Comíamos de improviso. Tínhamos um frigobar que adquiríramos ao chegar em Icoaraci, onde colocávamos alguns poucos itens alimentícios. Além disso, compráramos um fogãozinho para esquentar o leite de Rebeca.

Apesar de tudo, era grata por ter o amor de Rebeca. Pior era o que nos roubava a paz em troca de ilusão, o que prejudicava a vida e nos tangia para a morte. Aquilo cujo nome exprime perfeitamente seu significado.

Quando caía a noite, eu já sabia o que aconteceria. Ele chegaria com seus olhos avermelhados, separaria a droga, usaria na nossa frente, ficaria louco e depois desabaria na cama. Pensava até quando isso se repetiria e, o pior, se ele não se dava conta de que por enquanto Rebeca era um bebê, mas em breve estaria maiorzinha e não poderia ver essas cenas.

Contudo, ele amava muito a filha. Mordiscava seus pés, jogava-a para o alto. Apavorada, eu quase sempre intervinha. No entanto, Rebeca desmanchava-se em riso nesses momentos. O amor de um ecoava no coração do outro. Então, pensei que havia o vício ruim, que era a droga, e o vício bom, que era Rebeca. Ah, se pudéssemos ficar só com o último.

Raimundo me convidava para usar com ele, eu recusava. Ele insistia, dizendo que era só um pouquinho, eu cedia. Nunca usei o mesmo tanto que ele; isso jamais aconteceu. Porém, embora seja horrível admitir, e até difícil de entender, acompanhava-o, às vezes. Nessas ocasiões eu não conseguia resistir à força de sua mão a me puxar para aquela servidão tão indigna.

Precisávamos parar, mas às vezes isso parecia tão difícil. Para mim, funcionava como escape. Vivia com um viciado; morava num muquifo; meu dinheiro estava acabando; ele nunca conseguira arranjar emprego. Além de chorar, o que mais podia fazer? Estava cada vez mais atolada na lama. Só me restava a droga, e era quando a usava que eu me via sobrevoando o quarto, rindo para as paredes. Das alturas via Rebeca, na cama. Pelo menos nessas ocasiões era como se tudo estivesse apaziguado.

Mas nada estava sob controle. Comíamos mal, estávamos magros. Parecíamos doentes. Nossa situação degringolava de um modo tão absurdo que, quando Rebeca estava com pouco mais de um ano, um funcionário dos proprietários apareceu. Raimundo, como sempre, não estava em casa. Saí com Rebeca no colo e fui falar com ele lá fora.

— Pois não, senhor.

— Olá, senhora. Infelizmente, não trago boas notícias. — Ele vestia roupa social e falava com uma firmeza e segurança desconcertantes.

— Sim?

— O aluguel está atrasado e seu marido desonrou o último acordo. Com isso, infelizmente, teremos de despejar vocês.

Fiquei atônita. Não entendia de lei, mas sentia que não podíamos sair dali sem algum aviso prévio. Respirei fundo, procurando manter a calma.

— Só temos este quarto, senhor. Se sairmos, teremos que ir pra rua.

— Lamento, senhora, mas não posso fazer nada.

— Mas o que quer que eu faça? Deve aguardar ele voltar.

— Vocês têm o prazo de vinte e quatro horas para sair.

Enquanto ele falava, a menina, que vinha brincando no meu colo, de repente, começou a chorar. No mesmo instante alguns pingos de chuva caíram sobre nós. O céu parecia ter ficado escuro de repente.

— Não pode nos tirar assim. Temos nossos direitos — falei sem saber ao certo o que dizia. Era guiada pelo meu instinto de sobrevivência.

— Sim, e os proprietários têm os direitos deles. Estou por eles.

— E quem está por nós? — disse, num misto de aflição e ousadia.

Um raio cortou o céu e o trovão se fez ouvir. O tempo estava se enfurecendo. Era como se aquele temporal se misturasse à crueldade daquele homem e à aflição da menina, lançando-me numa horrível agonia.

— Não sei, minha senhora. Só sei que devem sair e este é o prazo.

Pedindo licença, seguiu apressado para o carro. Certamente estava dando seguimento ao seu importante trabalho de despejar famílias honestas.

Quando Raimundo chegou, à noite, Rebeca já estava dormindo.

— Hoje, mais que nunca, precisamos conversar, Raimundo.

— Podemos conversar, sim. Com certeza. Mas depois que...

— Não! — gritei.

Ele estacou e me olhou assustado.

— O que foi, Vitória? Aconteceu alguma coisa?

— Muitas coisas, Raimundo! A cada dia estamos mais arruinados. Depois que a nenê nasceu, caí na besteira de largar o trabalho, você nunca conseguiu emprego e por último nem bico tem arranjado. E como poderia ser diferente se vive drogado? Com certeza deve passar o dia usando droga pelos cantos. Não sei como nunca vieram cobrar dívida de droga aqui em casa, talvez porque esta seja a única dívida que você se esforça pra pagar. Ah, não sei mais o que fazer. Olhe para a gente, como permitimos que as coisas chegassem a esse ponto? Estou magra, acabada. E você hoje em dia não tem nem metade dos músculos que tinha quando te conheci!

Envergonhado, ele deixou o lanche na bancada e disse:

— Não fique nervosa, por favor. Eu...

— Estou cansada. Acorda, Raimundo! Temos uma filha agora. Isso não pode continuar! Se uso também, em muito é porque você me empurra pra isso. Mas podemos sair dessa juntos. Um ajudando o outro é mais fácil.

Lançou um olhar para Rebeca, que dormia ao meu lado. Dizia que ela o motivava, entretanto nem mesmo ela fora capaz de fazê-lo mudar.

— Você sabe o quanto amo vocês duas.

— Se fosse verdade, teria procurado mudar quando me conheceu.

— Está sendo injusta. Fala como se as coisas fossem fáceis.

— Não vem com essa, nada na vida é fácil. Você preferiu a droga. Sabe muito bem que, se fosse diferente, já estaria empregado.

— Não sei o que dizer, porque não sei o que você quer ouvir.

— Quero que admita seu erro e mude. É isso o que quero.

— Desculpa! Desculpa!

— Nunca me contou sua história direito. Sua ex-mulher deve ter passado por algo parecido com o que estou passando agora. Sinto isso no meu coração. Você até pode me amar, mas não o suficiente pra mudar.

Então, desatei a chorar. De que adiantava criticá-lo? Nada que eu dissesse mudaria o destino que estava nos engolindo.

— Vitória, queria poder voltar no tempo e fazer tudo diferente.

— Nunca vai conseguir enquanto continuar assim. Será que não vê que desse jeito vai acabar com todos nós? É isso o que quer?

— Se te faz bem, fale. Põe tudo pra fora. Não presto mesmo.

— Não tem limite! Sei que usa na rua também. Na casa me fizeram usar dizendo que iria me curar. Mas hoje sei que não é verdade. Isso não resolve nada. Só serve pra nos deixar ligados, nos viciar. Depois que passa o efeito, você não sente uma fraqueza, algo ruim, tipo uma tristeza?

Seu queixo começou a tremer e as lágrimas prorromperam. Então pôs-se a andar pelo quarto, abraçou-me, tornou a pedir desculpa e disse:

— Minhas mãos tremem, falta o ar, e às vezes não consigo levantar. Mesmo assim não dou conta de parar. A vontade é muito forte, Vitória.

— Já te vi como se estivesse tendo uma convulsão. Como acha que me sinto nessas horas? Não vê que teu coração pode acabar parando?

Deitou-se na cama e ficou calado. Era como se de algum modo eu tivesse acionado um botão e despertado sua consciência.

— Eu e Rebeca viemos pra te dar uma nova vida. Será que não consegue perceber que não precisa de mais nada?

— Eu sei... eu sei...

— Depois voltaremos a conversar sobre isso — eu disse, sinalizando que não desistiria daquele assunto. — Veio um homem aqui...

— É o aluguel. Entraram na Justiça. Não quis te preocupar.

— Devia ter me falado, Raimundo!

— Estava amamentando. Como poderia repassar isso pra você?

Sua irresponsabilidade era grande, mas minha dívida com ele era maior ainda. Até podia perder a paciência, mas nunca poderia abandoná-lo.

— O que vamos fazer? — eu disse.

Ele ficou mudo.

— Vamos para a rua, não é?

Ele não respondeu.

Aquela foi uma noite longa. Sem conseguir fechar os olhos, ficamos ali, deitados na cama, enquanto a chuva caía, ouvindo de vez em quando o ressoar dos trovões, como se o próprio mundo estivesse chorando por nós.

Capítulo 28

Quando o sol se ergueu, no dia seguinte, já não chovia mais, embora o céu estivesse nublado. Raimundo não se levantou logo, como costumava fazer. Ficou deitado ao meu lado enquanto Rebeca mamava no meu peito. Com um ano e três meses, ela ainda não havia largado o costume.

Olhando para a menina, vi como estava pálida e magrinha. Ah, como sofria com isso. Embora tivesse achado que ela poderia ser a ampliação de um quadro ruim, com o tempo vi que na verdade era uma promessa de amor para nós. Sem ela seria mais difícil enfrentar o que vinha pela frente.

Então, minha mente se agitou e, naquele clima de medo e ansiedade, era como se só me restasse o devaneio. Logo nos tirariam dali e reduziriam nossa humanidade a um nível inferior ao dos animais. Então pensei nos pássaros. Ah, os pássaros! De todos, eram os mais livres e felizes. Alçavam voos altos e, em revoada, deleitavam-se nas alturas, de onde viam tanto a obra divina como a maldade humana. Neste último caso, podiam escapar da nossa perversidade, mantendo-se o mais perto possível de Deus.

Às nove e meia, levei Rebeca para o banheiro. Enquanto ensaboava a mim e à menina, pensava no que seria de nós. Ficaríamos vagando pelas ruas? E como faríamos para comer quando não tivesse mais dinheiro? Enxuguei a mim e a ela, vesti-me com um dos meus trapos e depois arrumei-a com um vestidinho rosa e fivelinhas da mesma cor. Estava linda! Sorri para ela, que imediatamente me devolveu o sorriso. Ela era uma mistura minha e de Raimundo: pura como o pai, esperta como a mãe.

Ao deixarmos o banheiro, Raimundo entrou. Em seguida, saí de casa com Rebeca. Fiquei atenta, pois, como chovera, estava escorregadio.

Ao longe, uns urubus rondavam a carniça. Os passarinhos que cantavam naquela hora estavam sumidos, o que conferia um ar triste ao dia.

De repente, alguém me chamou. Era Marleide, arrancando-me dos devaneios que vinham me afastando do que estava prestes a acontecer.

— Vocês vão embora hoje, não é?

Meneei a cabeça, afirmativamente.

— Não encontraram um lugar ainda?

— Não. — Nos últimos dias quase não nos falávamos mais.

— Se morasse numa casa, juro que ofereceria um quarto.

— Não se preocupe. Sempre foi uma boa vizinha. Deus sabe disso.

— Não me conformo, Vitória. Você é uma moça simpática e inteligente. Sabe conversar. Não precisava estar passando por isso.

— É, mas às vezes somos empurrados para caminhos ruins.

— Não podemos culpar a vida por tudo. Não me leve a mal, mas nada vai mudar enquanto não se livrarem das drogas.

— A senhora está certa. Mas não é fácil, dona Marleide.

— Mas também não é impossível. Precisam de Deus, mas têm que abrir o coração. Só assim verão que não é tão importante compreendê-Lo quanto senti-Lo, pois quando O sentimos é que tudo está explicado.

Foi como se ela tivesse me dado uma sacudida. Passara parte da minha vida tentando entender como Deus podia ignorar minhas dores, e agora, diante do que acabara de ouvir, parecia tão mais simples entender que o único modo de encontrá-Lo era através do espírito e não do corpo.

Após assimilar sua fala, no momento em que me voltava para lhe agradecer, ela já estava entrando em casa. Não entendi a pressa.

Ao me voltar para Rebeca, vi o carro do dia anterior no meio-fio. Dona Marleide devia tê-lo visto e não quis ficar para acompanhar nosso despejo.

— Bom dia — disse o homem da véspera.

Algo me fez pensar que aquele homem pudesse estar agindo arbitrariamente. Mas o que fazer? Quem éramos nós diante dele?

Raimundo saiu do quarto neste momento e disse:

— Só precisamos terminar de arrumar nossas coisas.

— Raimundo, já perguntou se ele tem a ordem de um juiz?

— Não adianta, Vitória. Estamos atrasados mesmo.

— Sei, mas será que podem nos tirar só com a palavra?

— Já há uma ação em curso, senhora — disse o homem. — Seu marido sabe disso. Conversamos a respeito, não foi, seu Raimundo?

Raimundo anuiu com a cabeça, envergonhado. Outros pediriam mais prazo, usariam a criança como argumento. Mas ele não fez nada disso.

— Não — eu disse. — Não podem nos tirar daqui desse jeito. Precisam de algum papel. Estamos em família, há um bebê envolvido.

Rebeca correu para mim, chorando. Devia ter se assustado com meu tom de voz. Peguei-a no colo e continuei a encarar o homem.

— Há um acordo, senhora.

— Não temos pra onde ir, senhor — atalhei. — Precisamos de mais tempo. Não será por uns dias que os donos vão ficar mais pobres. Se não nos derem esse tempo, ficaremos até que nos mostrem a decisão de um juiz.

— Se os donos deixarem de receber, acabam-se os contratos. Quanto a não terem pra onde ir, isso não é problema nosso. Além disso...

— Além disso o quê? — perguntei, enfezada.

— Além disso seu marido assinou um acordo que foi homologado pelo juiz. Devem sair agora, senão chamaremos a polícia.

— Fez isso? — perguntei, virando-me para Raimundo.

— Sim — disse ele, baixando a cabeça.

Este era Raimundo: um semianalfabeto viciado, que, por ser bom, se envergonhava de não honrar suas dívidas, e assinava papéis sem questionar.

— Estão atrasados. Mas podemos dar mais quinze minutos.

Dando-me por vencida, entrei no quarto com Raimundo e, enquanto colocávamos nossos trapos nas sacolas que ele conseguira na véspera, olhei para o frigobar. Fora comprado com tanto sacrifício, mas era pesado demais para ser levado. Além dele ainda teríamos que deixar outras coisas. Mas não havia tempo para lamúria. O mais importante estávamos fazendo, que era remover daquele lugar todas as almas humanas que habitavam ali.

Acabando de arrumar nossos pertences, saímos com Raimundo à frente, levando as sacolas pesadas, e eu logo atrás, com Rebeca no colo, sem a menor ideia do lugar para onde iríamos ou do que seria feito de nós.

Capítulo 29

Após deixarmos o quartinho, debaixo de um sol em seus primeiros raios do dia, seguimos os três em busca de algum lugar para ficarmos. Rebeca ia pendurada em meu pescoço. Ao perguntar aonde íamos, Raimundo nada disse. Em seu rosto pálido, estava estampada a nossa ruína.

Mas não fomos longe. Havia um terreno baldio a uma quadra do quartinho, pelo qual sempre passávamos quando íamos para a orla. Não tinha cerca e, tomado pelo mato, era cheio de árvores, a maior delas ficando bem ao centro. Achei que valia a pena entrar ali para nos abrigarmos.

Raimundo foi na frente, afastando a vegetação e abrindo caminho. Seguimos logo atrás, com todo cuidado, temendo encontrar algum bicho.

Assim que nos abancamos debaixo da árvore, separamos tudo o que precisávamos: biscoito, o leite da menina, escovas de dente. Após deixarmos as coisas mais ou menos organizadas, olhamos em torno.

Era uma pequena floresta, decerto cheia de bichos peçonhentos. Mas pelo menos ali ninguém nos xeretava, e debaixo da árvore havia sossego.

— Talvez não seja uma boa ideia ficarmos aqui — disse ele.

— Ficamos só até encontrarmos um lugar melhor. Rebeca pode ficar brincando aqui comigo enquanto você sai pra comprar o almoço.

Ele hesitou. Depois disse:

— Não tem mais dinheiro.

Olhei alarmada para a menina, que brincava com uma boneca, e pensei naquele absurdo. Por ela deveríamos até morrer, se fosse preciso.

— Está louco, Raimundo? Como isso aconteceu? Por que não me disse? Preferiu correr o risco de nos matar só pra não me preocupar?

— Não brigue, por favor.

Furiosa, quis jogar fora toda a droga dele. Mas recuei ao lembrar que eu também usava. Por que não conseguia parar? Agarrava-me ao fato de que usava menos, mas sabia que estava me enganando. Será que eu pensava mesmo em Rebeca? Que futuro estávamos construindo para ela?

Mas, antes que meus pensamentos entrassem em pane e eu perdesse o controle sobre minhas ações, disse aos gritos:

— Vai esperar que a gente morra?

— Quer que eu arranje um emprego num piscar de olhos?

— Tem que se virar; dê seu jeito de trazer comida.

— Mas eu...

— Saia da minha vista e só volte com comida ou dinheiro!

Ao me ver gritando, a menina foi até o pai e estendeu os braços. Ele a embalou por alguns segundos. Depois devolveu-a para mim, dizendo:

— Até mais.

— Volte até meio-dia — eu disse, secamente. — Precisamos comer.

Eu estava encostada com Rebeca sob as raízes da árvore quando Raimundo retornou, na hora do almoço. Ele trazia um saco plástico.

— Consegui isso. Alguns restaurantes me deram umas sobras.

— Isso é o resto dos outros ou comida estragada?

— Não sei, mas não podemos recusar — disse ele, agachando-se e sentando-se ao nosso lado. — Consegui talher de plástico e água.

Comemos debaixo da árvore. Não era o melhor dos piqueniques, mas pelo menos estávamos nos alimentando. Depois aproveitamos a sombra dos galhos para descansar. Assim que o sol começou a baixar e o céu ganhou uma tonalidade laranja, saímos para iniciar nossa peregrinação em família.

Ao chegarmos na orla, passamos por gente de todo tipo, em meio a carrinhos de pipoca, quiosques e outros ambulantes. Aquele era o horário em que as pessoas começavam a chegar. Víamos adultos e crianças pelo calçadão comendo algodão-doce, rosquinha e outras guloseimas.

De repente, sem qualquer planejamento, vi-me abordando uma ou outra família, suplicando por dinheiro ou comida. A maioria olhava-nos com medo ou asco e se afastava. Mas eu procurava levar minha cruz, independentemente da indiferença expressa no rosto das criaturas humanas.

Não sabíamos se conseguiríamos comover as pessoas, mas elas precisavam saber que, por mais deploráveis que lhes parecêssemos, não podíamos lhes fazer tanto mal quanto a dureza dos seus próprios corações.

A certa altura, uma senhora altiva, que conversava alegremente com o vendedor de água de coco, no quiosque, nos viu e acenou para nós.

— Boa tarde, família! Que princesa linda! Como é o nome dela?

— Rebeca — respondi, aproximando-me com a menina no colo.

— Que nome lindo! Só está um pouco magrinha, não é, mãe?

— Somos pobres, senhora — eu disse. — Pode nos ajudar?

— Posso! Mas não acha que Rebeca precisa de mais cuidados?

Meu coração disparou. Quem seria aquela mulher? Examinava Rebeca cuidadosamente. Quis sair logo dali. Sentia que corríamos perigo.

— Com licença, senhora — eu disse —, mas precisamos ir.

— Mas já? Onde moram?

— Desculpe — disse apressada —, mas temos que ir.

Pegou uma nota de cinquenta reais da bolsa e me ofereceu. Fiquei tentada, mas temi pegar o dinheiro e abrir espaço para algo indesejável.

— Já que não quer, vou dar para o seu marido. Duvido que recuse.

Raimundo pegou o dinheiro prontamente. A mulher sorriu para ele e despediu-se em seguida, indo em direção ao seu carro, estacionado do outro lado da rua, próximo a um dos restaurantes mais tradicionais de Icoaraci.

— Que bom, moça, que ela se engraçou com a sua filha — disse o vendedor assim que a mulher saiu com o carro.

— Você conhece aquela senhora? — perguntou Raimundo.

— Como não? É a doutora Bárbara, uma das juízas do distrito.

Fiquei lívida. Bem que havia imaginado algo assim.

— Ela tá sempre aqui bebendo água de coco — disse o vendedor. — Como o filho se salvou de um acidente, paga promessa de ajudar crianças.

Fiquei mais calma ao ouvi-lo contar aquela história. Por um momento pensei que ela pudesse querer tirar Rebeca de nós.

Com as esmolas do dia, comemos na própria orla. Às oito horas, pegamos nossas coisas no terreno baldio e saímos em busca de algum lugar para dormir, pois não havia como passarmos a noite no meio do mato. Quatro quarteirões adiante encontramos uma clínica odontológica caindo aos pedaços. Poderíamos dormir sob seu toldo, que atravessava a calçada.

Recobrimos o chão com lençóis e peças de roupa. O piso, na entrada da clínica, além de engordurado, parecia uma enorme pedra de gelo. Mas, apesar disso, pai e filha logo adormeceram. Vendo-os dormir ali juntinhos, lembrei-me da noite ao relento no Curuçambá e agradeci a Deus por, pelo menos dessa vez, poder estar na companhia de quem eu mais amava na vida.

Capítulo 30

Os dias foram passando sem maiores mudanças. Dormíamos sob o toldo, acordávamos cedo, íamos para o terreno baldio, onde em geral tínhamos como café da manhã as sobras do dia anterior, almoçávamos o que Raimundo trazia, descansávamos e, de tarde, íamos para a orla tentar tocar o coração das pessoas. Embora a regra fosse a frieza, alguns eram capazes de nos ver como seres humanos e nos ajudar de alguma forma.

Havia dias em que conseguíamos dez, vinte reais, o que nas nossas condições era bom, pois com esta soma garantíamos comida por pelo menos dois dias. Era o meio que havíamos encontrado para tentar escapar da fome. E quando porventura chegávamos ao ponto de não apurar nada, suplicávamos aos restaurantes e às vezes recebíamos alguma coisa.

A regra, porém, era que nos olhassem com desdém e ojeriza. Viam-nos como vagabundos degenerados que utilizavam criança para poderem receber dinheiro para comprar droga ou, de outro modo, ter vida boa.

Raimundo continuou vagando pelas ruas, afirmando estar procurando emprego. Porém, eu sabia que ele mantinha o vício, embora não soubesse como fazia para arranjar a droga. Continuava implorando para que ele buscasse trabalho e parasse de usar. Mas sabia o quanto era difícil para ele.

Desde que fôramos para a rua, eu passara a administrar o dinheiro das esmolas. Fora o meio que achara para garantir o mínimo para Rebeca.

Estocar água da chuva ou de alguma torneira perdida, em baldes, para nos assearmos, era muito pouco para atender às necessidades da menina. Por isso, procurava guardar a maior parte do que conseguíamos com as esmolas para comprar ao menos material de higiene e leite especial.

Um dia, porém, dei por falta de alguns valores. Só podia ser Raimundo tirando o dinheiro aos poucos, para que eu não notasse. Não abandonava o vício, apesar da nossa escassez. Aquilo já era demais para mim. Então, depois do almoço, sob a sombra da árvore, fui direta:

— Pegou o dinheiro da menina. Aceito certas coisas por gostar de ti, mas...

— *Gostar de mim*? Ora, nunca gostou de mim. Tá comigo porque acha que me deve sua liberdade ou quem sabe sua própria vida.

— Não, Raimundo! Não fale assim comigo. Vai me magoar...

— Espera! Não terminei. Entenda de uma vez por todas. Te tirei de onde estava porque eu te amei desde a primeira vez que te vi. Quis ter uma família contigo. Mas não foi como pensei e acho que também não foi como você pensou. Talvez a gente não devesse ter ficado juntos, mas insisto numa coisa: o que fiz por você foi por amor. Não me deve nada.

— Não pode dizer isso. Temos uma filha e ela precisa de nós.

— Quer que eu diga o nome de quem você ama, Vitória?

Empalideci. O que ele tinha? Pedi que não se exasperasse, pois se continuasse assim acabaria assustando Rebeca e não queria vê-la nervosa.

— Vou fazer melhor do que falar — disse, o rosto vermelho. — Vou te mostrar. — Disparou até as minhas coisas, afastou umas mudas de roupas e pegou o livro. Depois, quase me acertando, lançou-o na minha direção. — Tá aí quem você ama e nunca esqueceu. É este aí que escreveu essas coisas e assina como Lorenzo. Não tenho estudo, mas ler isso aí eu dou conta, viu? Acha que fiquei como ao saber que a mulher que eu amo ama outro homem? E não venha se explicar. É boa com palavras, mas, pra cima de mim, não. Pra que largar vício? Pra ficar com quem está comigo só por obrigação? Doeu quando descobri que sou um peso na tua vida. Queria poder te liberar pra correr atrás dele, mas como... como, se eu te amo? Depois que Rebeca nasceu, ficou ainda mais difícil me imaginar sem você. Será que não vê que é a droga que vem me consolando todo este tempo?

Chocada, precisava tomar cuidado para não o ferir ainda mais.

— Realmente gostei deste rapaz — disse, pegando o livro. — Inclusive recebi este livro dele. Mas não o vejo há muito tempo e sei que ele está casado hoje. Portanto, minha vida agora é com você e Rebeca.

— Olhe nos meus olhos e diga que não ama mais este cara, que não pensa mais nele... Foi o nome dele que Micheli disse quando eu fui te tirar daquela casa, não foi? Deve ser rico e estudado. Nunca serei como ele.

— Para, Raimundo! Não me tirou de lá pra fazer isso comigo, não é?

— Continuo te amando, mesmo sabendo que não sou correspondido. Mas nada te prende a mim. O que fiz não foi em troca de nada.

— Para. Está sendo injusto. Me acusa de estar com você por dívida e piedade e isso não é verdade. Estou contigo por gratidão e amor.

— Preciso sair para acalmar a cabeça. E olha, não se preocupe com o dinheiro. Vou devolver. Quem sabe um dia eu não precise mais usar esta porcaria — disse, esgueirando-se pelo mato, enquanto eu o perdia de vista.

Ele não voltou para o almoço, de modo que eu e Rebeca comemos sozinhas uns salgadinhos e depois cochilamos, debaixo da árvore, uma do lado da outra, entre os trapos que nos serviam de lençol e travesseiro.

Despertei às três da tarde, sentindo-me mal, uma ânsia de vômito, um engulho que parecia subir das minhas entranhas. Estaria grávida àquela altura? Não, não era possível! Senti-me piorar até o ponto de ser dominada por um sentimento de culpa. Até onde Raimundo estava errado? Ora, era fácil dizer que Lorenzo estava casado e não significava mais nada para mim. Porém, quem dizia isso não levava para casa o presente do ex. Isso era óbvio. Como pudera ser tão egoísta e insensível? Era evidente o sofrimento de Raimundo. O que fazer para aplacar sua dor? Nada, pois a verdade era que jamais me esquecera de Lorenzo e provavelmente nunca o esqueceria. Por mais que precisasse arrancá-lo da minha memória, ele continuava ali, habitando permanentemente meus sonhos e pensamentos.

Por que fingir que Lorenzo não existia? Isso só vitimizava Raimundo e fazia com que eu me sentisse ainda mais culpada. Levantei-me e me escorei no tronco da árvore. O enjoo aumentou e acabei vomitando. Então, sentei-me à árvore e Rebeca se pôs aos meus pés. Suspirei. Quem sabe agora não melhoraria? Devia ser só um mal-estar, comíamos muita besteira. Mas de repente o remorso voltou com tudo e me devorou. Por que eu o arrastara ainda mais para a escuridão? Por que eu o cobrava por um vício para o qual eu mesma o empurrava? Tombando para o lado, voltei a vomitar. Era como se estivesse pondo para fora toda a minha maldade.

Entre um golfo e outro, algo me empurrou para as coisas de Raimundo. Revirei suas roupas até achar o que buscava no bolso de uma calça. Então, peguei uma nota de um real e fiz a cânula. Antes que pudesse voltar atrás, pus o pó de um dos papelotes ali e aspirei profundamente.

Na sequência, borboletas azuis, vermelhas e amarelas começaram a surgir do nada e, sobrevoando onde estávamos, misturavam-se diante de mim, num caleidoscópio absolutamente mágico. Elas subiam, desciam, giravam e sumiam, para depois reaparecerem.

Entravam pelos meus olhos e aportavam dentro de mim. Uma música delicada envolvia todo o meu ser naquele instante. Era como se aquela melodia e aquele bater de asas me elevassem e de alguma forma transformassem o meu espírito. As borboletas continuavam num voejar quase hipnótico. Encantavam-me ao mesmo tempo que me confundiam. Não sabia se tocavam meu coração ou minha alma, mas em alguma parte de mim elas chegavam. Pensei então que, se entravam e saíam do meu corpo, deviam ser uma extensão de mim.

Em meio àquelas imagens e sensações, de repente, ouvi um choro. Era Rebeca! Meu coração disparou. Não tinha ideia de quanto tempo eu estava naquele transe. Aos poucos, fui recuperando os sentidos, de modo que, ao voltar a mim, pude ver algumas pessoas no terreno baldio.

— Acho que ela tá de porre — disse um jovem.

— Que nada — disse um idoso. — Nunca viu um drogado antes?

— Minha filha... — murmurei, desesperada. — Rebeca, cadê você?

— Levaram sua filha — disse-me uma mulher de meia-idade.

— Por quê? O que houve? — perguntei num desespero crescente.

Um socorrista de uniforme vermelho aproximou-se de mim, e disse:

— Está se sentindo bem, senhora?

— Não tenho nada! Quero minha filha. O que aconteceu?

— A senhora desmaiou e um cachorro atacou sua filha. Mas não se preocupe, ela já foi socorrida. Está agora no hospital municipal.

— Onde ela está? — eu disse, com a voz trêmula. — Preciso da minha filha. Nunca nos separamos. Ela é muito pequenina.

Jamais entenderiam. Rebeca não era só minha filha, era tudo o que eu tinha na vida. Nada podia ser mais importante para mim do que ela.

— Ela está sendo socorrida. Tem os documentos dela?

— Sim... Meu Deus, como isso foi acontecer? Que horas são?

— Cinco da tarde, senhora. Chegamos quase agora. Ela estava chorando muito. Aqui é perigoso. Por que estão aqui?

— Não temos onde morar. Às vezes, ficamos aqui.

— Mesmo durante o dia é arriscado. Este terreno está intocado há anos. Tem cobras por aqui. Precisam do serviço de assistência social.

— Desculpe, mas não pedi a sua opinião — disse, nervosa. — Não conhece nossa história. Vou atrás do pai dela.

— Ô, senhora — disse ele, fazendo menção de ir embora, quando viu os papelotes no chão. — Usa droga há muito tempo, senhora?

— Não é da sua conta — respondi, irritada, vendo-o ir embora.

Sentia como se minha mente estivesse solta no universo. Como as coisas haviam chegado àquele ponto? Recorrera à ilusão da droga para tentar me acalmar, mas agora ela fazia algo real e do qual nunca mais eu me esqueceria: tirava-me o bem mais precioso da minha vida.

Capítulo 31

Saí feito louca na orla atrás de Raimundo. Mas não o encontrei em lugar nenhum e, quando o descrevia para as pessoas, ninguém o tinha visto.

Prestes a ir procurá-lo em outro lugar, achei-o mais acima numa roda de jovens. Enquanto um tocava violão, outros distribuíam bebidas. Eu passava tanto tempo em casa que não conhecia direito aquela sua faceta.

Então me dei conta de que, naquela vida festiva que Raimundo parecia levar, alguns daqueles jovens deviam lhe dar droga em troca de camaradagem. Ele preferia espairecer com eles a ficar comigo e Rebeca.

Invadindo a roda, eu disse:

— Raimundo, preciso falar contigo. É urgente.

Os rapazes começaram a brincar, dizendo que a *dona de Raimundo* tinha chegado. Mas, com o pensamento em Rebeca, ignorei a gozação.

— O que houve? — perguntou Raimundo, sério.

— Um cão mordeu Rebeca, ela tá no hospital — disse, chorando.

Raimundo ficou alarmado. Despedindo-se dos amigos de qualquer jeito, atravessou rápido a rua comigo. Passamos por um chalé, de esquina, e depois tomamos uma via para o centro. Sentia-o cada vez mais nervoso.

Chegando ao hospital, a espera nos pareceu interminável. Quando finalmente fomos chamados pela senhora atrás do balcão, falamos juntos:

— Minha filha... — ele disse.

— Rebeca... — eu disse.

— Por favor, um de cada vez — disse a atendente, uma senhora idosa com aparência cansada. — Diga o que houve, senhora.

— Um cachorro mordeu minha filha e ela foi trazida para cá.

— Ah, sim. Aguardem que vou ver a ficha de atendimento.

A mulher estava visivelmente incomodada e eu sabia a razão. Desde que saíramos do quartinho, não nos asseávamos direito. Nossos banhos eram de chuva e Raimundo não fazia a barba há muito tempo. Além do nosso aspecto desagradável, exalávamos um cheiro com o qual já estávamos acostumados, mas que para as demais pessoas devia ser insuportável.

— Aqui está — disse ela, lendo um papel. — Têm o documento dela?

Coloquei a certidão sobre o balcão.

— Certo. Preciso só anotar uns dados, ok?

— Mas tem de ser agora? — perguntei.

— Sim, senhora. Preencham esta ficha aqui, por favor — disse, apresentando um formulário para nós. — Sabem ler e escrever?

— Sabemos — eu disse, impaciente.

Preenchi o documento apressada e o devolvi para ela. Pegando-o de volta, ela o leu atentamente e disse em seguida:

— Perdão, mas a senhora não colocou o lugar onde residem.

— Olhe bem pra gente, senhora. Se pudesse colocaria que moro numa mansão, mas não posso, pois moramos na rua. Está satisfeita agora?

Olhou-me horrorizada com o que provavelmente achou ser uma grosseria, depois mostrou onde ficava a ala infantil. Lá conversamos com uma enfermeira que nos indicou o quarto para onde tinham levado Rebeca.

Ao ver minha filha dormindo, comecei a chorar. Seu bracinho estava enfaixado. Ela adorava correr atrás de cachorros e gatos. Eu sempre fui muito cautelosa com essas brincadeiras, mas daquela vez havia falhado.

— Ela já fez o curativo e tomou a antirrábica — disse a enfermeira. — Mas o doutor achou que ela está muito magrinha e passou uns exames.

— Quando podemos levar nossa filha? — perguntei.

— Bom, antes precisam falar com o doutor e a equipe social.

— Equipe social? Pra quê? Os governantes não ajudam em nada e, quando nos veem lutando, ainda nos prejudicam — protestei.

A enfermeira pediu que aguardássemos o médico plantonista, e saiu do quarto. Voltando-me para Raimundo, eu disse:

— Precisamos tirar Rebeca daqui imediatamente.

— Por quê? Ela precisa continuar o atendimento.

— Não seja tolo. Olhe para a gente. Talvez só estejamos aqui porque eles não tenham como impedir os pais de estarem com a filha.

— O que quer dizer?

— Que eles podem tomar a menina da gente!

— Ninguém vai tirar ela da gente! — disse ele, com firmeza.

— Se tirarem Rebeca da gente, nunca mais a veremos. Como não há parentes com quem ela possa ficar, vão colocar nossa filha em adoção.

Ele me olhou assustado, com os olhos esbugalhados.

— Ficará num orfanato até ser adotada — eu disse.

— Não vou deixar que isso aconteça nunca!

— Então são os pais — disse o médico, irrompendo no quarto. Jovem, usava óculos e tinha cerca de trinta anos.

— Sim, doutor. Quando ela pode ir embora? — perguntei.

— O ferimento não é grave. Da minha parte, se tudo correr bem, em um ou dois dias ela terá alta. Mas há alguns pontos que precisam ser esclarecidos. Depois que isso acontecer, poderão levar Rebeca.

Falou mais um pouco sobre a saúde de Rebeca e saiu. Nosso inferno começou logo depois. A enfermeira apareceu dizendo que havia uma conselheira tutelar lá fora querendo falar conosco. Meu coração disparou.

No corredor, avistamos a conselheira. Era gorda, com cabelos lisos. Convidou-nos a sentar em alguns dos bancos espalhados por ali, e disse:

— Recebemos uma denúncia grave envolvendo a filha de vocês.

Raimundo me olhou assustado. A culpa era minha, evidentemente, mas sabia que o que mais pesava contra nós era nossa miserabilidade.

Logo chegou um homem de olhar convicto, apresentando-se também como conselheiro tutelar. A partir de então, passamos a conversar de pé.

— Falaram com o setor social do hospital? — disse o conselheiro.

— Não — respondi.

— O que querem, afinal? — perguntou Raimundo, impaciente.

A conselheira trocou um olhar com o colega, como se esperasse que ele tomasse as rédeas do caso a partir dali e foi o que aconteceu de fato.

— Senhores — disse o conselheiro —, o que houve foi sério. Na ocasião, o senhor estava ausente; e a senhora, aparentemente drogada.

Indignado com o que acabara de ouvir, Raimundo aproximou-se do homem e, com os olhos repletos de raiva, disse visivelmente alterado:

— Mentira! Vitória não usa droga quando está só com a menina.

— E usa quando você está por perto? — perguntou a conselheira.

— Somos uma família! Estamos desempregados, mas isso é passageiro!

— Seu Raimundo, o papel do Conselho Tutelar é proteger as crianças. Rebeca hoje foi mordida por um cão. E amanhã? O que acontecerá a ela enquanto estiverem ausentes ou drogados? — disse o conselheiro.

— Falam do que não sabem. Vitória é uma ótima mãe. Não voltou pro emprego só pra poder ficar com a menina.

— E acha que essa decisão foi acertada? — disse a conselheira.

— Não podem sair julgando a gente — disse Raimundo. — Não nos conhecem o suficiente pra isso.

— Pode ter razão quanto a não conhecermos vocês — disse o conselheiro, retomando a palavra —, no entanto sabemos da nossa obrigação de proteger crianças. E Rebeca está sob risco.

Aquele *está sob risco* entrou como um espinho no meu coração.

— Olhem aqui, minha família é tudo o que tenho — eu disse com firmeza, olhando de um para o outro. — Não vão tirá-la de mim. Ouviram bem? Já perdi muito. Não vão tirar o que me restou.

— Calma! — disse a conselheira. — Só queremos explicar a situação à luz da lei.

— Não quero saber de lei. Que lei que há no mundo? A lei da injustiça e da opressão? A lei que favorece uns poucos? Não vão pôr o dedo na nossa cara e dizer que não temos condições de cuidar da nossa filha.

De repente uma enfermeira novinha se aproximou, dizendo:

— Com licença, não podem falar alto aqui. Os pacientes precisam de repouso. Por favor! Se continuarem assim, terei que chamar o segurança.

Depois que a enfermeira se afastou, a conselheira disse:

— Não queremos tirar Rebeca de vocês. Só queremos o melhor para ela até largarem o vício e encontrarem trabalho. Pedir esmola pode ser o que tenha restado agora, mas a criança não pode ficar desprotegida.

Irritava-me sua ponderação. Tinham explicação para tudo, mas para mim aquilo sempre seria injusto e cruel. Não aceitava seus argumentos.

— Não poderão ficar com Rebeca agora — disse o conselheiro, como se tivesse chegado o momento de falar com clareza o que iriam fazer.

— O quê? — esbravejou Raimundo.

— O fato também gerou queixa na polícia — disse o conselheiro.

— Isso é ridículo — eu disse.

— Levaremos a menina quando ela tiver alta — disse o conselheiro.

— Não têm autorização para isso — protestei, segurando-me para não perder o controle. Era como se estivesse num pesadelo.

— Em caso de risco, temos prerrogativa legal para agir assim.

Raimundo avançou sobre o conselheiro, ameaçando-o:

— Se nos impedir de levar Rebeca, eu te mato.

Comecei a chorar e disse:

— Para, Raimundo! Assim só vamos piorar as coisas.

— Já vi famílias em situação pior darem a volta por cima — disse a conselheira. — Vocês têm tudo para ser assim também. Basta se esforçarem para superar os problemas. Podemos encaminhá-los à assistência social. Assim aumentarão as chances de ter Rebeca de volta.

Após saírem, dei-me conta de que nem sabia seus nomes. Se tinham dito, não me lembrava. Estava desnorteada demais. A única coisa que sabia era que perdera Rebeca e, à medida que essa consciência aumentava, fui sentindo um vazio tão grande que pensei que fosse morrer ali mesmo.

Capítulo 32

Com a perda de Rebeca, eu e Raimundo caímos num abismo sem fim. Chorando grande parte do tempo, desentendíamo-nos, culpando um ao outro, mas no fundo o que realmente queríamos era a menina de volta.

Fomos até o prédio da Defensoria Pública e falamos com doutor Marcus Vinícius, um defensor jovem e solícito. Prometeu-nos tentar uma audiência, mas insistiu no atendimento social. Porém, em nossa ignorância, achávamos que isso podia nos desviar dos esforços para recuperar Rebeca.

Apesar de termos recorrido à Defensoria Pública, desde o princípio pensei se não seria melhor um advogado particular. Os servidores públicos não me inspiravam confiança. Pareciam-me mais preocupados com burocracia do que com justiça. Nunca me convenceriam de que era melhor para uma criança ser tirada da família e colocada num abrigo.

Comentei isso com Raimundo, mas a princípio decidimos ficar com o defensor. Até porque não tínhamos dinheiro para pagar advogado.

Desse modo, alguns dias depois, fomos avisados de que fora marcada nossa audiência. No dia em questão, acordamos cedo e nos preparamos da melhor maneira possível. Raimundo fez a barba e vestimos nossas melhores roupas. Designada para as dez e meia, nossa audiência não era a primeira do dia.

Ao chegarmos ao fórum, subimos para o andar da Vara da Infância e Juventude; lá chegando, sentamos em algumas das cadeiras dispostas no corredor e ficamos aguardando até que algum funcionário nos chamasse.

Nesse ínterim, doutor Marcus Vinícius chegou. Sentando-se ao nosso lado, instruiu-nos sobre como deveríamos nos comportar. Tínhamos que tratar a juíza e o promotor por Excelência. Seguir a forma correta de tratamento era essencial para o bom êxito do nosso caso. Para uma mãe desesperada, que temia nunca mais ver a filha, isso era muito surreal.

Após o que pareceu uma eternidade, algumas pessoas saíram da sala e um rapaz de óculos, segurando um processo, gritou nossos nomes. Após erguermos as mãos, convidou-nos a entrar. O defensor foi na frente.

Ao adentrar a sala, vi uma mesa comprida, onde estava um senhor idoso, num terno cinza. Ao me ver, ele abriu um sorriso que achei mais formal do que espontâneo. Na ponta da mesa, ao lado do rapaz de óculos que fora nos chamar, estava uma mulher numa toga preta. Era a juíza. Olhando-a com cuidado, achei seu rosto familiar. Então me lembrei. Ela nos abordara na orla e nos dera a maior esmola que já havíamos recebido.

Sentamos com o defensor, à esquerda da magistrada. A solenidade do ato e o frio que dominavam a sala pareciam agravar nosso nervosismo.

— Bom dia! — disse a juíza, dirigindo-se a todos. — Estamos diante de uma ação movida pelo Ministério Público. Envolve uma criança encontrada na rua, após ser mordida por um cachorro. O Conselho Tutelar a encaminhou para abrigamento, e eu homologuei a medida. A Defensoria Pública solicitou esta audiência, fora da pauta, em caráter emergencial. Abri este espaço em consideração ao doutor Marcus, que alegou urgência, mas ainda vou decidir se haverá ou não audiência. Nossa pauta está cheia e não tenho espaço para sair marcando audiência sem necessidade. É por coisas assim que somos acusados de lentidão na condução dos processos.

Acompanhando o que a juíza dizia, o homem à sua direita meneava a cabeça, concordando. Depois soube que era o promotor de Justiça.

— Tem a palavra, doutor Marcus Vinícius — disse a juíza.

— Certo, Excelência — começou a falar o defensor. — Como acontece com as demandas da infância, este é um caso simples apenas na aparência. Embora guarde similitude com situações recorrentes, há peculiaridades importantes. Realmente, a menina se acidentou, porém isso foi um fato isolado. Sua mãe sempre foi cuidadosa e jamais lhe faltou. Inclusive, tanto a mãe como o pai da criança, embora pobres...

— Com licença, doutor — interveio o promotor de Justiça —, mas, pelo que vejo dos autos, seus clientes não são pobres, mas miseráveis. Além disso, há indícios de que sejam usuários de droga. Não têm onde morar, são vistos mendigando nas ruas...

Neste instante, a juíza olhou para mim e Raimundo. Parecia ter se lembrado da gente. Desejei que isso pudesse vir em nosso favor.

— Além de tudo — prosseguia o promotor —, há um inquérito policial por abandono material instaurado contra os genitores. Sei que é papel institucional da Defensoria Pública promover a defesa dos vulneráveis, doutor Vinícius, e sou testemunha de que o senhor faz isso com muito louvor, mas não podemos nos afastar dos fatos. — Voltando-se para a juíza: — Excelência, com o devido respeito, mas isso tudo é perda de tempo. Estes dois precisam é largar as drogas e arranjar um emprego.

— Certo. Por favor, doutor Vinícius, prossiga pela Defensoria.

— Respeito o posicionamento do promotor, Excelência, mas neste caso tenho que discordar. Embora os assistidos sejam pobres, são pessoas honestas, trabalhadoras, sem antecedentes criminais ou problemas mentais. Privar a menina dos pais, nesta idade, é uma injustiça que beira a crueldade e que viola sobretudo o melhor interesse da criança. Por outro lado, conforme o ECA, o fato de serem pobres, por si só, não autoriza a perda da guarda.

Por isso, rogo a Vossa Excelência que os escute. E que, após ouvir o promotor, restitua-lhes a guarda da filha, por ser de direito e de justiça.

— Doutor Vinícius, abundam elementos contra os pais — disse a juíza.

— A criança ainda mama, Excelência — observou o defensor.

— Que seja alimentada no abrigo, doutor — disse a juíza. — Estava lendo aqui, Rebeca está anêmica e com baixo peso.

Ergui timidamente a mão e pedi para falar.

— Pois não? — disse doutora Bárbara.

— A senhora precisa me ouvir, Excelência. Esta causa envolve o interesse de uma família, e o que pode ser mais sagrado do que isso?

— Mantém sua posição? — perguntou a juíza ao promotor.

— Sim — disse ele. — Não há necessidade de oitiva antecipada.

— Pois bem — disse a juíza. Voltou-se para o servidor e ditou: — Acompanhando o parecer ministerial, indefiro o pleito formulado pela defesa, haja vista que os elementos coligidos são inequívocos no sentido de que a criança, caso retorne nesse momento ao convívio dos pais, muito provavelmente voltará à mesma situação de risco em que se encontrava. Pesa contra os pais o fato de serem desempregados, moradores de rua e usuários de drogas, tendo a menor sido mordida por um cão enquanto a mãe usava entorpecente. Além disso, foi instaurado inquérito policial para investigar os fatos. Assim, mostra-se despicienda por ora a realização antecipada de audiência. Que sejam realizados os relatórios sociais para que o caso seja reapreciado ulteriormente. É só.

A frieza com que fora proferida aquela decisão me abalou profundamente. Com base numa lei fria, elaborada por pessoas frias, ditavam nossos destinos, e, quanto mais miseráveis fôssemos, mais duramente estas leis se aplicavam. Como podiam afirmar que eu não cuidaria bem da minha filha? Sequer me ouviram! Não podiam fazer isso!

De repente, Raimundo começou a chorar. Assustei-me com sua reação. Meu coração, já em frangalhos, ao vê-lo assim, despedaçou-se.

— Contenha o seu cliente, por favor, doutor! — disse a juíza.

Mas como ela podia compreender a reação de um pai se ela mesma era incapaz de se aproximar da nossa dor? Abracei Raimundo e o acompanhei nas lágrimas. Queria ter sido mais forte, mas não consegui.

— Reconsidere, Excelência — pedi, em prantos.

Enquanto o defensor demonstrava compaixão, e o servidor parecia comovido, o promotor não esboçou nenhuma reação. Imaginei que, se tivesse um jornal ali, ele o abriria e leria para se atualizar das notícias.

— O que lhes aconteceu foi terrível, mas vocês mesmos buscaram por isso — disse a juíza. — E não podem negar que hoje realmente não têm condições de ficar com a menina. Mas não estão proibidos de visitá-la.

Vendo que continuávamos abalados, doutora Bárbara disse:

— Venha comigo, moça. Não é porque rejeitei uma audiência extemporânea que não posso lhe ouvir informalmente.

Contornei a mesa e entrei com a juíza por uma porta que dava para o seu gabinete. Ali havia uma mesa cheia de processos e um computador, armários, frigobar e uma bancada. Além disso, o lugar contava com um banheiro. Imediatamente, pensei sobre aquele mundo no qual pessoas como ela dispunham de um ambiente confortável para trabalhar, enquanto outras, como eu e Raimundo, sequer tínhamos um quartinho para morar.

— Sente. — Deu-me um copo de água. Bebi aos poucos. O gosto estava estranho, mas logo vi que era porque minhas lágrimas tinham se misturado à água. Ao contrário da sala de audiência, ali estava mais quentinho.

— Deve lembrar de mim. Vi vocês na orla com Rebeca.

— Sim.

— Embora não possa me envolver pessoalmente com os casos que julgo, tenho algo importante para lhe dizer. Quase perdi um filho.

Lembrei-me do que havia me dito o vendedor de água de coco.

— Tinha dez anos e viajou com uma irmã minha. Eles sofreram um acidente grave. Perdi um sobrinho e, dos que sobreviveram, meu filho foi o que ficou pior. Fiz uma promessa de que, se ele se salvasse, eu ajudaria crianças pelo resto da vida. Ele sobreviveu, sem sequelas. Não à toa estou nesta Vara hoje, Vitória. Passei a enxergar a vida com outros olhos. Mais importante que bens e dinheiro é o amor. Para Rebeca, nada substituirá o amor de vocês. Porém, devem se preparar melhor para recebê-la de volta. Nada impede que você e Raimundo se modifiquem. Precisam da assistência social. O defensor já deve ter falado sobre isso com vocês.

— Estamos mais preocupados em recuperar Rebeca, pois...

— Vocês estão indo pelo caminho errado. Nenhum juiz vai lhes dar ela de volta enquanto estiverem na rua, usando droga.

Baixando a cabeça, esforcei-me para não voltar a chorar.

— Fiz uma promessa, e vou cumpri-la. Vou proteger sua filha e não será o choro de vocês que vai me deter. Quero somente o bem-estar dela. Se ama Rebeca, deve entender. Precisa dar um novo rumo para a sua vida.

Podia lhe dizer qualquer coisa, mas preferi ficar calada.

Ao sair daquele gabinete, peguei Raimundo pelo braço e fomos embora, sem falar sequer com o defensor. No trajeto até o elevador, disse:

— Ela não se comoveu. Mas tenho uma ideia.

— Qual?

— Os pais de Lorenzo têm um escritório de advocacia em Belém. Se tiver se formado, Lorenzo deve ser advogado hoje. Pode nos ajudar.

— Ah, droga! — protestou Raimundo. — Até nas coisas de Rebeca, arranja um jeito de envolver esse cara? Ainda não conseguiu esquecer dele?

Entramos no elevador. Quando chegamos no térreo, retomei:

— Sei que não gosta que eu fale nele, e entendo, mas não vê que, se estou fazendo isso, é porque acho que ele realmente pode nos ajudar?

— O que ele pode fazer que o defensor já não está fazendo?

— O defensor não conseguiu sequer que fôssemos ouvidos!

— E por que deve ser justamente ele o advogado?

— Porque somos miseráveis, Raimundo! Não podemos pagar.

— Conta com isso porque acredita que ele ainda ama você, não é?

— Ele está casado e já se esqueceu de mim.

— Não sei se se esqueceu, não. E nem se você se esqueceu dele...

— Conclui isso só por causa de um livro?

— Ah, é? Então por que não joga fora esse livro?

— Não quero falar sobre o meu passado, mas sobre a nossa filha.

— Faça como quiser, Vitória. Se por este caminho pudermos trazer Rebeca de volta, ainda que eu discorde, por mim tudo bem.

Capítulo 33

Tínhamos pouco dinheiro, mas pelo menos dava para pegarmos o ônibus até a Presidente Vargas. Após falarmos com Lorenzo, poderíamos comer em algum restaurante das redondezas e depois voltar para Icoaraci.

Quando a condução encostou na parada mais próxima, acordei Raimundo, que vinha cochilando, e descemos. Após caminharmos um pouco, adentramos o prédio e, passando pela portaria, tomamos o elevador.

Ao entrarmos no escritório de advocacia Martins Barros, observei o piso acarpetado, as cadeiras de espera, as estantes de madeira suspensas nas paredes. Não mudara muita coisa. Berenice se encontrava atrás do balcão. Pedi para Raimundo aguardar numa cadeira e, respirando fundo, fui até ela.

— Bom dia.

Dona Berenice ergueu os olhos do que estava lendo e me olhou.

— Bom dia. Pois não?

— A senhora não lembra de mim?

— Desculpe, moça. Mas não sei quem você é.

— Bom, então eu...

— Espere, acho que lembro de ti — disse, franzindo a testa enquanto se esforçava para se lembrar de onde me conhecia. — É a sobrinha da Estela, não é? Está bem mais magra, mas acho que é você mesma!

— Sim, dona Berenice. Sou eu.

Com o rosto cada vez mais sem cor, ela olhou de um lado para o outro, certificando-se de que não estávamos sendo observadas, e disse:

— É corajosa em vir aqui, menina. O que tu queres, afinal?

— Falar com Lorenzo.

— Está maluca? Quando resolveu fazer aquelas besteiras, dona Paula ameaçou tirar o emprego de todos aqui se déssemos trela pra você.

— Estou passando fome, dona Berenice. Perdi minha filhinha.

— Lamento, mas bateu na porta errada. Vá à Defensoria Pública.

— Lorenzo está no escritório?

— Não vou lhe dar informações sobre nenhum advogado daqui.

Então ele tinha se formado e se tornara advogado, pensei, numa completa agitação interna. Precisava encontrar um meio de falar com ele.

— Não é por mim, mas por minha filha, dona Berenice.

— Não me obrigue a chamar a polícia. Vá embora.

Precisava pensar em algo. A última chance de reaver Rebeca estava naquele escritório. Não fora até ali para desistir tão facilmente.

No meio daquela peleja, um homem jovem, num terno preto e gravata salmão, saiu por uma porta e aproximou-se de onde estávamos.

— Por que não atende o interfone, dona Berenice? A cliente quer água.

— Desculpe, doutor Lorenzo — disse, aturdida. — Estava distraída.

— Mas distraída com o quê? — perguntou, voltando-se para mim. Ficou levemente desconcertado ao me ver, mas logo voltou a si e disse para ela: — Pois assim que puder providencie o que lhe pedi, por favor.

Quando Lorenzo voltou para sua sala, meu coração estava aos pulos. De algum modo ele tentara se lembrar de mim, mas meu estado deplorável não havia permitido. Mas e em seu coração? Não conseguira me encontrar nem mesmo ali, naquele lugar mais aquecido? À parte minha emoção por revê-lo, algo me intrigou. Ele não estava usando aliança. Continuava com a mesma beleza e juventude, mas parecia infeliz. Estaria divorciado? Claro que não;

devia ter perdido a aliança em algum lugar, só isso. Mas quando um rico perdia a aliança não tratava de comprar outra para pôr no lugar?

— Vai embora ou não? — perguntou dona Berenice, enfezada, arrancando-me bruscamente dos meus devaneios.

— Preciso que ele seja meu advogado no caso da minha filha.

— Esquece. Ele nem te reconheceu. O que quer aqui é confusão.

— Ele está casado? — disse baixinho, surpresa comigo mesma. De repente era como se precisasse saber disso tanto quanto reaver Rebeca.

— Saia!

— Eu vou, mas eu volto.

— Não. Vou deixar ordem na portaria para barrarem tua entrada.

Pelo menos por enquanto, não havia mais o que fazer ali. Não adiantava bater boca com quem há anos fora instruída para me destratar. Vendo alguns cartões do escritório no balcão, peguei um e me afastei.

Explicando a Raimundo que depois voltaríamos, saímos para almoçar. Achamos um restaurante uma quadra adiante. Era conhecido por servir pratos regionais e praticar bons preços. Micheli me dissera um dia que Padrinho às vezes ia comer ali, o que me fez hesitar por um momento. Mas depois pensei que não podia me esconder para sempre. Passados aqueles anos, precisava acreditar que o pior já tinha ficado para trás.

O lugar estava tão lotado que chegava a incomodar. Mesmo assim tivemos a sorte de encontrar uma mesa próximo à entrada. Pedimos dois pratos feitos, que era o que havia de mais barato no cardápio.

— Aquele cara alto e bonito, todo na beca, era ele, não era?

— Do que você está falando, Raimundo?

— Não se faça de besta. Falo daquele cara lá do escritório.

— Por favor! Já se esqueceu que é por nossa filha que estamos aqui?

— Não é só por ela, não. E sabe bem disso. Queria ver aquele cara. Não adianta negar. Queria poder saber como ele está, se ele te reconheceria.

— Você continua sendo cruel. Aonde quer chegar?

— Já viu quem queria ver. Agora vai querer voltar para ele também?

Suspirei. Estava cada vez mais corroída pelo seu ciúme.

— Desculpe — disse ele, de repente, suavizando o tom. — Não quero te magoar, apesar de eu já vir magoado há muito tempo.

— Não precisa ficar assim, Raimundo — disse, tocando sua mão.

— Aquela mulher não parecia nada tua amiga.

— Sim, é verdade...

— Ela tá embarreirando a conversa com ele, não é?

— Sim.

— Então vamos esquecer isso e voltar para Icoaraci. Não precisamos estar aqui. O defensor é bom. O que este cara pode fazer de diferente?

— Está desistindo da nossa filha? — disse, indignada. — Está louco, Raimundo? Se quiser desistir, desista, mas eu vou lutar até o fim.

— Sim, *você vai lutar até o fim* — disse ele, cheio de ironia.

— Vou voltar lá. Se quiser vir comigo, venha. Mas se não quiser...

— Se não quiser, será melhor pra você, não é? Diga logo... — Ia e vinha em sua gama de sentimentos ruins. Não podia alimentar sua amargura, por isso fiquei calada, esperando-o melhorar do seu azedume.

O garçom deixou nossas bebidas e se afastou. Enquanto bebia um pouco do refrigerante, olhei em torno, examinei as pessoas e de repente pensei nas meninas da casa, especialmente em Paloma e Micheli. Como estariam? O que Padrinho fizera com Micheli por não ter evitado minha fuga? Como Paloma se virara sem mim, já que vivia em minha volta numa paixão quase infantil? E as demais?

Será que ainda estavam na casa? E a própria casa? Será que ainda existia, ou alguma alma caridosa finalmente denunciara aquela falta de humanidade? Mas a que humanidade eu me referia? Há quanto tempo estava liberta sem saber o que era isso, vivendo em condições cada vez mais precárias? Estar ali, naquele restaurante, era um privilégio que há muito não tínhamos. Até onde Raimundo não tinha razão quanto a não estarmos ali? Mas por que deveríamos voltar para Icoaraci se lá não havia sequer onde morarmos? Por que não ficávamos em Belém de uma vez e não lutávamos por Rebeca mais perto do escritório? Ah, Deus, na verdade qual era o sentido de tudo aquilo? Por que estávamos ali, por que estávamos no mundo, por que vivíamos? E os abastados, em seus lugares reservados? Será que também se perguntavam por que viviam ou por que viviam como viviam, se seu destino era exatamente igual ao de pessoas como eu e Raimundo?

Diante de uma ausência de sentido, fui invadida por um vazio desolador, e caí numa espécie de melancolia. Mas procurei me conter. Raimundo já estava triste demais. Nós não podíamos desmoronar juntos.

Apressado, o garçom colocou nossos pratos na mesa. Enquanto o via se afastar, provei o macarrão, e Raimundo experimentou a carne assada.

— Há quanto tempo não comíamos assim! — comentei, descontraída.

— Verdade, e, já que estamos aqui, vamos aproveitar, afinal não é isso o que ensinam os livros que você lê? — disse ele ainda cheio de farpas.

Inesperadamente, uma menina de uns dez anos começou a cantar numa mesa próxima à nossa. Subira numa cadeira. Era branquinha e tinha cabelos castanhos encaracolados. Usava um vestido azul-claro. Sua voz era alta e afinada. Cantava "Como nossos pais", de Belchior. Muitos se voltaram para olhá-la, pois aquela definitivamente não era uma música infantil. Quando terminou, recebeu aplausos. Eu e Raimundo sorrimos um para o outro. Ela nos fez lembrar Rebeca, e nos trouxe um pouco mais de leveza.

Em seguida, olhei casualmente para a porta e vi Padrinho entrando no restaurante com Rodolfo e outro homem. Passaram pela nossa mesa e foram para o balcão. O almoço de repente se tornou indigesto. Quis ir embora logo, mas temi chamar atenção quando nos levantássemos.

De repente, foi como se estivesse ouvindo Micheli implorar para eu não fugir, pois Padrinho era do tipo que não esquecia nem perdoava.

— O que você tem? — disse Raimundo. — Ficou branca!

Respirei profundamente e disse baixinho:

— Não olhe para o balcão, pelo amor de Deus.

Virou instintivamente para o balcão e, vendo Padrinho e Rodolfo, voltou-se atordoado para mim dizendo que devíamos ir embora.

— Não! — disse, segurando sua mão. — Se sairmos vai ser pior. Fique quieto. — Tentava fazê-lo sossegar na cadeira.

Com a respiração suspensa, esperamos eles irem embora. Passados uns minutos, terminaram de beber o que haviam pedido e se dirigiram para a saída. Mas já quase na porta, tiveram que aguardar algumas pessoas passarem. Foi quando Padrinho olhou em nossa direção. Desviamos o rosto, mas ainda assim ele nos viu. Então, Padrinho veio em nossa direção.

— Ora, ora! — disse Padrinho, próximo a Raimundo. — Quer dizer que este casal de vigaristas está na área de novo?

Silêncio.

— Acham que esqueci o que fizeram? — disse Padrinho, olhando de mim para Raimundo. Eu via o ódio estampado em seu rosto ao mesmo tempo que ele passava a língua pelos lábios, naquela mania repulsiva.

O dono do restaurante, atrás do balcão, olhava tudo de longe.

— Vocês vão dar um passeio com a gente agora — disse Padrinho já com os capangas ao seu lado, rindo em acatamento ao chefe.

— Pode esquecer — disse Raimundo, erguendo-se e fitando Padrinho nos olhos. — Ela não vai voltar nunca mais para aquela prisão.

— Que prisão? Tá doido? Enquanto esteve comigo ela era tratada como uma princesa. E olha como tá agora nesses trapos: magra e feia. Praticamente irreconhecível. Mas ponho essa puta nos trinques rapidinho.

— Ela é minha mulher agora, temos uma filha.

Padrinho riu e gracejou com seus capangas. Depois disse:

— Ah, uma filha, é? Que ternura! Quero conhecer a rapariguinha, viu? Da casa de onde a mãe saiu, sempre há lugar pra mais uma.

Rodolfo e o outro desataram a rir. Padrinho voltou-se para mim:

— Te tirei da rua e me deste as costas sem nem se despedir. Como pôde ser tão ingrata com teu protetor? Levantem e venham comigo. Temos assuntos a tratar. Se não vierem por bem, vão vir por mal. Fui claro?

Como não nos movemos, Padrinho sinalizou para Rodolfo e o outro entrarem em ação. Então, numa fração de segundo, Raimundo, que já estava de pé, pegou a faca com a qual comera e foi para cima de Padrinho.

— Não, Raimundo! — gritei, perplexa com sua ação inesperada.

Mas Raimundo se lançou com tudo sobre Padrinho e alvoroçou o restaurante. Enquanto os dois se agarravam, os clientes deixavam seus lugares, numa gritaria completa, e corriam para a saída. Quando me dei conta, Raimundo já estava por cima de Padrinho, no chão. Embora estupefata, precisava agir, afinal Raimundo estava com uma faca na mão.

— Raimundo, não! — gritei. — Para!

— Ele vai nos matar! — berrava Raimundo, em cima de Padrinho, enquanto Rodolfo e o outro o agarravam por trás, tentando separá-los.

De repente, ouvi Padrinho emitir um grito horrível.

— Porra! Furou... metam... bala! — Padrinho falava e se mexia com dificuldade. Com a respiração intermitente, agonizava.

Raimundo se levantou, olhando apavorado para o homem ensanguentado no chão; depois voltou os olhos para mim. Foi só então que vi, de relance, a faca cravada no peito de Padrinho. Desesperada, comecei a contornar a mesa para ir até Raimundo, porém, neste instante, ecoou um estampido. O clima de irrealidade ali era tão grande, que só entendi o que sucedeu quando vi Raimundo cair *incontinenti* no chão, diante de mim.

Vi o revólver na mão de Rodolfo. Então imaginei que a arma ainda devia estar quente em sua mão. Mas quente para quê? Quente para obedecer àquele traste? Quente para vingar sua morte? Quente para servir ao lado errado? Afastando quem estivesse à minha frente, fui correndo até Raimundo. Sentei-me ao seu lado e repousei sua cabeça em meu colo.

A bala o acertara no meio do rosto, desfigurando-lhe totalmente a face. Havia sangue por todo lado. Era doloroso demais vê-lo daquele jeito. Então, lembrei de um sermão de padre Arnaldo, em que ele dizia que, mais que corpo, somos espírito e que isso é tão supremo que não pode ser visto com olhos humanos. E como era belo o espírito dele! Desse modo, em meio às lágrimas, pensei que Raimundo agora devia estar num lugar à sua altura. Foi a forma que encontrei para lidar com aquela dor tão avassaladora.

Alguém falava comigo. Era o dono do restaurante. Mas, sem escutá-lo, só repetia, desesperadamente, que ele era pai da minha filha.

Ouvi os capangas de Padrinho conversarem baixinho. Se não fugiram era porque tinham um plano. Os covardes sempre tinham um plano.

Rodolfo se dirigiu ao dono do restaurante:

— Sabe o que você viu, né? O morto aí tentou matar Padrinho junto com ela. Daí eu fui obrigado a defender ele.

O dono do restaurante olhou para o lado e viu o corpo de Padrinho estendido no chão. Coberto de sangue, ainda tinha a faca cravada no meio do peito. Morrera com uma expressão de agonia congelada no rosto.

— Mentiroso! — gritei.

— Cala a boca! Tudo isso foi por tua causa, sua puta safada.

À semelhança do que acontecera à minha irmã, a polícia e o socorro não demoraram a chegar, mas o destino não me deu qualquer esperança.

Capítulo 34

Quando chegamos à delegacia, fui atendida por um rapaz entediado, que depois vim saber ser o escrivão. Após consultar o computador, ele me disse que eu constava como sumida, pois alguém comunicara meu desaparecimento. Além disso, eu não fora encontrada para depor no caso de Socorro. Ao perguntar se o assassino dela fora julgado, ele me respondeu que, em nosso país, pobres não tinham direito a celeridade processual.

Depois fui apresentada ao delegado, um senhor grisalho, de uns cinquenta anos. Um tanto quanto agitado, talvez pela gravidade dos fatos — duas mortes no centro de Belém, em plena luz do dia —, disse-me que eu podia ficar calada, e me garantiu o direito de falar com um advogado.

Foi aí que me lembrei do cartão do escritório. Tirei-o do bolso e o entreguei para ele. Não conseguia pensar em ninguém além de Lorenzo.

Sem orientação de um advogado naquele momento, achei que o melhor que tinha de fazer era dizer toda a verdade para o delegado. Disse que fora prostituída por Padrinho; falei de Rebeca e minha vinda para Belém com Raimundo. Neguei que Raimundo tivesse intenção de matar Padrinho.

Depois soube que o delegado lavrara um flagrante por homicídio qualificado, e me indiciara como autora do fato. Deixara Rodolfo de fora por entender que ele matara Raimundo em legítima defesa de Padrinho.

Atrás das grades, vi-me numa situação impensável. Acusada por um crime que não cometi, não entendia nada de lei e tampouco tinha advogado.

Fiquei detida, de início, na Divisão de Homicídios, na avenida Magalhães Barata. No dia seguinte, fui transferida para a Central de Triagem de São Brás, destinada apenas a presos provisórios. Havia uma ala para mulheres, cuja condução ficava a cargo das carcereiras Marta e Bruna.

Não conseguia conversar com ninguém ali. Desconsolada, quando pensava em Raimundo, sentia-me pior. Tinha vontade, se não de morrer, no mínimo de sumir da face da terra. Assim pelo menos não tinha que lembrar do seu amor gigantesco por mim, amor este a que nunca consegui corresponder. Na verdade, o que fizera por ele além de conduzi-lo à morte?

Minha cela tinha mais três detentas. Maria Auxiliadora, uma velhinha simpática; Maria do Socorro, uma morena mais ou menos da minha idade; e Maria de Lourdes, típica paraense dos cabelos pretos lisos.

Na cela havia um banheiro fedorento, dois beliches e um aparador. Quando passei pelas grades, senti logo a diferença de receptividade. Enquanto a idosa sorriu para mim, as outras mal falaram comigo.

O lugar era sujo e sombrio. As paredes eram pichadas, as camas eram avariadas, os lençóis eram puídos e fedorentos. Não havia travesseiros para todas, e o banheiro era uma eterna fedentina. A iluminação era péssima, e às vezes eu tinha a estranha e dolorosa impressão de que a penumbra daquele lugar se confundia com as minhas próprias trevas.

Mas não podia me abalar. Aquela prisão não era nada comparada aos lugares por onde passara, e pensando assim tentava encontrar alguma paz.

Ao sair do banheiro, perguntei onde ficaria. Maria Auxiliadora disse ser na parte de cima do seu beliche, de modo que subi para minha cama, puxei o lençol e tentei descansar. Porém, Raimundo voltou a invadir meus pensamentos. Às vezes eu duvidava do que tinha acontecido; ele partira com o coração tão amargurado! Como seria seu enterro? Não sabia se um indigente tinha direito a um, mas, se tivesse, não iria. Preferia manter a imagem que sempre tivera dele. Assim, com meus pensamentos em torno de quem havia me dado a joia mais valiosa do mundo, finalmente adormeci.

Fui acordada pela carcereira Bruna, uma mulher alta e impaciente, quase que sob chibata. Mandava nos espertarmos, pois não estávamos num hotel de luxo e ali o almoço era servido no mesmo horário todos os dias.

Desci do beliche enquanto as outras saíam da cela. A carcereira então começou a me empurrar, para que eu acompanhasse as demais.

— A senhora está me machucando!

— É pra machucar mesmo. Não sou babá de ninguém. Vamos...

Pensei que, se ela aceitara trabalhar num lugar como aquele, precisava ser humana. Embora eu não fosse advogada, intuía que minha dignidade não fora suspensa junto com minha liberdade.

Quando nos retirou da cela, tangeu-nos para o refeitório. Além de geladeira e fogão, ali havia uma mesa grande, sobre a qual estava a comida.

Enquanto comíamos o frango assado, mal falávamos umas com as outras. Ao fim do almoço, no trajeto de volta para a cela, vi as algemas e o cassetete na cintura de Bruna e lembrei-me da casa na Cidade Velha. Lá também vivíamos em regime semelhante, mas sem estes artefatos.

De volta à cela, as outras detentas foram descansar. Como já tinha cochilado, não quis ir para a cama, de modo que fui para as grades. Dali observei o corredor cheio de ferros, tão sujo e malcheiroso quanto as celas.

Quando resolvi ir me deitar, Maria Auxiliadora chamou-me para ficar com ela. Falara de um jeito tão delicado, que não consegui dizer não.

— Seu nome é lindo — disse ela, olhando-me com ternura.

— Obrigada.

— Está aqui por algo grave. Ninguém acaba aqui por pouca coisa.

Fiquei calada.

— Porém, há algo em ti que me manda duvidar da tua culpa.

Concentrei-me no que dizia a velhinha. Parecia-me encantadora. Magrinha, tinha cabelos lisos e finos. Era pequena e graciosa.

— Você é nova e bonita. Tem filhos, não tem?

Uma lágrima escorreu pelo meu rosto. Rebeca devia estar sofrendo muito com a minha falta. Será que viveria como eu, sem amor e sem afeto?

— Sim, uma — disse, limpando as lágrimas. — Está num abrigo.

— Oh, isso deve te fazer sofrer tanto!

— Muito! Mas por que a senhora achou que...

— Que você é mãe? Ora, sou uma velha com cinco filhos! Tive quatro homens. Dois deles eram assaltantes e morreram. Um recebeu o tiro da própria vítima e o outro da polícia. Minha família é pobre, tenho pouco estudo. O que sei é o que a vida me ensinou. Não tinham pai dentro de casa. Primeiro morreu um e depois o outro. Pensei que ia morrer com eles. Mas busquei força e resisti. É assim que devemos fazer, Vitória.

Deitada com a cabeça no travesseiro, observava-me. Havia pesar nos seus olhos e, de um modo inexplicável, identifiquei minha dor com a dela.

— Acredita em Deus? — perguntou-me, de repente.

Perturbada com a pergunta, ergui a cabeça e disse:

— Acredito... mas nem sempre foi assim.

— Sem Ele é mais difícil mesmo. E quer saber o que mais? Ainda que me provem com todas as letras que Ele não existe, mantenho minha fé pra garantir que Ele viva dentro de mim. A vida é como uma grande valsa. Temos que aprender a dançar conforme os passos, o ritmo e a melodia que ela nos obriga. Nem todos conseguem essa proeza e por isso se retiram da pista de dança, mas vamos admitir o quanto é bonito participar desse baile, nos esforçando e levando a toada, sem lamentações, até o fim. Muitos não ligam para o responsável por esse espetáculo. Como é mesmo o nome que se dá pra ele? Maestro, compositor? A um profissional assim, acho que aplaudir é um gesto de reconhecimento obrigatório. Ou será que pode haver quem pense que tudo isso, a vida, a beleza, a inteligência, surgiu do nada?

Fiquei impressionada com a sabedoria de suas palavras. Quem seria aquela senhora? Parecia-me muito enigmática e isso me inquietou.

— Certo, mas por que a senhora dedica atenção a mim?

— Porque gosto de você.

Sorri.

— Também gosto da senhora.

— Sei disso.

— Como sabe? — perguntei, espantada.

— Porque está escrito na sua testa que você precisa de uma mãe.

Baixando os olhos, reprimi as lágrimas.

— Mas não sou sua mãe. Boa ou má, só há uma mãe na nossa vida. Se a sua não é como espera, tome isso como ensinamento.

Parecia dizer coisas que transcendiam nosso mundo. Pensei se ela não precisava falar aquilo para de algum modo se aliviar, pois, além de não compreender sua fala, não vislumbrava outro motivo que a explicasse.

— Todas temos perdas. Mas algo me diz que ninguém aqui, por mais difícil que sejam nossas histórias, passou pelo que você passou.

— Como pode saber?

— Já disse. Seus olhos me contam tudo. Lá no fundo deles vejo uma alma moída, como se já estivesse aprisionada muito antes de vir pra cá.

— Eu não matei ninguém. O que aconteceu comigo...

— Acredito em você. Não perca a fé em si mesma, na vida. Quando perdemos a fé, tudo perde o brilho e a razão de ser.

Senti como se naquele instante ela falasse de si mesma.

— Obrigada. Mas e a senhora? Por que está aqui? E elas?

— Uma é envolvida com droga e a outra, com assalto. As histórias se repetem. As coisas erradas são sempre as mesmas coisas erradas.

— E quanto à senhora?

— Não importa. Precisa de coragem e não de mais histórias tristes.

Fiquei intrigada. De qualquer modo, como ela mesma havia dito, se estava ali era porque no mínimo cometera algo grave.

— Teme que me afaste da senhora caso saiba da sua história?

— Não, pois não acho que as pessoas podem ser julgadas igualmente. Na hora do crime, muitos são movidos por ignorância, fome, humilhação, revolta, e não podem ser julgados sem que se considere estas coisas. Na verdade, todas as pessoas são coitadas, mas os pobres são os mais infelizes. E não só porque falta pão na mesa deles, mas porque muita gente se comporta como se eles não fossem dignos de estar diante de Deus!

Chocada com suas palavras, ouvi-a dizer, ainda:

— Ah, que sensação boa. Sinto-me mais leve depois de te dizer estas coisas, menina. Agora deixe esta velha cochilar um pouco.

Beijei seu rosto engelhado, e subi para minha cama. Pensei no quão inusitado era ouvir aquelas palavras de alguém tão simples. Enquanto meditava sobre isso, meus olhos pesaram e acabei cochilando.

Acordei às três da tarde com a cela em polvorosa. As detentas falavam alto e andavam agitadas. Desci e fui falar com elas.

— O que aconteceu? — perguntei, aflita.

— Ela passou mal! — disse Socorro. — Levaram dona Auxiliadora!

Olhei para a cama de dona Auxiliadora e encontrei-a vazia.

— Mas o que houve? Ainda agora falei com ela.

— Não façam alarde — disse Lourdes. — É só uma velha doente.

— Como assim? — perguntei.

— Ela era diabética, ou algo assim — disse Socorro. — Mas nunca tinha passado mal. Meu Deus! Espero que ela fique bem.

— Melhor que morra — disse Lourdes. — Ela não se desligava desses filhos mortos. Além disso, pelo que fez, ia mofar na cadeia.

— Por que Auxiliadora está aqui? — perguntei para Lourdes.

— Ah, ela não te disse? Matou o homem que apagou o filho dela. Com certeza ia fazer igual com o policial que matou o outro. Ela é uma assassina igual a você, querida!

Fiquei chocada.

— Posa de vidente, lê mão, põe cartas, essas coisas. Mas pra mim ela é só uma doida mesmo — continuou Lourdes.

Olhei de novo para a cama dela, e pensei em como alguém podia ser tão terno e cruel ao mesmo tempo. Talvez tivesse precisado desabafar, de algum modo, antes de partir, e achara em mim a pessoa ideal.

Demorou uma hora até que Marta, a carcereira mais afável, mulher baixa e rechonchuda, viesse nos dar notícias de dona Auxiliadora.

— Já chegou morta no hospital.

— Mas estava boazinha conversando comigo...

— Mas a vida é assim — disse Marta. — Uma hora estamos aqui e outra hora partimos. Tinha uns problemas de saúde. Rezem pela alma dela.

Ainda perplexa diante daquela notícia, subi para minha cama e perguntei-me por quantos lugares sombrios ainda teria que passar. Então, de repente, fui tomada pela horrível sensação de que, por onde eu andava, ia deixando um rastro de morte atrás de mim.

Capítulo 35

No dia seguinte, após voltarmos do café, no refeitório, Bruna entrou de repente na cela e, referindo-se a mim, disse, com ar zombeteiro:

— A mocinha tem visita.

Desci rapidamente do beliche e disse, nervosa:

— Quem quer falar comigo?

— Pela roupa, acredito que seja algum defensor público.

Meu coração disparou. Era ele, só podia ser ele! Tomei banho às pressas, maldizendo-me por não ter nada decente para vestir. Estava tão feia e maltrapilha! Pedi emprestado o perfume de Socorro e fui com Bruna.

— Pelo visto não é só de lei que vão falar — disse Lourdes.

— Não é por aí não — disse Bruna. — O homem que vi lá fora é bonito demais pra se envolver com uma caboca qualquer.

Saímos da cela, cruzamos um corredor e, perto do pátio, demos com uma porta onde havia a seguinte inscrição: "Audiência Reservada". Esperara tanto por aquele momento que agora era como se fosse um sonho.

— O doutor pediu uma audiência contigo e ela foi permitida — disse Bruna. — Quando terminar, venho te buscar. Te comporta.

Então, ela abriu a porta e, olhando para o interior da sala, disse:

— Aqui está a moça, doutor. Agora vou deixar vocês a sós.

Entrando na sala com a respiração curta e as mãos úmidas, encontrei-o à minha espera, próximo à mesa. Estava elegante num terno cinza-claro. Quando nossos olhares se cruzaram, meu coração ficou a ponto de explodir, de modo que revivi imediatamente tudo o que havíamos passado, e sondei seu ser para saber se ainda me amava, mas não consegui obter nenhuma resposta. Ora, mas que pretensão! Por que estaria me esperando se agora estava casado? Eu não devia ter mais qualquer importância em sua vida.

De repente falamos rápido e ao mesmo tempo:

— Não acredito que estamos nos vendo! — disse ele.

— Enfrentei tanta coisa pra chegar aqui! — eu disse.

Parecendo nervoso, ele disse em seguida:

— Eu sinto muito por tudo o que lhe aconteceu.

— Obrigada, mas eu não matei ninguém!

— Isso jamais passou pela minha cabeça.

Ficamos em silêncio por um momento. Depois eu disse:

— Passei tanto tempo no escuro que ver alguém me estender a mão agora é como finalmente ter luz e ainda assim não conseguir enxergar.

Enternecido, disse, olhando em meus olhos, que eu não precisava mais me angustiar. Depois puxou duas cadeiras e pediu que eu me sentasse.

Sentou-se na cabeceira da mesa, e eu me acomodei à sua direita.

— Deve me contar tudo o que for importante.

— Antes preciso saber como está Rebeca. Ela ficou num abrigo, tem que me ajudar a tirá-la de lá. Nada é mais importante pra mim do que ela.

— Certo — disse, fazendo uma anotação num bloco de papel —, mas, além disso, vou lhe tirar daqui. Você jamais deveria estar num lugar como este. Sairá daqui com seu tesouro nos braços.

Emocionei-me ao ver que ele conservava o que tinha de melhor.

Após um momento de hesitação, Lorenzo me perguntou:

— O homem que faleceu era o pai da sua filha, não era?

— Sim. Era meu companheiro. Foi assassinado no restaurante junto com a pessoa que estão dizendo que eu matei.

Meneou a cabeça, fazendo outra anotação. Depois disse:

— Ok, mas é importante saber o que ocorreu antes disso. Digo, desde o instante em que nos perdemos um do outro. Pode falar sobre isso?

Claro que eu podia falar sobre isso.

— Tia Estela me expulsou de casa, acabei dormindo na rua. No dia seguinte, vim pra Belém. Fiquei na praça da República. Sabia que corria riscos, mas tive medo de acabar num abrigo antes de te encontrar. Achava que se isso acontecesse nos perderíamos de vez. Não sabia o que fazer!

Vi-o franzir os lábios e fechar os olhos. Seu rosto começou a ficar vermelho. Nesse instante, uma lágrima escorreu pelo canto do seu olho.

— Por que não me procurou? Esperei tanto por você! Tanto...

— Procurei muito, mas nunca consegui falar com você. Sua mãe barrou minha entrada no prédio. Os porteiros me ameaçavam.

Começamos a chorar, então ele tocou minha mão.

— Meus pais disseram que você tinha voltado pra Portel. Fui à casa de sua tia, mas ela se recusou a me receber. Disse que, com a minha família, só tinha as contas dela pra acertar. Denunciei seu sumiço à polícia, te procurei nas ruas e, embora possa não acreditar, mesmo contrariando meus pais, fui até Portel atrás de você. Peguei um navio e fiz aquela viagem de quase vinte horas. Passei alguns dias lá. Seus pais não quiseram falar comigo. Depois acabei me convencendo de que você não tinha ido pra lá.

— Achei que tinha me esquecido.

Ele fechou os olhos e suspirou.

— Mas a minha história não acaba aí. Padrinho me abordou na rua e prometeu me ajudar. Disse que seria melhor eu ser uma de suas prostitutas do que arriscar minha vida nas ruas. Disse que me protegeria, e prometeu uns dias de descanso, antes de eu começar a atender. Como eu realmente estava com medo, caí na besteira de aceitar, acreditando que te reencontraria antes de ser obrigada a me prostituir. Mas deu tudo errado!

Ao me ver chorar, ele vociferou:

— A culpa é minha!

— Não, fui eu que agi como uma tonta!

— Você era pouco mais que uma criança! Tinha vindo do interior, não estava habituada com os perigos da cidade grande. Só andava de ônibus e com dona Estela. Não costumava andar sozinha, muito menos à noite.

— Aconteceu como tinha de acontecer. Não há culpados.

— Tem razão — disse ele, como que se dando conta de que estava ali para me acalmar e não me deixar mais nervosa.

— Raimundo me tirou de lá — continuei a falar. — Daí fomos pra Icoaraci, mas ele era viciado em droga. Não conseguiu arranjar emprego. Acabamos despejados, e perdemos Rebeca. Depois viemos buscar ajuda com você. Mas no escritório fui proibida de falar contigo.

— Isso não deveria ter acontecido...

— Mas você também não me reconheceu...

Ele franziu o cenho e se pôs a pensar.

— Sim, lembro de ter visto uma moça que me pareceu familiar. Só que...

— Só que não imaginaria que eu pudesse estar tão feia e acabada.

— Não a vejo assim — disse ele, parecendo sincero. — Na ocasião devia estar distraído. E, pode não acreditar, mas nunca me esqueci de você.

Ouvi-lo falar assim era difícil para mim, que passara tanto tempo sonhando em reencontrá-lo, sem nunca ter conseguido realizar esse intento.

— Também não me esqueci de você, Lorenzo.

— Ainda guarda o livro? — disse ele, sorrindo, sem jeito.

Lembrando-me do livro, como que perturbada, disse:

— Sempre esteve comigo, mas acabou ficando em Icoaraci.

— Onde?

— Num terreno baldio, o maior daquelas redondezas, debaixo de uma árvore grande, duas quadras antes da orla. Ficamos lá por um tempo.

— Quando pensava em você, também pensava no livro — disse ele, com ternura.

— Talvez nem mesmo você se lembre daquela dedicatória, mas ela sempre esteve comigo. É como se você tivesse tido a proeza de gravá-la no meu coração. Será que o Lorenzo que a escreveu ainda existe?

— Todos mudamos. Mas ainda tenho muito daquele Lorenzo.

Sorri. Depois disse, procurando ser natural:

— E sua mulher?

Ele franziu o rosto, confuso.

— Não entendi. Minha mulher?

— Sim, você se casou. Fiquei sabendo pela porteira do prédio.

— Eu? Nunca! Nesta época quem se casou foi o Afonso, meu amigo lá do prédio. Lembra dele? Engravidou a namorada e teve que se casar às pressas. Será que lhe passaram a notícia errada?

— Não sei. Foram tantos desencontros... — disse, desconcertada.

O celular dele tocou. Pediu licença para atender. Senti que a pessoa com quem ele falava estava exasperada, o que me deixou inquieta.

— Preciso ir ao escritório. É urgente. Mas antes tenho de falar sobre o inquérito. Há o depoimento do dono do restaurante, lembra dele?

— Sim.

— A partir do depoimento dele trabalharemos com a negativa de autoria. Como já lhe falei, não deve continuar presa, não representa risco. Pedirei sua liberdade ao juiz e, se não conseguirmos, recorreremos até...

— Lorenzo? — disse, interrompendo sua fala. — Obrigada por sua dedicação. Mas, por favor, não se esqueça de Rebeca.

Olhando-me com compaixão, ele disse:

— Não me esquecerei.

Em seguida, Lorenzo chamou Bruna. Ao sair, ele beijou minha cabeça, despediu-se dizendo que em breve nos veríamos de novo e foi embora. Apesar de manter a graça com a qual havia me conquistado, fui tomada por uma sensação insuportável de que ele não me amava mais.

De volta à cela, Bruna disse para as outras, em tom de pirraça:

— Esta aí é das que faz chá de calcinha e dá para os homens.

Virei-me indignada, mas ela já estava do lado de fora, trancando a cela, com um sorriso cínico nos lábios. Gostava de nos espezinhar.

— Sinal de que, antes de ser assassina, é puta — disse Lourdes.

— Não vejo Vitória assim — disse Socorro.

— Boboca — disse Bruna. — Rico só quer mulher pobre pra poder levar pra cama. — E, rindo, saiu arrastando a chave com que fechara a cela nos ferros que ia vendo pela frente, provocando um barulho irritante.

— Não liga, Vitória — disse Socorro. — Queriam tá no seu lugar.

— Jura? — disse Lourdes. — Como poderia querer estar no lugar de alguém que só tem a seu favor o que carrega no meio das pernas?

— Chega! — gritei, irritada, voltando-me para Lourdes. — Não é obrigada a gostar de mim, mas nem por isso tem o direito de me azucrinar.

— O que vai fazer? Me matar, como fez com aquele velho? Não nego que foi corajosa por ter apagado ele, mas nem por isso me amedronta.

Fui para a cama, dispensando brigas inúteis, e agradeci a Deus pelo corredor de esperança que Ele abrira para mim. A verdade é que Ele sempre estivera comigo, senão como teria sobrevivido a tudo o que passei?

Capítulo 36

Bruna ressurgiu uma hora depois de Lorenzo ir embora, dizendo que uma advogada viera me ver. Fiquei curiosa, afinal de contas, eu já tinha um advogado. Não obstante, acompanhei-a até a sala de audiência.

Após ser anunciada por Bruna, entrei na sala e dei com uma mulher de costas, voltada para a janela lateral. Era loura e parecia alinhada.

Ao se virar para mim, tomei um susto. Era dona Paula.

— Boa tarde, Vitória. — Ela usava um vestido de linho azul. Os cabelos estavam bem-feitos, como se tivesse acabado de sair do salão.

Talvez fosse a última pessoa que eu esperasse encontrar ali. Paralisada, não sabia se ia embora ou aguardava para ouvi-la.

— Não precisa ficar assustada. Por favor, se sente.

Sem pensar direito, sentei-me à mesa, ao seu lado.

— Você me conhece, Vitória. Não sou de fazer rodeios. A sua situação chegou a um nível deplorável. Sempre foi uma moça esforçada, trabalhadora, e de repente achou que poderia fazer o que quisesse. Mas não estou aqui para lhe chamar a atenção. Vim com intuito solidário. Tenho uma proposta muito boa para lhe fazer. Como sabe, eu e Luís somos advogados. Militamos há muitos anos nos fóruns desta cidade. Conhecemos muita gente importante. Não só juízes, como também desembargadores. Com apenas uma visita a um gabinete, posso perfeitamente lhe tirar daqui.

Será que ela sabia que eu falara com Lorenzo há pouco? Como dividiam o escritório e o meu caso era de repercussão, imaginei que no mínimo já deviam ter conversado sobre o que acontecera comigo.

— Obrigada, dona Paula, mas já tenho advogado.

Sorrindo maliciosamente, ela disse:

— Sei. E esse advogado se chama Lorenzo, não é?

Fiquei calada.

— Quero lhe dizer duas coisas. A primeira é que, antes de você reaparecer, ele nem se lembrava mais de ti. E a segunda é que ele é um advogado inexperiente. Não conhece o caminho das pedras pra te tirar daqui. Um caso como o seu, de repercussão, não demanda bons advogados, mas amizades e contatos. É assim que funciona a nossa Justiça, entendeu? Uma pessoa como você, no mundo em que vivemos, não só pode como deve apodrecer esquecida na cadeia. Mas se tiver uma amiga como eu...

— Agradeço, mas realmente já tenho um advogado.

Ela hesitou. Depois disse:

— Eu não só te tiraria daqui como te ajudaria a reconstruir sua vida. Eu te daria dinheiro, casa, emprego. Enfim, você nunca mais passaria necessidade. Só teria uma exigência: que saísses de Belém, de preferência indo pra outro estado. Se aceitar eu libertarei você em uma semana.

Por um instante, fiquei tentada. Eles realmente eram advogados conceituados. Porém, ela não tocara no ponto crucial, e isso me incomodou.

— A senhora não falou da minha filha.

Sorrindo como quem já esperasse aquele comentário, ela disse:

— Não pensou que, como mãe, eu me esqueceria de Rebeca, não é? Ela sairá do abrigo tão logo você seja libertada. Já estamos estudando o caso dela, no escritório. Mas não se esqueça: o direito é só um detalhe. Como já lhe disse, o que realmente nos faz vencer são nossas amizades.

À menção de Rebeca, meu coração acelerou. Depois da morte de Raimundo, era impensável para mim ficar separada dela indefinidamente. Mas um sentimento forte, a sinalizar não só o que era melhor para minha filha, como também o que era melhor para mim, fez-me ponderar.

— Se diz que ele não se lembra mais de mim, por que está aqui?

De repente, ela pareceu perder a pose e ficar embaraçada. Mas, assim que se recompôs daquela pergunta que decerto julgou impertinente, disse:

— O fato de saber que ele não pensa mais em você, que não gosta mais de ti, não me impede de continuar me preocupando com ele. Sabemos como são os homens. Quando se trata de mulher, são muito suscetíveis. Pelo tempo que passou naquela casa, acho que entende o que quero dizer.

— Não fiquei naquele lugar porque quis. Fui obrigada e sofri as piores coisas naquele antro. A senhora não pode falar desse jeito.

— Ah, desculpe se lhe ofendi. Não tive intenção. Por favor, não me leve a mal. Estou apenas querendo lhe mostrar a minha preocupação de mãe. Eu e Luís traçamos um futuro para Lorenzo, você sabe disso, pois trabalhou lá em casa. Só não queremos que ele se desvie desse rumo.

Prevalecia-se claramente da minha vulnerabilidade para me forçar a fazer algo de que eu não tinha certeza. Então, levantei-me e disse:

— Não aceito sua proposta.

— Você é uma ordinária mesmo — bradou dona Paula, levantando-se, num impulso, com a paciência visivelmente esgotada. — Pensei que as porradas da vida iriam te ensinar alguma coisa, mas pelo visto continua uma idiota. Está na lama e se nega a pegar a mão de quem quer te salvar. Jamais receberá proposta como esta em toda a sua vida, sua burra. Estou te dando liberdade, dinheiro, casa, comida, independência, sua filha de volta!

— Na verdade, não está me oferecendo nada disso. O que quer é me comprar com o seu dinheiro. Quer me afastar do seu filho a todo custo, mas está muito enganada. Se ele por acaso ainda gosta de mim, não será isso que vai nos separar. E mais: a vida me ensinou, sim. E muito mais do que a senhora imagina. Depois de tudo o que passei, violência, fome e todo tipo de necessidade e perdas, ainda assim não aceitar uma proposta imunda como a sua, não me corromper, significa que saio maior e mais forte do que nunca. Tenho a minha integridade, a certeza de que ajo corretamente. E a senhora? O que tem, além da sua corrupção e desonestidade? Não troco minha pobreza decente por nenhum tostão do seu dinheiro sujo.

Revoltada com o tanto de verdades que eu lhe dissera de uma vez, dona Paula se aproximou de mim e, com olhos flamejando, disse:

— Vai me pagar caro por isso, sua prostituta barata. E não ache que quero te afastar de Lorenzo porque ele ainda te tem na cabeça. Não, ele realmente te esqueceu. E pelo menos por isso tenho que dar graças a Deus.

E saiu batendo a porta.

Capítulo 37

Estava já há dois meses na triagem. Lorenzo clamara por minha liberdade perante o juiz e o tribunal, mas seus pedidos eram indeferidos sob o fundamento de que eu era um risco à ordem pública. Alegavam que eu sequer tinha onde morar. Lorenzo ficava inconformado com alguns argumentos que, embora revestidos de legalidade, lhe pareciam preconceituosos e, por isso mesmo, ainda mais aviltantes à minha pessoa.

Nesse sentido, entendi por que certas pessoas são tão desprezadas. Sabia o que era ser uma criança abusada, puta, pedinte e presa. E por isso compreendia por que estas figuras causavam tanta repulsa: o egoísmo e o preconceito constituem uma muralha que nos impede de olhar para o outro.

Quão longe esses esquecidos se encontram de um significado para suas vidas? Meninas como as daquela casa, na Cidade Velha, integram este bolo humano, com suas histórias, que nunca serão conhecidas por quem prefere fechar os olhos às brutalidades cometidas contra pessoas como elas.

Como estava presa, meu processo correu mais rápido. Por isso minha audiência foi logo designada. Segundo Lorenzo, nela apenas se verificaria se havia provas que pudessem me levar a um julgamento pelo júri.

Nesse ínterim, Lorenzo conseguiu autorização judicial para visitar Rebeca no abrigo. Ia semanalmente a Icoaraci e falava ao telefone com a responsável pelo estabelecimento. Movera uma ação para obter a guarda de Rebeca. Desse modo, conseguia acalmar um pouco meu coração.

Dias antes da minha audiência, Socorro foi levada para o presídio. Além de Lourdes, fiquei com as novatas Mônica e Francisca. Sabia que minha relação com Socorro era passageira, como foram praticamente todas as minhas relações até ali, mas apesar disso fiquei triste com sua saída.

Num dia, Francisca, uma morena amigável, de cabelos crespos, que fora presa junto com Mônica, na posse de cocaína, veio falar comigo.

— E estes livros aí na bancada? Gosta de ler?
— Dona Marta me trouxe alguns e escolhi estes aí.
— Tenho até vergonha de dizer isso, mas não sei ler.
— É mesmo? — disse, admirada.
— Sim. Digo que não ligo, mas é mentira. Se eu aprendesse a ler, acho que ficaria tão feliz que ensinaria outras pessoas.

Meus olhos brilharam diante de sua revelação. Enquanto houvesse gente disposta a ajudar os outros, ainda haveria esperança no mundo.

— Mas afinal matou ou não aquele homem? — disse ela, mudando de assunto.
— Não!
— Mas bem que ele merecia. Dizem que você foi uma de muitas vítimas dele e que esperou o tempo passar pra se vingar.
— Não temos o direito de matar. Mais cedo ou mais tarde, prestaremos contas. É no que acredito. E você? Se arrepende do que fez?
— Não sei. Acho que não. Não me resta mais nada mesmo...
— Resta trabalhar, voltar a estudar.

Ela riu.

— Deixa de graça. Se não nos virarmos, nos fritam igual peixe. Não me diz que é do tipo que espera as coisas caírem do céu.
— Também já tive uma fase de desesperança. Mas hoje vejo as coisas diferente. Acho que as dificuldades acabam nos empurrando para o erro. Daí o conflito constante com os outros, com nós mesmos e com Deus.

— Admiro quem tem fé. Mas prefiro ter o pé no chão. Pra mim, coisas como Deus não vão me salvar da fome ou da bala. Mas a verdade é que não gosto quando a conversa toma este rumo, pois fico meio perdida.

— Não se preocupe — eu disse, sorrindo. — No fundo, todos ficamos mesmo perdidos quando o assunto é este.

— Você não é doida, né?

— Não me sinto doida, não — eu disse, rindo.

— Esquece, Francisca — disse Lourdes, de sua cama. — Esta aí é doida de pedra, igual a velha que morreu depois que falou com ela.

Sem dar ouvidos para Lourdes, Francisca me disse:

— Estou torcendo por ti.

— Obrigada.

Socorro mal tinha ido embora e talvez eu já estivesse diante de outra amiga. Apesar da rotatividade naquela triagem, fiquei contente em sentir que, mesmo num lugar como aquele, era possível cultivar amizades. Então pensei se, ao inventarem as prisões, consideraram a importância de os presos estarem juntos numa mesma cela para congregarem suas almas e seus corações.

Capítulo 38

Minha audiência foi designada para uma quinta-feira. Em princípio, ela deveria ser realizada numa sala comum de audiência criminal. Porém, o juiz do meu caso, doutor Salomão Brandão, decidiu realizar o ato em um dos salões do Tribunal do Júri. Só depois Lorenzo me explicou o porquê dessa decisão: como o magistrado estava prestes a ascender ao desembargo, fazia isso para poder ficar em evidência na véspera da votação da sua promoção.

No dia da audiência, fui levada para uma prisão subterrânea, cujo acesso se dava a partir da calçada dos fundos do Fórum Cível. Era ali que os presos aguardavam suas audiências. Como Lorenzo já havia me colocado a par de tudo, não precisaria vir me encontrar nesta carceragem.

De qualquer modo, independentemente de onde eu estivesse, era impossível me manter calma. Sabia que aquele era o momento mais importante da minha vida. Por maior que fosse a minha fé, não conseguia escapar do medo de ser condenada e me separar definitivamente de Rebeca; de passar parte da minha vida pagando pelo que não fiz; de confirmar que minha existência, tal qual a de muitos como eu, não tinha valor nenhum.

Após meia hora na carceragem, Marta surgiu dizendo que minha escolta chegara e que iríamos a pé, pois bastava atravessar o estacionamento a céu aberto até o Fórum Criminal. Assim, algemou meus braços e minhas pernas e saí da prisão ladeada por ela e pelos policiais.

Passando pelos carros, quis entrar na igreja de São João Batista, à esquerda, para me encontrar com um Deus que pudesse me proteger da maldade humana. Mas isso não era possível, havia um juiz me aguardando.

Logo à frente, havia uma aglomeração diante do Fórum Criminal. Ao darem comigo, algumas pessoas passaram a me ofender, mas havia também quem estivesse ali só para ver de perto como era o rosto de uma assassina.

Desviando dos manifestantes, entramos no prédio do fórum e fomos para o salão do júri, onde fui acomodada na bancada da defesa. Lorenzo pediu ao juiz para tirarem minhas algemas, o que não agradou a promotora de Justiça, doutora Olívia Valença, uma morena cor de jambo, esbelta, de uns quarenta anos. Marta havia me dito que ela era conhecida por dificilmente perder uma causa, sendo a queridinha da imprensa e dos estudantes.

O juiz, doutor Salomão Brandão, homem corpulento, de uns sessenta anos, ocupava o centro da bancada, e não conseguia disfarçar o tique de puxar uma parte da sua toga para mantê-la arrumada. Afora o interesse de ser promovido, Lorenzo me explicou que o seu modo de atuar podia me favorecer, pois ele era conhecido por não decidir seguindo essa ou aquela ideologia. Era minucioso com as provas e coerente com sua consciência. Se fosse tocado por algum aspecto da minha inocência, me impronunciaria. Mas, se alguma dúvida pairasse no ar, não hesitaria em transferir a decisão para o júri. Por isso Lorenzo insistia que eu fosse o mais verdadeira possível para convencê-lo da minha inocência, lembrando sempre do ditado bíblico: à mulher de César não basta ser honesta; deve *parecer* honesta.

Corri os olhos da plateia à servente; desta à promotora; e desta ao juiz, em torno de quem se concentrava toda a expectativa do ato. Neste último caso, vendo que meu destino estava nas mãos de um único homem, pensava se não seria melhor que várias pessoas julgassem o meu caso.

Diferentemente da promotora, que a toda hora se levantava e sentava, remexendo papéis e falando com o servidor da promotoria, o juiz se mantinha sóbrio e impoluto. Imaginei que, para estarem ali, deviam ter estudado muito. Por outro lado, pensei que aqueles cargos, no mundo em que vivíamos, dificilmente seriam ocupados por gente como eu. Não que não acreditasse em mim ou duvidasse da minha capacidade, mas me parecia que certas coisas eram incompatíveis entre si. A ideia de um mendigo no alto daquela bancada conduzindo a audiência com desassombro era tão absurda que me despertava riso. Não, no nosso mundo uns haviam nascido para se pôr naquele tablado e outros para estar diante deles com a cabeça baixa, e assim seria enquanto certas premissas não fossem mudadas.

— Bom dia! — disse o juiz, ao microfone. — Realizaremos audiência para apurar delito de homicídio qualificado imputado pelo Ministério Público à Vitória Alfaia Viana, tendo como vítima Manoel Gonçalves Júnior. Ouviremos testemunhas de acusação e interrogarei a ré.

Lorenzo optara por ouvir as testemunhas da acusação, e, dentre estas, segundo ele, Rodolfo e o dono do restaurante eram as mais importantes.

Então o juiz iniciou a tomada dos depoimentos. Enquanto umas testemunhas nada acrescentavam, outras estavam ali só para mentir. Achei inacreditável que o Ministério Público pudesse apresentar esse tipo de testemunha para, segundo a promotora, defender a sociedade.

A fase de oitiva de testemunhas aumentou de nível com a inquirição de Marcelo, dono do restaurante. Lorenzo me dissera que, recebendo proteção do Estado para si e sua família, ele aceitara dar seu testemunho.

Após qualificá-lo e tomar seu compromisso de dizer a verdade, o juiz passou a palavra primeiramente para a promotora de Justiça.

Doutora Olívia, em sua beca preta com faixa verde na cintura, atendeu ao juiz tão logo terminou de retocar a maquiagem. Perguntei-me, ali, se o juiz realmente se concentrava na audiência mais do que em sua toga e se a promotora desenvolvia seu trabalho com a mesma atenção que dava à sua imagem. Uns atentavam para o visual, outros para algo que lhes rendessem um furo, outros para alguma discussão que tornasse o ambiente mais animado. Mas e quanto ao meu processo, será que alguém se atinha a ele?

— Bom dia, senhor — disse doutora Olívia, aproximando-se da testemunha, que estava sentada numa cadeira no centro do salão.

Afeita àquele plenário, parecia ter nascido para o júri. Não importava se não havia jurados naquele lugar. As pessoas que enchiam as cadeiras do auditório estavam ali para lhe lembrar quem era ela e de que lado estava.

— Bom dia — respondeu seu Marcelo.

— Vamos aos fatos — disse, contornando a cadeira da testemunha. — Quem chegou primeiro ao seu restaurante, a ré e o amante ou a vítima e seus funcionários?

— Primeiro chegaram a ré e o senhor Raimundo — disse ele, olhando na minha direção. — Pediram dois pratos feitos, ficaram conversando e...

— Calma! — disse doutora Olívia, estacando com os olhos voltados para os espectadores. — O que acha que é isso? Está aqui pra responder às minhas perguntas e não pra dizer qualquer coisa que lhe venha à cabeça.

Ele se calou. Era claro que não sabia como se comportar. Só queria dizer o que vira. Não imaginava que ali não era bem isso o que importava.

— Certo — disse ela, voltando a circundar a cadeira —, retomemos de onde paramos. Eles se sentaram, fizeram o pedido. Viu se brigaram?

— Não vi, mas acho que não, pois...

— Não quero sua opinião — disse ela, rispidamente. — Responda só o que estou perguntando. O senhor se lembra o que eles pediram?

— Sim. Carne assada.

— Falavam alto?

— Não que eu tivesse notado.
— Sentavam-se em que lugar?
— Próximo da entrada.
— Viu a vítima entrar com seus funcionários?
— Sim.
— Almoçaram?
— Não. Pediram refrigerante.
— Conhece algum dos envolvidos neste processo?
— Não, só a vítima, de vista. Ele era conhecido no comércio.
— Sei. E em que momento a ré e Raimundo o abordaram e a seus funcionários?
— Mas não vi nada disso...
— Protesto, Excelência! — bradou Lorenzo, erguendo-se na nossa mesa. — Não consta dos autos que a ré ou Raimundo tenham feito isso.

O juiz, tentando apaziguar, voltou-se para a promotora:
— Doutora Olívia, peço que não induza a testemunha.

A promotora meneou a cabeça em negação, como se Lorenzo tivesse dito um disparate e, rindo, retomou seus passos em torno da testemunha.
— Excelência, um dos seus papéis aqui é manter a ordem. Mas, como além disso também lhe cabe decidir se haverá ou não o júri, não posso abrir mão do meu dever de tentar convencê-lo. Estou pelos cidadãos paraenses. — Voltou-se para a testemunha. — Responda, senhor, quem teria melhores condições de agir, a vítima, que ia saindo com seus funcionários, ou um casal que, sob pretexto de almoçar, estava ali para fazer sabe-se lá o quê?
— Protesto, Excelência — bradou Lorenzo. — A ré e Raimundo realmente foram almoçar. Basta ver o horário e os pedidos que fizeram.
— Doutora! — disse o juiz, que, àquela altura, aumentara o tique de pegar na toga.

Imperturbável, a promotora disse, irônica:

— Quem falou primeiro com quem, senhor Marcelo? Se é que eu posso perguntar isso, e se o senhor se lembra.

— Lembro, sim, senhora, pois de onde trabalho é possível ter uma visão ampla. Quando ia saindo, Manoel viu o casal e abordou os dois.

Ela soltou uma risada. Depois, recompondo-se, disse:

— Quer nos convencer, como vem afirmando desde o flagrante, que, como Deus, o senhor vê tudo a todo instante?

— Manoel era conhecido. Não tinha como desviar os olhos dele.

— Sei que já respondeu que não tem amizade ou parentesco com ninguém desse processo, mas preciso insistir. Tem algo contra a vítima?

— Não, jamais. Eu...

— O senhor firmou compromisso de falar a verdade. — Voltando-se para o juiz: — Meritíssimo, peço que recorde à testemunha que, caso descumpra o compromisso, sairá presa daqui.

O juiz tornou a advertir a testemunha sobre as penalidades que poderiam ser-lhe aplicadas em caso de caracterização de falso testemunho.

Lorenzo começou a se irritar. Disse-me que doutora Olívia tentava desacreditar a testemunha e que, se ela agia assim, era porque devia estar insegura. Ao lhe perguntar por que ela insistia naquilo se não tinha certeza de que eu era culpada, ele respondeu que, conforme nossa legislação, naquela fase, a dúvida militava em favor da sociedade, e não do réu. O princípio do *in dubio pro reo* só vigia na fase de julgamento pelos jurados.

— Excelência — disse Lorenzo —, peço que assegure a palavra à testemunha, pois este é um depoimento fundamental para a defesa.

— Doutor — disse o juiz —, não vi nada de irregular. Por favor, lembre-se de que a palavra está com o Ministério Público.

Doutora Olívia deu um risinho e voltou-se para a testemunha.

— Então a vítima abordou o casal. E depois?

— Houve uma discussão entre eles.
— E o que diziam?
— Bom, as palavras exatas eu não sei.
— Mas não tinha uma visão completa?
— Em termos visuais, sim. Mas...
— Sei. Visão completa para o que lhe convém...
— Excelência! — bradou Lorenzo para o juiz, que, naquele momento, provava uma fatia de goiabada com creme de leite que a moça da copa acabara de lhe servir. — Ela não pode fazer este tipo de comentário.

— Doutora Olívia, por favor, atenha-se aos fatos — disse o juiz, pego de surpresa, com a boca cheia de doce.

— Muito bem, Excelência. Ficarei muda daqui em diante.

O riso espocou na plateia, de modo que o juiz, como que se lembrando de sua função, bateu a sineta, exigindo silêncio.

— O senhor se considera um comerciante experiente? — retomou a promotora.

— Tenho o restaurante há mais de quinze anos, senhora.
— Já houve brigas lá dentro? Precisou da polícia?
— Brigas já, mas nenhuma que resultasse em morte.
— Então não tem experiência com situações como esta?
— Não.
— A perplexidade tornou difícil lidar com a situação?
— Como todos que estavam lá, fiquei nervoso, sim, senhora.
— Nestas condições, normais a qualquer um no seu lugar, como dizer com segurança que não foi o casal que partiu pra cima da vítima?

— Porque não vi isso. O que vi foi Manoel indo tomar satisfação com a moça aqui presente e o rapaz que estava com ela.

— Mas se acabou de dizer que ficou em choque e não ouviu nada...

— Digo pelo modo como as coisas se desenrolaram.

— Ah, entendi, agora virou vidente.

A plateia rompeu em riso, o que obrigou outra atitude do juiz, que, já satisfeito com o lanche, bateu a sineta com mais força, advertindo a todos.

— Mesmo não acompanhando sua lógica, devo prosseguir. Quando a vítima encontrou o casal, disse que ela foi tomar satisfação. E depois?

— Depois Manoel obrigou os dois a saírem dali, mas eles não quiseram. Então, no meio de um bate-boca, Raimundo de repente pulou em cima de Manoel com uma faca e os dois rolaram no chão. Depois que Manoel foi ferido, Raimundo tomou um tiro no rosto.

Desatei a chorar, ao lembrar da morte de Raimundo.

— Lembro que uma menina tinha cantado instantes antes de Manoel chegar e, quando ela estava indo embora com os pais, a confusão estourou e os clientes saíram uns caindo por cima dos outros. Foi um verdadeiro caos.

— Perfeito, seu Marcelo. O senhor acaba de relatar o assassinato de Manoel por Raimundo, mediante o uso de uma faca. Como Raimundo e a ré estavam juntos, é correto dizer que ela auxiliou Raimundo no crime?

— Não! Mesmo assustada, ela gritava para Raimundo parar.

— Certo, e o senhor sabe se ela e Manoel tinham desavença anterior?

— Depois soube que ela era escrava numa casa que ele mantinha.

Embora os jornais tivessem noticiado aquilo, algumas pessoas na plateia esboçaram expressões de horror e emitiram exclamações.

— Devo lhe lembrar que aqui Vitória é que está sendo julgada, pois, na visão do Ministério Público, matou a vítima junto com Raimundo. Não importa quem era a vítima. Sua vida era protegida por lei. O senhor não pode permitir que o conceito social da vítima influa em seu testemunho.

— Sei disso, doutora. Só falo o que vi.

— Não é estranho que fosse com Raimundo a um lugar que ela sabia que era frequentado por Manoel, justo no dia e hora que ele estaria lá?

— Protesto! — bradou Lorenzo. — Pergunta subjetiva.

— Não sei — disse Marcelo, antes que o juiz se pronunciasse.

Doutora Olívia seguiu perguntando, mas tive a impressão de que ela não conseguia atingir seu alvo. Quando terminou, o juiz deu a palavra à defesa.

— Bom dia, seu Marcelo — disse Lorenzo, indo até a testemunha.

— Bom dia.

— O senhor disse que viu a ré no dia dos fatos...

— Sim, estava no meu restaurante com o senhor Raimundo.

— Respondeu à promotora que a vítima e seus homens chegaram após a ré e Raimundo já estarem ocupando uma mesa. Confirma?

— Sim.

— E, ao sair, a vítima viu o casal e começou a hostilizá-lo.

— Sim. Manoel fazia gestos para que saíssem com ele.

— Resistiram?

— Com certeza.

— E Manoel insistiu em tirá-los de lá?

— Sim. Daí Raimundo foi pra cima dele com a faca.

— E viu a ré passar a faca pra ele ou mandá-lo matar a vítima?

— Como disse, ela gritava para ele parar, soltar Manoel. Só quando Raimundo levantou é que ela tentou ir com ele, mas não deu tempo.

— Sabe dizer se Raimundo formava uma família com ela?

— Só depois vim saber que viviam juntos e tinham uma filha.

Com as mãos no rosto, comecei a chorar. Lorenzo encerrou as perguntas. Então, o juiz indagou ao depoente se tinha algo mais a dizer.

— Sim, doutor. Esta moça não cometeu crime nenhum. Ela sofreu muito com o que aconteceu. Espero que esta injustiça não prossiga.

Doutora Olívia falava com alguém quando Marcelo disse aquilo. Ficou furiosa, mas o juiz encerrou o depoimento antes que ela pudesse protestar.

Em seguida, o juiz disse ao oficial de Justiça:

— Traga a testemunha Rodolfo Marques.

Capítulo 39

Após advertir Rodolfo sobre o que poderia acontecer caso faltasse com a verdade, o juiz passou a palavra para doutora Olívia.

— Bom dia, senhor.

— Bom dia, doutora — disse Rodolfo, perfeitamente aprumado na cadeira, como se fosse a testemunha mais confiável do mundo.

— Quando estava no restaurante com a vítima, lembra de ter visto a ré, aqui presente, e seu companheiro numa mesa perto da entrada?

— Perfeitamente.

— Chegaram atacando o casal?

— Nunca!

— E por que Raimundo atacou a vítima?

— Fazia calor naquele dia, então fomos tomar um refrigerante. Padrinho gostava daquele restaurante. Seu Marcelo deu a entender no depoimento lá na polícia que não conhecia direito Padrinho, mas não é verdade. Enfim, quando íamos saindo, Raimundo tirou graça com Padrinho.

— Mentira! — gritei, levantando-me, descontrolada.

O juiz pediu para Lorenzo me controlar, senão teria que me retirar da sala. Após ser contida por Lorenzo, doutora Olívia retomou às perguntas:

— E, depois que ele provocou Manoel, o que aconteceu?

— Aí Padrinho foi tomar satisfação, mas Raimundo, de surpresa, meteu a faca no peito dele. Ainda tentei salvar ele, mas não deu tempo.

— Qual a participação da ré?

— Mandou Raimundo matar Padrinho — disse num descaramento criminoso. — Não parava de falar que ele tinha que matar logo Padrinho.

— O dono do restaurante diz outra coisa.

— Ora, mas ele nega até que se dava com Padrinho, sendo que Padrinho vivia lá. Além disso, estava no balcão, como podia ver?

— E por que ela instigava Raimundo a matar a vítima?

— Padrinho tinha um caso com Vitória, mas ela traiu ele com Raimundo. Achavam que Padrinho ia se vingar. Armaram tudo. Sabiam que a gente ia tá no restaurante. Esperaram o melhor momento pra atacar.

— Obrigada. Meritíssimo, a acusação está satisfeita.

O juiz deu a palavra à defesa. Lorenzo se aproximou de Rodolfo.

— Bom dia, senhor Rodolfo.

— Bom dia.

— Conhece a ré aqui presente?

Rodolfo olhou de esguelha para mim. À semelhança das demais testemunhas inquiridas, estava sentado numa cadeira no centro do salão.

— Sim.

— Tem algo contra ela?

— Não.

— De onde a conhece?

— Ela morava numa casa na Cidade Velha. Acho que era sobrinha de uma senhora chamada Micheli, que era a dona da casa.

— Quem morava na casa?

— Micheli e outras meninas. Acho que amigas ou parentas dela.

Doutora Olívia se aproximou, exasperada, da bancada do juiz.

— Excelência, quando vai me informar que este juízo se tornou competente para julgar todos os crimes do mundo?

O juiz voltou-se para Lorenzo, impaciente, e disse:

— O que está em questão, aqui, doutor, é a morte de Manoel.

— Eu sei, Excelência — disse Lorenzo —, mas preciso demonstrar que a testemunha conhece a ré e não tem isenção para ser ouvida.

— Já passou o momento de impugná-la — disse o juiz.

— Ele era um dos algozes da minha cliente, Excelência! Ela era escrava sexual. Este é um fato que, como o assassinato de Raimundo, não pode ficar impune. Este senhor — disse Lorenzo, apontando o dedo para Rodolfo — está envolvido nestes delitos. Não percebe a gravidade disso?

O juiz olhou para a promotora. Após um instante, disse:

— Certo. Mas, se se desviar muito, indeferirei as perguntas.

Sob protestos de doutora Olívia, Lorenzo continuou com Rodolfo:

— Sabia que Padrinho mantinha essa casa?

Rodolfo olhou para doutora Olívia, apreensivo. Era como se aquilo não estivesse incluído no que lhe disseram que seria o seu depoimento.

— Bem, não ao certo...

— Você ajudava Padrinho na manutenção dessa casa?

— Não.

— Sabia que a ré era uma escrava sexual nessa casa?

Rodolfo não respondeu, parecia cada vez mais pálido.

— Por que agora ela iria querer matar Padrinho, se já tinha fugido da casa dele, onde era prisioneira, lugar este que o senhor ajudava a manter?

Cada vez mais acuado, Rodolfo parecia não conseguir falar.

— Não pode ficar em silêncio. Esse direito é reservado apenas aos réus. Incide em falso testemunho, por calar a verdade, mas não requererei isso ao juiz, pois o que lhe aguarda é muito mais apropriado à gravidade dos crimes que esconde. Pagará pela colaboração aos delitos cometidos contra aquelas moças, bem como pelo assassinato de Raimundo. Vou até as últimas instâncias, pois gente como você é que deveria estar atrás das grades e não a ré, vítima de um sistema que deveria protegê-la, mas que na verdade a sevicia desde que nasceu. Ela é a verdadeira vítima desta história, e lutarei até o fim para deixar isso bem claro para a sociedade.

Lorenzo voltou esbaforido para o seu lugar. Era notável como as pessoas estavam impressionadas com o caminho que o caso tomava.

Quando o juiz anunciou um intervalo, Lorenzo disse que gostaria de ouvir uma pessoa que não estava incluída no rol de testemunhas. Doutora Olívia protestou imediatamente. O juiz pediu maiores explicações a Lorenzo.

— A oitiva é essencial, Excelência — disse Lorenzo —, pois demonstrará que, sendo vítima de Manoel, e tendo fugido da casa mantida por este, a ré não tinha qualquer motivo para querer reencontrá-lo.

Olhando para a promotora de Justiça, o juiz a ouviu dizer:

— Inadmissível. Testemunha não arrolada. O Ministério Público não teria nem mesmo como impugná-la. Não podemos ouvi-la.

— Conseguimos contatá-la depois, mas isso não pode servir de pretexto para injustiça — disse Lorenzo. — Há base legal para ouvi-la fora do rol legal, como testemunha do juízo, para busca da verdade real.

Às palavras de Lorenzo, o juiz pensou por um instante, depois disse:

— Vamos ouvi-la.

Fiquei curiosa, pois Lorenzo não me falara nada sobre aquilo.

Sob a ordem do juiz, o oficial de Justiça introduziu a mulher no salão. Macilenta, usava cabelo curto e parecia tímida. Não a reconheci logo.

Visando prevenir maiores problemas com doutora Olívia, Lorenzo pediu que a testemunha fosse ouvida apenas como informante, não se submetendo às penalidades previstas para testemunhas compromissadas na forma da lei.

Em seguida, o juiz deu a palavra a Lorenzo.
— Bom dia, dona Sandra.
— Bom dia.
— Conhece a ré aqui presente?
— Sim.
— Em que circunstâncias?
— Moramos juntas numa casa, na Cidade Velha.
— De quem era casa?
— De Padrinho.
— Moraram de livre e espontânea vontade?
— Não.
— Conte-nos em que circunstâncias isso aconteceu.
— Padrinho catava meninas na rua, drogadas ou mendigas, maiores ou menores, preferencialmente órfãs, e levava pra esta casa pra fazerem programas com homens. Ganhava dinheiro com isso.
— E, quando entrou na casa, Vitória era menor de idade?
— Sim. Havia menores também.
— E as autoridades não faziam batidas no local?
— Padrinho se cercava de todos os cuidados para evitar isso. Tinha olheiros e funcionários, alguns vieram depor hoje aqui. Também ouvíamos dizer que conselheiros tutelares e policiais recebiam pra fazer vista grossa.

Houve um burburinho na sala. O juiz exigiu silêncio.
— Não tentavam fugir?
— A maioria não, pois tinha medo, ou já estava acostumada. Mas Dolores, quer dizer, Vitória, tentou. Mas não conseguiu. Foi muito espancada e acabou caindo em depressão. Ficou mal por um bom tempo.

Vi uma mistura de dor e indignação se desenhar no rosto de Lorenzo.
— Sabe se ela fugiu com Raimundo?
— Sim, ele tirou ela da casa se passando por um trabalhador. Padrinho disse que não morreria antes de se vingar dos dois.

Murmúrios. Retomada a ordem, o juiz devolveu a palavra a Lorenzo.

— A ré chegou a dizer que se vingaria pelo que estava passando?

— Jamais! Vitória sempre fugia de confusões.

— Conheceu Rodolfo? O que tem a dizer dele?

— Sim. Era um dos principais funcionários de Padrinho. Ajudou a espancar Vitória. Fazia os mais diversos trabalhos pra Padrinho.

— Sabe dizer o que a ré e Raimundo foram fazer no restaurante?

— Não. Mas matar Padrinho não foi. Só quem viu o que passamos é que sabe do que ele era capaz.

— Obrigado. Sem mais perguntas, Excelência.

Doutora Olívia se aproximou da testemunha e disse:

— Bom dia, dona Sandra.

— Bom dia.

— Seu apelido é Micheli, é isso?

— Sim.

Era ela, sim! Estava diferente, mas, ao ouvir sua voz, não tive dúvida. Sua presença ali haveria de ser um bom sinal. Enchi-me de alegria.

— Disse conhecer a ré de uma casa mantida pela vítima.

— Sim.

— Mas a testemunha Rodolfo falou que a casa era sua.

— Não! Jamais! Eu...

— Em nome de quem estavam as contas, senhora?

— Em meu nome, mas...

— Quem pagava os funcionários da casa?

— Eu, mas...

— Quem ia ao supermercado fazer compras e ao banco pagar as contas, que inclusive estavam no seu próprio nome?

— Eu.

— Você mantinha uma casa de prostituição?

— Não, nunca!

— Você agia como dona da casa, as meninas reconheciam sua liderança e quer me dizer que, no mínimo, não compactuava com isso?

Micheli começou a chorar. Fiquei indignada. Aquela mulher não sabia de nada e dizia inverdades só para justificar um bandido.

— Quando Padrinho me pegou, eu não passava de um trapo de gente. Outra gerenciava a casa. Depois fui obrigada a ficar no lugar dela.

— Isso é o que você diz, dona Sandra. Era amiga de Vitória?

Micheli hesitou. Depois disse:

— Sim. E não vou negar, gosto muito dela.

— Além de tudo, são amigas, Excelência! — disse, olhando para o juiz, debochada. — Este depoimento jamais deveria ter sido acatado.

— A testemunha não prestou compromisso, doutora! — disse Lorenzo, levantando-se prontamente em defesa do depoimento de Micheli.

— Não faz diferença, doutor — disse doutora Olívia. — Além da oitiva dela ser incabível, diverge dos fatos já bem demonstrados pela acusação.

Após ser dispensada, Micheli passou pela nossa mesa e acenou para mim. Desejava poder lhe dar um abraço, mas ela logo saiu do plenário.

Na sequência, o juiz disse:

— Uma hora para o almoço.

Quando quiseram me levar para o refeitório dos presos, Lorenzo protestou e o juiz permitiu que eu comesse com ele na bancada da defesa. Durante o almoço, Lorenzo pediu para eu manter a esperança, pois na sua opinião as coisas caminhavam em meu favor. Confiava nele, mas às vezes me perguntava se o juiz não acharia mais fácil simplesmente remeter o meu caso para o júri. Esta era uma perspectiva que ampliava minha angústia.

Enquanto comíamos, uma ou outra moça olhava para Lorenzo. Mas sua beleza nunca fora novidade para mim e talvez por isso o ciúme não me afetasse tanto quanto não saber qual lugar eu ocupava em seu coração.

Quando declarou reaberta a audiência, o juiz disse:

— Vamos ao interrogatório da ré.

Um homem atarracado pediu que eu o acompanhasse. Era um dos oficiais de Justiça. Levantei-me, olhei para Lorenzo, que assentiu com a cabeça, e segui o serventuário da Justiça até a cadeira no centro do salão.

Após ser cientificada de minhas prerrogativas legais, dentre as quais a de ficar calada, disse que responderia às perguntas. Então o juiz começou:

— No dia dos fatos, saiu de Icoaraci para fazer o que em Belém?

— Levaram minha filha para um abrigo, por isso vim com o pai dela atrás de um advogado.

— E qual escritório procuraram?

— Martins Barros.

O juiz olhou aturdido para Lorenzo. Depois me perguntou:

— Por acaso já conhecia algum membro do escritório?

— Sim.

— Mas como isso é possível?

— Trabalhei na casa dos pais do doutor Lorenzo.

— Ah, então na verdade era empregada lá.

— Não, Excelência. Afora meu trabalho, éramos amigos.

Doutora Olívia não se conteve e abafou o riso. Devia achar impensável uma amizade entre empregada e filho de patrão. Naturalmente, imaginou, como muitos ali, que no máximo devíamos ter ido para a cama.

— Certo — continuou o juiz —, e a senhora chegou a ser atendida no escritório do seu... amigo? — E lançou um novo olhar para Lorenzo.

— Não. Ele não me reconheceu quando me viu, pois...

— Isso é o que dá a lei permitir que os réus mintam — atalhou doutora Olívia. — Acabam exagerando na dose e trocando os pés pelas mãos.

— Peço que assegure a palavra à ré, Excelência — disse Lorenzo.

— Ora, esta moça está quase desassistida, doutor Lorenzo — disse doutora Olívia. — Veja quanta tolice já falou. Insinua até que seja sua amiga. Além do que, isso não tem relação com o processo. Com a devida vênia...

— Doutores, por favor! — bradou o juiz. — Estão atrapalhando o meu interrogatório. — Voltando-se para mim: — Prossiga, senhora.

— Peguei um cartão do escritório e fui almoçar com Raimundo num restaurante. Enquanto comíamos, Padrinho chegou com Rodolfo e mais um e quis nos obrigar a sair dali. Com certeza ia nos matar, pois queria se vingar de nós. Mas não fomos. Daí, quando Padrinho mandou os capangas nos levarem, Raimundo pegou uma faca. Mas deu tudo errado.

Comecei a chorar. O juiz pediu ao oficial de Justiça que me desse um copo d'água. Após tomar um gole, mais calma, disse:

— Não havia ninguém mais doce do que Raimundo, Excelência.

Doutora Olívia meneou a cabeça em negativa e disse:

— Imagine, um brutamontes que parecia o Hulk. Está tudo muito bem descrito nos autos. Mataria qualquer um aqui com um único soco.

Mal sabia como me magoava com aqueles comentários cortantes.

— Se soubesse como Raimundo vinha doente, não diria isso. Padrinho, que é seu cliente, não tinha os músculos de Raimundo, mas a senhora nem imagina o tanto de maldade que ele fez às pessoas.

— Me respeite! Estou pela sociedade. Não passa de uma assassina.

— Excelência! — interveio às pressas Lorenzo.

— Por favor, doutora Olívia! — disse o juiz, enérgico. Para mim: — Quando foram almoçar, sabiam que a vítima estaria no restaurante?

— Não. Se soubéssemos nem teríamos pisado lá. Ele acabou com a minha vida. Só comemos ali porque era perto do escritório.

— E como conseguiu voltar a falar com o advogado?

— Entreguei o cartão do escritório para o delegado.

— Tem mais alguma coisa que queira dizer em sua defesa?

— Sim, Excelência. Jamais cometi crime algum. Minha vida inteira foi uma injustiça. Sei que ninguém aqui se sente culpado pelo que eu sofri, mas estou cansada de ver meus iguais passarem por mim e virarem o rosto, como se eu não existisse ou não merecesse respeito. Estou cansada de ser maltratada dessa e de tantas outras maneiras que, mesmo não encontrando aqui seu melhor lugar de discussão, nem por isso deixam de existir. Continuam lá no fundo, me fazendo sofrer, me dilacerando, me lembrando de como nossa sociedade é cruel com quem não tem dinheiro ou não se alinha a certas condutas ou formas de viver. Mas sou um ser humano como todos aqui e a única coisa que peço, do fundo do meu coração, é que declare minha inocência. Quero poder andar de cabeça erguida como o senhor, a promotora, os servidores, o pessoal da limpeza, enfim, como todas as pessoas do mundo. O que peço agora pode até parecer muito, mas no fundo o que eu preciso é apenas que me devolva a minha dignidade.

Todos ficaram calados com minha fala, inclusive doutora Olívia. Finalmente haviam me dado o direito de abrir meu coração e desnudar minha alma. Talvez o juiz nem se desse conta do quanto eu lhe era grata.

Em seguida, o juiz passou a palavra para doutora Olívia.

— Disse que foi almoçar no restaurante — falou doutora Olívia, vindo em minha direção —, mas que não sabia que a vítima estaria lá.

— Sim.

— Mas confirma ter sido prostituta na casa que diz ser da vítima?

— Protesto! — bradou Lorenzo.

— Responda à pergunta — disse o juiz.

— Sim, ele me convidou a ir para aquela casa quando eu era menor de idade e depois, quando não quis mais, me obrigou a me prostituir.

— Então, pelo tempo em que esteve lá, conhecia os passos dele. Onde trabalhava, se tinha família, amigos, por onde andava...

— Não. Eu era mantida presa. Mal sabia de mim.

— Em todo este tempo, não descobriu nada sobre *o dono da casa*?

— Só tive contato mais próximo com ele duas vezes. Na primeira, me estuprou; na segunda, me espancou de um modo que quase me matou.

— E não conversava com a senhora Micheli?

— Sim, muito. Éramos amigas e...

— Ah, amigas! — debochou novamente. — Ah, senhor, é tão difícil pra mim imaginar uma escrava sendo amiga da sua feitora. Por outro lado, amigas, pelo que me consta, dividem informações, trocam confidências.

— É verdade, mas Micheli não era minha amiga nesse sentido.

— Sei, era uma amiga que não era amiga.

A plateia começou a rir, o que obrigou o juiz a exigir silêncio.

— Aonde quer chegar, doutora? — perguntou Lorenzo.

— Na verdade, doutor. E ela não reside no vitimismo que a ré quer construir para si. Sinto por sua vida, mas aqui defendo a sociedade e farei o que estiver ao meu alcance pra não deixar impune um crime bárbaro. Sua cliente sabia que a vítima estaria naquele restaurante. Se ela e Raimundo não tivessem intenção de matá-lo, não teriam ido pra lá, até porque não seriam loucos de arriscar a própria vida.

— E, depois de matá-lo, seria presa. O que ganharia com isso?

— Sei que não atua na área criminal, mas creio que saiba que a imprecisão do motivo não apaga o crime nem garante a impunidade do réu.

Lorenzo ocupou seu lugar indignado com aquela retórica.

— Na hora da facada estava perto de Raimundo? — disse ela.

— Sim.

— Sentiram que corriam risco se não parassem Padrinho?

— Sim.

— Foi depois de sentirem este risco que resolveram matá-lo?

— Protesto! — bradou Lorenzo.

— Por favor, doutora Olívia! — disse o juiz.

— Tinham um motivo para atacar a vítima?

— Ele queria nos levar à força. Se não o parássemos, iria nos matar.

— Então só lhes restava tirar a vida dele para...

— Protesto! — gritou Lorenzo.

— Vou reformular, Excelência. Você e Padrinho eram inimigos?

— Sim, mas...

— Estou satisfeita, Excelência.

Após receber autorização do juiz, Lorenzo me perguntou:

— Foi até o restaurante com Raimundo querendo matar a vítima?

— Não.

— Por que Raimundo se levantou contra a vítima?

— Para nos defender, pois Padrinho queria nos levar para um lugar que não sabíamos qual era. Raimundo tinha medo de que eu fosse escravizada de novo ou de que morrêssemos nas mãos de Padrinho.

Lorenzo disse que não tinha mais perguntas, de modo que o juiz concedeu à acusação o tempo legal para suas alegações finais orais.

— Obrigada, Excelência — disse doutora Olívia, deslocando-se no salão. — Embora não estejamos numa sessão de júri e eu não precise ser cautelosa diante de jurados que desconhecem a lei, quero dizer que, até para facilitar o trabalho da imprensa e a compreensão dos presentes, vou ser menos técnica e o mais explicativa possível. Esta mulher ajudou a matar um homem! — gritou, de repente, apontando o dedo para mim. — Sim, Meritíssimo, sim! E o senhor não pode olvidar desta verdade quando for decidir se a submeterá ou não a um julgamento por seus pares. Quem é ela além de uma mendiga drogada que, em vez de melhorar sua vida, se juntou com outro mendigo drogado, abandonou a filha e, depois, sabe-se lá por quê, foi junto com ele, dois párias, em busca de um antigo desafeto? Talvez para assaltá-lo e, com o dinheiro, facilitar sua luta pela guarda da filha, que acabou perdendo por sua própria irresponsabilidade...

— Excelência! — interveio Lorenzo. — A promotora não tem o direito de falar assim. Já basta à ré o seu próprio destino.

— Doutor Lorenzo, entendo sua ponderação, mas não posso interferir de modo tão abrangente na fala dos senhores. Este é um momento sagrado da acusação e da defesa. Estou aqui para equilibrar as forças, e não as tolher.

— Como ia dizendo — retomou doutora Olívia, vendo Lorenzo voltar para sua cadeira, bufando de raiva —, eles se uniram e juntos vieram, de Icoaraci para cá, precisamente com a intenção de fazer mal à vítima. Será que alguém tem dúvida de que tudo isso havia sido premeditado? A ré diz que, quando menor, aceitou ser prostituída pela vítima; mas, percebam, caso isso seja verdade, não vem em prol dela, mas contra ela! Não julgamos vítimas na Justiça. Aqui o que importa é estabelecer o autor do crime e este nós já temos. Trata-se da ré aqui presente, que, com a ajuda de seu companheiro Raimundo, matou a vítima com uma facada. Constituem o tipo de assassinos que, por seus próprios motivos, ceifam vidas e, uma vez soltos, voltam a matar. Vejamos bem! Raimundo, conforme a justiça divina, já pagou pelo seu ato, mas esta moça aqui presente precisa ser julgada. Impronunciá-la, Excelência, diante de tantos elementos, é deixar a sociedade paraense à mercê do mal que está dentro dela! É deixar impune um crime bárbaro ocorrido no centro desta capital, à vista de várias pessoas, muitas das quais fugiram do lugar da barbárie, para que elas próprias não acabassem tendo o mesmo destino de Manoel e de seu algoz, Raimundo. O que não faltam são motivos para eles terem feito o que fizeram. Não podemos esquecer, além de tudo, que a ré era inimiga do acusado, como confessou aqui, e isso, obviamente, não vem em seu socorro; só agrava sua situação. Portanto, Excelência, a acusação não aceita nenhuma decisão que não seja pela submissão da acusada a julgamento por seus pares, em sessão do júri a ser designada por Vossa Excelência para ser realizada neste plenário. E assim o pede por ser de justiça, uma vez que o aprofundamento dos fatos, neste caso, não cabe sequer a Vossa Excelência, mas aos jurados, que são os juízes naturais da causa. Portanto, nem mesmo o senhor tem o poder de subtrair à sociedade o exame desta causa. Havendo dúvida em vosso espírito, ela recomenda o encaminhamento dos autos para o juízo natural. Pela pronúncia, é como requer o Ministério Público.

O juiz concedeu a palavra para a defesa pelo mesmo tempo reservado à acusação. Lorenzo então se pôs de pé e iniciou sua explanação:

— Estamos aqui para avaliar um fato de repercussão, atinente ao assassinato de um homem no centro da cidade, em plena luz do dia. Realmente não há como algo assim não causar clamor popular, não exigir elucidação e punição dos responsáveis. Porém, isso não pode ser feito de modo açodado, passando por cima de direitos e princípios jurídicos. A ré aqui presente está sendo acusada por um crime que não cometeu. Isso, por si só, já é escandaloso. Sim, porque pior do que soltar um criminoso, como foi feito com o assassino de Raimundo, é manter presa uma inocente, como no caso de Vitória. Esses são fatos irretorquíveis. Ninguém a viu com faca ou revólver, ou ajudando de qualquer modo Raimundo a matar Manoel. Nada disso aconteceu, Excelência, e nem poderia acontecer, pois a moça aqui presente nunca se envolveu com crime algum, embora, e isso deixo bem claro, suas condições de vida, em muitas ocasiões, pudessem ter justificado a prática de um furto, por exemplo, para sobreviver. Mas nem mesmo em razão das circunstâncias em que vivia com seu companheiro, ela ousou descumprir a lei. Sua história de vida daria um livro, mas não um livro leve ou idílico. Desde que nasceu, esta moça vive as mais difíceis provações. Sabemos que não é a única a passar por estas mazelas, principalmente em um país como o nosso, de tantos miseráveis perdidos pelas esquinas e que, lamentavelmente, acabam encontrando conforto nas drogas ou no crime. Porém, ela não buscou nada disso, e, se chegou a algum extremo, foi em razão das vicissitudes da vida. Quando conseguiu escapar da casa em que era mantida como escrava, com a ajuda de Raimundo, um verdadeiro anjo para ela, acabou em uma situação tão terrível quanto a que se encontrava, vivendo nas ruas, com uma filha para criar e um homem viciado para lidar. Acabaram perdendo a guarda de sua filhinha, e vieram desesperadamente para cá não para matar ninguém, mas em busca de socorro. Ela queria um advogado em quem confiasse, alguém que pudesse se dedicar mais ao seu caso. E este advogado sou eu, Excelência. Porém, naquele dia, infelizmente, não conseguimos nos falar e ela desceu para o restaurante com o companheiro. Mas lhe digo: se tivéssemos conseguido nos falar, por um minuto que fosse, nada disso teria acontecido. A esta altura ela certamente já estaria com sua filhinha e seu Raimundo não teria falecido. É risível a insinuação da acusação, de que ela e o companheiro vieram para assediar Padrinho. Ora, como um casal de mendigos seria capaz de assediar um gângster? Alguém é capaz de responder isso? Além disso, como a própria ré afirmou, o que ela queria era distância da vítima. Sei que, nesta fase do processo, Vossa Excelência não se deterá em provas, pois isso é tarefa para os jurados, caso a ré seja pronunciada, mas sei também que, neste momento, se as provas estiverem robustas e inquestionáveis quanto à negativa de autoria, Vossa Excelência não só pode como deve impronunciar a acusada. E é isso que se pede, Excelência, pois dos autos não consta um único elemento que sirva de arrimo à tese ministerial. O depoimento do senhor Marcelo foi lídimo no sentido de que esta moça — disse, apontando para mim — é tão inocente neste caso quanto qualquer um de nós, e pronunciá-la seria espezinhar alguém que já carrega sobre as costas o peso de ser uma vítima. Portanto, a defesa requer a única decisão cabível, que é a impronúncia. E, afora isso, que a ré seja posta imediatamente em liberdade, haja vista ser desnecessária sua custódia. É como me manifesto, Excelência.

Não demorou muito e o juiz se levantou. A expectativa em torno de sua decisão era enorme, mas ninguém ali estava mais angustiado do que eu.

De repente, com o microfone em mãos, ele começou a falar:

— Esta é uma decisão sucinta, haja vista não adentrar no mérito da causa e muito menos revolver em profundidade fatos e provas. Nesta senda, após a instrução criminal, ouvidas as testemunhas, especialmente o senhor Marcelo Pereira, dono do restaurante onde ocorreu o fato, tenho para mim que o caso não oferece maiores dificuldades. Com efeito, nada indica que a ré tenha de qualquer modo colaborado com o senhor Raimundo, seu companheiro, para o homicídio que culminou com a morte da vítima Manoel, vulgo Padrinho ou Iago. Na verdade, ela e seu companheiro, Raimundo, na ocasião, almoçavam no restaurante da testemunha Marcelo quando Manoel e mais dois chegaram, de inopino, e, após tomarem refrigerante, depararam com a ré e seu companheiro, e iniciaram a celeuma que culminou com as mortes. Não havia como a ré e Raimundo saberem que, naquele dia e horário, a vítima compareceria ao restaurante, pois viviam como mendigos e não tinham sequer como se sustentar, o que dizer levantar informações para encontrar alguém que, sabida sua periculosidade, poderia ceifar suas vidas. Não vejo, deste modo, por nenhum ângulo, elemento que me convença de que a ré e seu companheiro tivessem um motivo verdadeiro e atual para assassinar a vítima, considerando inclusive que haviam rompido contato há cerca de dois anos. Manter a acusada, com tão insuficiente aparato probatório, sob o pálio da Justiça seria decisão tão temerária quanto injusta. Ademais, pelo que se depreende da instrução, a ré aqui presente demonstrou ser mais uma vítima de seu próprio destino do que uma criminosa ou malfeitora, não cabendo a mim ampliar seu padecimento. Isto posto, divergindo do Ministério Público, acolho a tese de negativa de autoria, e impronuncio Vitória Alfaia Viana, devendo-se expedir imediatamente alvará de soltura.

Gritando "viva", Lorenzo jogou para o alto os papéis que estavam na nossa mesa e me abraçou. Eu estava tão comovida que não conseguia acreditar na nossa vitória. Era como se eu flutuasse naquele salão.

Indiferente aos olhares admirados do modo esfuziante que ele comemorava nossa vitória, Lorenzo se aproximou de Marta e disse:

— Vencemos! Vencemos! Quero ela livre agora mesmo.

Mas os presos só eram liberados, mesmo com alvará de soltura, após consulta ao sistema, para afastar a existência de algum mandado de prisão.

— Ela deve voltar, doutor. Após a consulta, cumpriremos o alvará.

Em vez de redarguir, voltou-se para mim e disse que aquela ficaria marcada como a maior vitória da sua vida. Pediu-me que o aguardasse na triagem, e que não me preocupasse, pois já arranjara um lugar para mim.

Em seguida, saí me arrastando do plenário, com algemas nas mãos e nas pernas. Mesmo tendo sido declarada inocente, precisava passar por aquilo. Culpados ou não, os presos tinham que ser humilhados até o fim.

Ao deixarmos o fórum, notei que havia chovido. Mas agora o tempo estava ameno, com um vento levemente gelado, como se o tumulto que envolvera minha audiência tivesse se dissipado naquele fim de tarde junto com a chuva. Seria aquele um prenúncio de tempos melhores? Não sabia, mas sentia que muito do que vinha mantendo preso dentro de mim estava pronto para ser libertado. Era como se finalmente tivesse chegado o momento de desencarcerar meus demônios e dialogar com cada um deles.

Atravessando o estacionamento, dei com a igreja à minha direita, e algo me fez querer entrar ali. Então, estaquei de repente e disse para Marta:

— Quero entrar na igreja para fazer uma prece.

— Mas por quê? — disse ela, aturdida. — Sabe que não pode. Está algemada. Além disso, o pessoal da escolta pode fazer fuxico de mim.

— Depois de tudo que passei, negar isso seria uma crueldade, Marta. Além disso, estou acorrentada como uma bandida. Sabe que sou inocente.

Olhou-me, insegura. Depois disse:

— Ah, tá bom, mas rapidinho. — E sinalizou para os policiais aguardarem na viatura. Depois se agachou e retirou os ferros do meu corpo.

Como Marta se recusou a me acompanhar, dizendo ter sua própria religião, entrei sozinha na igreja. Afora um rapaz, que rezava próximo ao altar, não havia mais ninguém ali dentro.

À medida que eu me deslocava até o altar, ia vendo o quanto a igreja era bela. A nave contava com oito lados, dois altares laterais, nichos com quadros e gravuras, uma abóboda superior, e pinturas tridimensionais no altar principal. Conforme a placa da entrada, seu estilo era barroco e tinha quase quatrocentos anos. Mas o que mais me chamou a atenção foi saber que ali fora preso padre Antônio Vieira, uma das maiores personalidades do seu século e, conforme me ensinara professora Goretti, um dos que abriu caminho para a fundação de Portel, ao organizar a aldeia Nheengaíba. Fora detido ali porque, numa insurreição, ficara do lado dos índios. Desse modo, estar ali me conectava a Deus, mas também me remetia a um capítulo essencial da história de Portel.

Ajoelhei-me diante do altar, agradeci por minha absolvição e pedi por Rebeca. Minutos depois, fiz o sinal da cruz e me levantei para deixar a igreja. Foi aí que tive a impressão de ouvir alguém me chamar. Então, virei-me e tornei a ver o mesmo rapaz que estava ali quando cheguei. Sorriu para mim. Assim que o reconheci, corri em sua direção e abracei-o, emocionada.

— Daniel, não acredito! Como está grande! Que bom te ver!

Tremia de alegria. Era ele. A única pessoa da casa de tia Estela que me estendera a mão quando mais precisara. Estava grande e bonito!

— Mas o que faz aqui? — perguntei.

— Eu vim te ver. Você é famosa agora. Seu caso saiu em todos os jornais. Jamais deixaria de estar aqui torcendo por você.

Fiquei contente ao ver que ele ainda gostava de mim.

— Queria tanto saber seu paradeiro — disse ele. — Você sumiu.

— Passei por muita coisa, primo. Mas os problemas estão se resolvendo. Por isso vim aqui agradecer. Sabia que tenho uma filha?

— Ouvi falar no julgamento.

— Sim, ela se chama Rebeca. É a minha razão de viver. Está num abrigo agora, mas por pouco tempo. Se Deus quiser.

— Eu sinto muito.

— Não se preocupe. Mas e você? Deve estar cheio de namoradas.

Ele sorriu, encabulado. Continuava tímido como antes.

— Só uma — disse, sem jeito. — O nome dela é Luiza.

Enternecida, desejei sorte aos dois. Depois disse:

— Mas e mamãe? E Pedrinho? Vocês têm notícia deles?

— Não, Vitória. A tia nunca mais ligou lá pra casa.

Tentando esconder o desapontamento, emendei uma pergunta na outra:

— E seus pais? E seu irmão?

— Mamãe agora é diarista. Ganha menos, trabalha mais. Já papai voltou ao serviço de pedreiro. Eu e Samuel terminamos o colégio, mas ainda não entramos na faculdade. Nós ajudamos papai com o trabalho.

— Não te vi lá dentro. Onde você estava?

— Fiquei num lugar em que só eu podia te ver — disse ele, sorrindo. — Não queria te deixar confusa ou nervosa durante o seu julgamento.

— E o que achou?

— O juiz foi justo. Fiquei muito feliz por você. Achei tudo tão bonito e grandioso. Todos ali tinham um papel importante. Depois da audiência tive vontade de fazer direito.

— É mesmo? — disse, surpresa. — Bom, posso falar com o Lorenzo.

— Jura? — disse ele, com os olhos brilhando.

— Claro. Ah, sim. Prometo te pagar o dinheiro que me emprestou.

Flor de formosura

— Não, Vitória. Ajudar você foi muito melhor do que simplesmente guardar aquele dinheiro. Aprendi que o verdadeiro valor do dinheiro está no fim que damos a ele, e não apenas em acumular em bancos ou cofrinhos.

— Continua o mesmo menino de ouro — eu disse, encantada com sua grandeza. — Sua Luiza tem muita sorte.

Abraçando-o de novo, prometemos nos rever em breve. Depois fiz o sinal da cruz e saí com ele da igreja. Tinha o coração e a alma mais leves.

Na triagem, após verificarem não haver nada que impedisse o cumprimento do meu alvará, permitiram que eu me despedisse das outras presas. Desse modo, à exceção de Lourdes, elas me abraçaram e me desejaram boa sorte.

Depois me levaram para uma sala com ar refrigerado, onde aguardaria Lorenzo. Sentei-me num sofá velho e puído. Não havia ninguém ali. Há quanto tempo não ficava sozinha num lugar como aquele?

Vinha de uma jornada difícil, e por isso ficar em paz ali deveria ser agradável. No entanto, comecei a chorar. Era como se estivesse descarregando um peso que há muito me consumia. Mas de alguma forma sentia que isso era bom. Quantas vezes reprimira o choro ou chorara por dentro, sem conseguir pôr para fora o que eu sentia? Então, pensei em Lorenzo. Era curioso, pois, embora tivesse sido meu único e verdadeiro amor, era um amor incompleto e embaraçado, que nunca se realizara ou desmanchara totalmente. A verdade era que as coisas haviam encontrado um fim logo no começo, e o tempo passou, empurrando cada qual para um rumo diferente. Porém, jamais conseguira removê-lo do meu coração. Mas e ele? Por que não me olhara nos olhos ou me beijara? Ora, devia ter se convencido de que o que havíamos tido fora só uma aventura. Mas e a dedicatória no livro? Parecia tão sincera! Mas as pessoas não mudam de ideia e abandonam suas promessas o tempo todo? Decerto ele me apagara da sua história e agora eu ressurgia de repente interferindo nos seus planos. Não podia fazer isso. Precisava refazer minha vida, e embora soubesse que isso não era fácil, pelo menos podia contar com o amor de Rebeca e tudo o que aprendera até ali.

Capítulo 40

Lorenzo estava jovial num bermudão branco e camisa azul-marinho quando adentrou a sala onde eu estava, dizendo que já tinha resolvido a parte burocrática e que poderíamos ir embora. Então, de repente, lembrei de quando havia embarcado com Socorro naquele navio, anos atrás. Era como se agora eu estivesse diante de um novo recomeço para a minha vida.

Logo depois entramos no carro dele e seguimos pelas ruas e avenidas repletas de mangueiras. Como pensei que estávamos indo para o lugar que ele providenciara para eu morar, estranhei quando entramos na garagem de um prédio residencial novo em folha, na avenida Doca de Souza Franco.

Ao tomarmos o elevador, Lorenzo apertou o botão do trigésimo andar. Perguntei que lugar era aquele, mas ele desconversou, aumentando minha curiosidade. Nem parecia o advogado do fórum e das visitas à triagem.

Saindo do elevador, Lorenzo abriu uma porta e entramos num apartamento. Dei com uma sala com móveis em tons alegres, quadros de arte abstrata suspensos nas paredes e mesas de canto com abajures e adornos.

— Gostou?
— É bonito. Você mora aqui?
— Sim.

Indo mais além, ele afastou as cortinas, e abriu um janelão que dava para uma sacada, onde havia uma mesa e cadeiras azuis de vime sintético. A vista dali, com a baía do Guajará ao fundo, era realmente deslumbrante. Explicou que daquele ponto era possível assistir a um belo pôr do sol.

— Vou deixar o janelão aberto para a sala ficar mais ventilada. Mas agora tenho algo importante para lhe mostrar. Você poderia vir comigo?

Concordando, fui com ele por um corredor, e, ao entrarmos no primeiro quarto à direita, deparei com um ambiente à meia-luz. Correndo os olhos, distingui uma criança dormindo numa cama e uma senhora sentada ao seu lado, numa cadeira. De repente, senti meu corpo tremular e meus olhos inundarem de lágrimas. Era a minha filha que dormia naquele quarto! Lorenzo me dissera que eu só a veria no dia seguinte, e agora estar ali diante dela era algo tão extraordinário que me despertava uma felicidade suprema.

Desabalei-me até a cama, peguei-a no colo, e a cobri de beijos. Seu coraçãozinho batia junto ao meu, como se nossas almas estivessem se fundindo naquele instante, num perfeito restabelecimento do nosso elo de amor. Ah, como era gratificante sentir que valera a pena ter lutado por ela!

Voltei-me para Lorenzo com um profundo sentimento de gratidão.

— Obrigada! — balbuciei, comovida, com a menina nos braços. — Perdoe se não conseguir falar direito, mas é que estou muito emocionada.

— Agora ela é sua de novo — disse ele, sorrindo. Depois apontou para a senhora: — Esta é dona Darlice. Está cuidando de Rebeca para nós.

— Obrigada, dona Darlice. Este anjinho é minha vida.

Nesse instante, ante a confusão instaurada no quarto, Rebeca abriu os olhos e, ao me ver, num misto de alegria e admiração, disse, sorrindo:

— Mamãe!

Encostei sua cabecinha no meu peito, e, numa sensação de pleno contentamento, mergulhei num indescritível sentimento de gratidão.

Aproveitei cada segundo com Rebeca, antes de ela voltar a dormir. Depois Lorenzo me levou para o seu quarto e disse que eu poderia usar seu banheiro e que havia roupas novas para mim no armário. Quando ele saiu, me pus debaixo do chuveiro e tomei talvez o melhor banho da minha vida.

Em seguida, abri o armário e deparei com algumas roupas femininas. Escolhi um vestido claro confortável, que coube perfeitamente em mim. Depois retornei ao quarto em que Rebeca estava e a encontrei dormindo. Após trocar algumas palavras com dona Darlice, fui para a sala ver Lorenzo.

Ao me ver, Lorenzo pediu que o esperasse na sacada. Indo para lá, sentei-me à mesa e observei um céu nublado. Imaginando o tanto de coisas que aquelas nuvens ocultavam, pensei nos monstros que eu mesma escondia dentro de mim. Precisavam vir à tona, para que eu pudesse me livrar deles de uma vez, mas ainda não me sentia preparada para um encontro tão direto.

De repente, uma melodia pôs fim à minha divagação. Lorenzo surgiu logo depois com uma bandeja com risoto de camarão, duas taças e uma garrafa de vinho. Nervoso, agia como se não pudesse cometer nenhum erro.

— Fiz pra gente — disse, cuidadoso. — Deve estar com fome.

— Obrigada. Mas... que música é essa?

— Tente descobrir.

Era calma e suave. Pensei em piano e me lembrei. Era a música que tínhamos ouvido naquele café, na Batista Campos. Música que ele me dissera ser tema de um filme. Jamais poderia esquecer melodia tão linda.

Quando a música acabou, eu disse:

— É linda. Foi no café, naquele dia que você me levou.

— Sim. É a rapsódia de Rachmaninoff, a música do filme *Em algum lugar do passado*. Retrata uma história de amor breve e profunda, mas perdida e desencontrada no tempo... Como a nossa...

— Do que está falando? — disse, com o rosto franzido.

— Não sei se vai me aceitar de volta, mas saiba que jamais deixei de te amar; nem por um segundo me esqueci da nossa história. Sonhei com esse reencontro todo este tempo, e agora, que estou à sua frente, me sinto como um menino diante do seu primeiro amor. Na verdade, estou assim desde que nos vimos naquela triagem. Desculpe pelo meu mau jeito, por favor.

Fiquei pasma. Havíamos nos encontrado algumas vezes para tratar do meu caso e não identifiquei nenhum sinal de amor por parte dele.

— Por que está fazendo isso?

— Como assim?

— Desde que voltamos a nos ver, você nunca me falou sobre isso.

Contraindo o rosto, deteve-se por um instante, depois disse:

— Como poderia me declarar para alguém que tinha acabado de perder o companheiro, que por sinal era pai de sua filha? Como poderia ultrapassar a barreira do seu luto e me intrometer assim na sua vida? Precisava esperar o momento certo para poder tocar neste assunto com você.

— Não sabe o que diz. Fui de outros homens. Eu me tornei uma indigente, viciada e perdida. Será que já parou pra pensar sobre isso?

— Não buscou por estas coisas. Nada disso importa pra mim.

Vendo persistir meu silêncio, ele disse:

— Eu te procurei em todo lugar. Sem você, estive morto todo esse tempo. Nada nem ninguém foi capaz de preencher o vazio que você deixou em mim. Continuo a te a amar, Vitória! Diga o que posso fazer para que acredite em mim, só não peça para eu deixar de sentir o que sinto por você.

Suspirei e, após um momento, eu disse:

— Depois de tanto tempo vagando sem rumo, como uma alma penada, não consigo acreditar que alguém seja capaz de me amar. Desculpe se lhe pareço injusta, por favor, mas é que ainda carrego muita dor comigo!

— Eu entendo, já sei um pouco do que lhe aconteceu. Mas nossa história é anterior a isso. Pertencemos um ao outro há mais tempo, Vitória.

Reconhecia sua disposição em abrir seu coração para mim, mas ainda havia tanto a falar. Estávamos num terreno tão delicado e espinhoso.

— Desculpe se pareço fresca — disse, sem conseguir conter as lágrimas. — Mas é que foram tempos muito difíceis.

— Calma, não precisa chorar — disse ele, tocando em meu braço. — O pior já passou. De agora em diante, você só terá motivos para sorrir.

Então, como quem precisasse se livrar de uma chaga que há muito tempo vinha lhe ferindo, reuni todas as minhas forças, e despejei de uma vez:

— Quem dera que fosse só isso, Lorenzo! Nunca foi só isso! A verdadeira questão da minha vida vem de antes, de muito antes.

— Do que você está falando? — perguntou, aturdido.

Fechei os olhos por um momento e depois os entreabri, dizendo:

— Eu e Socorro fomos estupradas por papai quando éramos criança. Ele abusava da gente na nossa casa. Isso é uma ferida mal curada dentro de mim. É daí que vem toda minha desgraça. Não bastasse isso, ele também nos amaldiçoou, e logo Socorro morreu e eu passei por todas essas coisas.

A expressão do rosto dele se modificou rapidamente. As linhas da face se retorceram e os olhos passaram a exprimir incredulidade e espanto.

— Então viemos pra cá. Nunca falamos nada pra ninguém. Mas o mal nos acompanhou: tínhamos vergonha de nós mesmas, nos achávamos sujas.

— Ah, Vitória, lamento muito! Mas por que não me falou?

— Quando fizemos amor, pensei que fosse perguntar sobre minha virgindade, mas não perguntou. Ainda assim, quis lhe falar. Na verdade, você foi a única pessoa com quem quis dividir isso. Mas como poderia contar algo tão horrível para quem demonstrava me amar? Tive medo de te perder.

Recostou minha cabeça em seu peito, e disse, decidido:

— Isso também não vai me fazer deixar de te amar. Tenho orgulho de você. Passou por tudo com muita coragem e altivez. Agora está sendo recompensada; e eu, agraciado por ter de volta minha flor de formosura!

Abraçou-me com força e me beijou. Após um instante, como se ainda restasse um vazio a ser preenchido, lembrei da minha vida em Portel, e disse:

— Tenho vontade de ver mamãe e Pedrinho. Mas sei que, enquanto papai estiver vivo, eu estarei condenada a não olhar mais pra eles.

Ele ficou pensativo, depois disse:

— Seus pais não quiseram conversar comigo. Mas consegui falar com Pedro. Ele já é um rapazinho, e sente saudade de você. Disse que sofreu muito quando soube da morte de Socorro. Tem vontade de rever você. Posso providenciar um encontro de vocês.

Agradecida, agarrei-o mais fortemente e ficamos assim, em silêncio, um nos braços do outro. Passado um momento, ele disse:

— Quanto ao seu pai, você não pensa em...

— Processá-lo, prendê-lo? Não, Lorenzo. Sei que outros pensam diferente, mas não é o meu caso. Na verdade, eu já desejei as piores coisas do mundo pra ele. Mas a essa altura não sei se eu ficaria mais feliz ou compensada vendo meu pai ser preso. Preciso me libertar dessa história e acho que essa não é a melhor maneira de se alcançar isso. Reconheço que a punição tem seu papel, mas prefiro direcionar meus esforços para evitar que isso continue a acontecer com outras crianças. Sinto que a solução para o problema passa pela educação. Sempre será melhor prevenir que remediar.

— É por isso que me apaixonei imediatamente por você — disse, enternecido. — Sua generosidade me encantou desde o princípio.

Sorri para ele. Depois, lembrando-me de algo importante, disse:

— Houve uma coisa que não lhe falei.

— O quê?

— Sua mãe foi na triagem e me ofereceu liberdade, dinheiro, enfim, tudo o que eu quisesse, para me afastar de você.

Imediatamente, ele perguntou o que eu tinha dito a ela.

— Em nenhum momento pensei em me vender. Aliás, o único instante em que isso passou pela minha cabeça foi quando ela mencionou minha filha. Mas depois caí em mim e recusei a oferta. Ela ficou furiosa.

— Seu caso saiu na mídia. Meus pais não quiseram que eu defendesse você. Mas deixei claro o que iria fazer. Daí porque mamãe agiu assim. Mas não se preocupe. Falarei com eles, e, mais cedo ou mais tarde, terão de nos aceitar. Aí seremos nós a lhes ensinar sobre amor e diversidade.

Sorri diante dessa perspectiva, embora não me sentisse nada animada com ela. Nesse aspecto o futuro ainda seria bem desafiador para nós.

— E seu sonho de ser professora?

— Nunca o abandonei.

— Será a mestra mais bonita do mundo — disse, em tom brincalhão.

— Mas e você? Era mesmo o seu destino ser advogado?

— Não. Mas precisava de dinheiro para encontrar você. E veja a ironia: além da minha independência, consegui inocentar você. O que importa é que hoje não dependo mais dos meus pais. Tenho meu dinheiro. Este imóvel é meu. Podemos viver com uma boa dose de paz e segurança.

— Então valeu a pena?

— É claro! Recuperei a minha joia mais preciosa, e agora o advogado e a professora poderão distribuir seus dons em prol da sociedade. Um preço módico diante do que Deus fez por nós, não acha?

— Sim.

— Ainda tenho mais uma coisa pra lhe mostrar — disse, levantando-se e indo até a estante da sala, onde pegou um livro e me entregou.

— Nossa! Não acredito! — eu disse, boquiaberta. Era o livro que ele havia me dado de presente. — Como conseguiu encontrá-lo?

— Fui lá, ora! Não tinha me dito o lugar? Decidi que só voltaria pra casa com ele nas mãos. Não foi tão difícil assim de encontrar.

Sorrindo, envolvi o livro em meus braços e fechei os olhos. Nunca conseguira abandoná-lo. Seria ele meu amuleto da sorte? Quem sabe realmente não fosse, e por isso acabara voltando para as minhas mãos?

— Obrigada! — disse, com os olhos brilhando de contentamento.

— De nada, mas ainda há uma última coisa — disse Lorenzo, tirando um envelope do bolso. — A juíza do seu caso foi minha professora na faculdade. Ela lembrou de você e lhe escreveu umas palavras.

Passou-me o papel e iniciei a leitura: *Olá, Vitória. Quero começar dizendo que lamento muito o que ocorreu a Raimundo. Lembro do quanto ele chorou na audiência, devia ser um pai muito amoroso. Por outro lado, quero chamar sua atenção para o quanto Deus é bom. Permitiu que você enfrentasse provações por um propósito que nos escapa, mas reservou para sua vida alguém como doutor Lorenzo. O pedido que ele me fez, para obter a guarda de Rebeca, não tive dúvida de que merecia ser acolhido. Só precisou antes passar pelos trâmites legais. Com os pareceres favoráveis, não hesitei em deferir para ele a guarda de Rebeca. Sei que responde a um processo criminal, mas você há de provar sua inocência e quando isso acontecer saiba que ficarei muito feliz em cumprir a promessa que lhe fiz, de lhe restituir a guarda da sua filha. Jamais quis o sofrimento de vocês. Meu papel é assegurar os direitos da criança e estou certa de que isso foi alcançado no caso de Rebeca. Deus às vezes consente em algo que nos parece mal ou nos põe numa situação difícil só para nos provar e transformar. Desse modo, podemos nos confundir quanto às pessoas que Ele põe no nosso caminho. Sua impressão quanto a mim talvez não tenha sido a melhor, mas no fundo eu só quis proteger sua filha para, no momento certo, devolvê-la ao seu amor. Fique com Deus. Bárbara.*

Emocionada, não consegui deter as lágrimas. No meu desespero, eu a julgara mal. Na verdade, ela fora um anjo para minha filha. Em Portel, eu não tivera uma protetora assim. Aprendi ali que a bondade independe de posição, dinheiro ou classe social: para ela brotar basta um coração humano.

Lorenzo limpou minhas lágrimas e tornou a me tomar em seus braços. Depois comemos sob suas brincadeiras e galanteios, e, quando terminamos, deixando para trás o tempo de saudade e separação, retomamos de onde fôramos interrompidos, e nunca mais permitimos que nos separassem de novo.

Epílogo

Naquela noite, enquanto Lorenzo dormia o sono dos justos ao meu lado, finalmente resolvi visitar os monstros que eu mantivera vivos em meu coração, na minha alma, por todos aqueles anos de provação, em que os havia alimentado com medo, ressentimento, raiva e indignação.

Papai fora quem primeiro ferira minha alma, abrindo em mim uma chaga tão grande que servira de passagem para tudo de ruim que eu sofrera. Sem ele, eu nunca teria padecido tanto, mas também não teria conhecido Lorenzo, tido Rebeca, e acumulado experiências. Assim, até para poder viver plenamente, era chegada a hora de abrir a prisão em que o enclausurava, liberando-o da minha vida. Já não o odiava nem tinha medo dele e, da minha parte, deixava para Deus, a vida, ou o universo, o julgamento de suas ações.

Então, livrando-me desse peso e convicta de que não merecia a sina de puta e amaldiçoada, pensei em mamãe. Embora eu a amasse desde sempre, se aquecera meu coração algum dia, já nem me lembrava mais. As recordações que tinha dela, afora algumas poucas atenções, só me traziam frieza e condescendência com papai. Mas tinha de ser justa: ela também era uma refém dele, de modo que, malgrado não tenha sido a mãe que eu esperava, também a perdoava e liberava dos calabouços da minha alma.

Depois pensei no sonho da minha vida, que era ser professora. Emocionei-me ao sentir que estava mais próxima dele do que nunca. E então me vi refletindo por que queria desempenhar aquele papel e me dei conta de que a resposta me acompanhava desde quando começara a ler e escrever. Precisava ajudar crianças como aquelas lá do furo Santo Antônio, cujos pais, analfabetos, infelizmente não eram exemplo e tampouco estímulo para elas. Precisava estar presente para lhes conduzir à alfabetização, aos livros, à autoconsciência, à cidadania e, o mais importante, à noção de que eram seres humanos e, como tais, merecedores de respeito e amor. Precisavam saber como e a quem recorrer caso passassem pelo que eu havia passado, sem se renderem a nenhuma atrocidade, ainda que esta fosse cometida por quem mais deveria amá-las e protegê-las. Professora, era isso o que eu me tornaria. Ah, como era maravilhoso sentir que, apesar de tudo, este ainda era um projeto que se mantinha vivo em meu coração!

No fim, acho que meu triunfo não veio só de alguma dose de coragem ou resistência, mas sobretudo do amor que redescobri em Deus, em Lorenzo e em mim mesma. Assim, não permiti que a indiferença de alguns servisse para alimentar minha revolta ou meu ressentimento, senão para me animar o desejo de estender a mão a outras Vitórias, tantas quantas eu puder ajudar.

FONTE Dejanire Headline, Janson Text
PAPEL Pólen Natural 80 g/m²
IMPRESSÃO Paym